KB040561

Nos frères inattendus

초대받지 않은 형제들

Amin Maalouf

아민 말루프

Nos frères inattendus

초대받지 않은
형제들

Amin Maalouf
아민 말루프

소미미디어
Somy Media

니키와 장 클로드 파스켈을 위하여

힌드(1947~2016)를 기리며

"소설은 역사의 결핍에서 탄생한다."

노발리스, <파편들>

목차

1권 | 안개

"So foul a sky clears not without a storm.*"

셰익스피어, <존 왕>

---

* 흐린 하늘은 태풍 없이 맑아질 수 없다.

11월 9일 화요일

천장에서 200와트 전구가 교회의 희미한 촛대처럼 깜빡거리는가 싶더니 아예 꺼졌다.

나는 숨을 멈추었다. 먹으로 그림의 마지막 선을 긋는 중이었다. 손이 우뚝 멈추었다가 행여 그림이 얼룩질세라 수직으로 천천히 올라갔다.

밖은 예보된 폭풍우가 휘몰아쳤다. 이 계절에 대서양 연안에서는 드문 일이 아니다. 폭우, 돌풍, 번개. 거기에 배경음으로 천둥까지. 쫘르릉 소리가 연달아 들렸다가 이제는 가늘게 구르릉거리고 있다.

처음엔 별반 걱정하지 않았다. 성가시다는 생각조차 없었다. 어쨌든 하루 일과가 끝나가고 있었다. 얼추 저녁 7시 반이거나 좀 더 지났으리라. 그림이 완성되었다. 내일 아침에 잠깐 훑어보며 몇 군데 손보고서 서명한 뒤 발송할 터였다.

문득 붓의 잉크가 마를까 두려워져 책상을 더듬어 뚜껑을 찾아 붓을 덮었다. 그리고는 다시 책상을 더듬어 가장자리에 놓인 라디오로 손을 뻗었다. 내겐 익숙한 동작이었다.

라디오는 늘 같은 채널인 '애틀랜틱 웨이브'에 고정돼 있었다. 콘월주에서 여기까지 송출되는 출력이 높은 채널이다. 이 방송의 음악 선곡은 대부분 만족스러운데, 시간마다 전해주는 뉴스도 본머스 럭비 팀의 활약상에만 그치는 것이 아니라 지구촌에 영향을 끼치는 모든 것에 두루 관심을 쏟는 바, 신뢰할 만하다고 판단했다.

라디오는 이 하루를 마감하는 무렵에 정확히 내게 필요한 것이었다. 강요된 어둠 속에서 동반자가 되어줄 친구 같은 음악. 10분 내지 25분 후에는 바바라 그린빌이 또렷하고도 안정적인 목소리로 나머지 세상 전체의 소식을 전해주리라.

라디오에서 사이렌이 울렸다. 음악이나 바바라의 목소리가 아니라 일정한 간격으로 커졌다가 잦아드는, 경보음 같은 사이렌. 고막을 찢을 듯한 자극적인 소리는 아니었다. 오히려 마음을 가라앉히는 소리라고도 할 수 있었다…… 나는 LW에서 MW, 이어서 FM 사이를 끈질기게 오가며 전 채널에 주파수를 맞춰보았다. 어디서든 이 사이렌이 한결같이 울렸다. 마치 전 채널이 하나로 통합되기라도 한 듯.

라디오가 고장인가? 나는 머리 위의 선반에서 손전등을 집어 들었다. 침실 침대 옆에 다른 라디오가 있었다. 좀 더 구식이고 무거운 모델. 라디오를 켰다. 똑같은 사이렌. 버튼 몇 개를 무작위로 건드려보았다. 아니, 고장은 아니었다. 바로 알아차렸어야 했는데. 라디오는 작동하거나 건전지가 닳았을 경우 먹통이거나, 이 둘 중 하나다. 혹여 충격을 입었으면 지속적인 잡음을 내면 냈지, 이런 규칙적인 사이렌 소리는 절대 내지 않는다. 아무튼 나는 확신했다. 두 대의 라디오가 똑같은 시간에 똑같은 고장일 리 없지 않은가!

무슨 일이지? 무슨 일이 일어난 거지?

불현듯, 이해되었다. 적어도 알 것 같다고 느꼈다. 나는 양손으로 머리를 감싸며 침대에 무너져내렸다.

맙소사! 놈들이 기어코?

미친놈들! 개자식들!

"미친놈들! 개자식들!" 이 말을 때론 큰 소리로, 때론 웅얼거리듯 내리 열 번은 되뇌었으리라. 나는 벌떡 일어나 수신인도 정하지 않은 채 전화기를 움켜쥐었다. 평소엔 십중팔구 파리에 사는 나의 대녀 아드리엔이지만…… 역시나 신호음이 들리지 않았다. 전화도 먹통이었다.

그렇게 네다섯 시간이 흘렀을까. 머릿속에선 여전히 똑같은 말들이 떠다녔다.

미친놈들! 개자식들! 감히 일을 벌였어!

왜냐하면 이 글을 쓰고 있는 지금, 내겐 지구에 비극이 일어났다고 믿을 만한 이유가 있기 때문이다. 천재지변이 아니라 인간의 손으로 자행된 갑작스런 세상의 종말. 우리 종족 최후의 만행. 수천 년 인류의 역사를 끝내고, 거룩한 인류 문명의 마지막 커튼을 내리는, 그와 함께 우리 모두를 멸종시킬 만행. 바로 오늘 밤. 어쩌면 내일 새벽이거나……

나는 쓰기를 멈추고 이제껏 쓴 글을 읽어내렸다. 두려움과 도무지 믿기지 않는 마음에 고개가 설설 저어졌다. 내가 굳은 손으로 이따위 천인공노할 사건을 기록하게 될 줄이야!

두려움 속에서도 나를 그나마 지탱하는 건 분노 외에도 모든 게 불확실하다는 희망이었다. 그렇다, 나는 여전히 다음 순간, 나의 예감이 반박되기를 기다린다. 하지만 최근 몇 주간의 세계정세를 지켜본 이들이라면 최악을 두려워할 수밖에. 갖가지 오작동 또한 불길하다. 정전은 악천후 시기에 흔한 일이고 휴대폰 통신망도 이곳에서는 늘 불안정했다지만 라디오 방송 두절까지야. 이제껏 발생했던 모든 동시다발적 기능 장애 이상이다. 그저 우연일까? 도무지 그렇게 생각되지 않는다.

이 글이 보다 명확하려면 앞서 내가 암시적으로 언급했던 사건들을 시간을 들여 자세히 설명해야 할 것이나, 그건 차후에 마음이 좀 더 차분해졌을 때 착수할 것이다…… 지금으로서는 생각을 정리하거나 여러 가능성을 되짚어볼 여유가 없다. 그저 귀에 들리는 것과 더는 들리지 않는 것, 눈에 보이는 것과 더는 보이지 않는 것, 직관적으로 느껴지는 것, 그리고 불현듯 떠오르는 잠재적 기억들에 대해서만 이야기할 수 있을 뿐이다.

나는 칠흑 같은 어둠 속에서 오래도록 침대에 누워 있었다. 먹통이 된 전화기를 귀에 바짝 붙인 채. 라디오에서는 계속해서 규칙적인 경보음이 울렸다. 밖에서 퍼붓는 폭우는 어느 정도 잠잠해졌다. 빗줄기가 지붕의 기와며, 밤이면 검은 거울로 변신하는 유리창을 더는 때리지 않았다.

문득 지금 당장 누군가와 이야기하고 싶었다. 단순한 욕구를 넘어 꼭 그래야만 할 것 같은 절박함이었다. 마치 고독이 가슴을 물리적으로 짓누르는 것 같다고 할까. 지난 12년 동안 처음으로 내가 다른 모든 이들처럼 도시나 시골 마을에 살고 있지 않은 것이 후회스러웠다.

나는 섬에 살기 때문이다. 네 개의 섬으로 이루어진 '케이론'이라는 이름의 섬. 나는 케이론에서도 가장 작은, 그야말로 작디작은 섬에 산다.

케이론 제도의 나머지 주민들은 대서양 항구라는 이름에 어울리는 유일한 군락인 '그로 케이론'에 거주하고, 면적이 가장 넓은 '포르 케이론'은 3세기 전부터 프랑스 해군의 기지로 쓰이고 있다. 나는 포르 케이론엔 한 번도 가본 적이 없다. '발 케이론'은 자연 그대로 보존된 청정지역으로 조류학자나 해양학자 등 연구자들만이 체류한다. 그중 가장 작은 나만의 섬은 특이하게도 '안타키아'라 불린다.

나는 오랫동안 내가 이 섬의 유일한 주민이라고 믿어왔다. 이 상황에 이런 구구절절한 이야기라니 다소 부끄럽지만, 이 글은 마지막 증언이 될 수 있고 언젠가 누군가 읽을 수도 있으니 나에 대한 이야기를 어느 정도는 해야 할 것이다. 출생이라든지 이력, 자발적으로 선택한 고독 등에 대해…… 그리고 에브라는 이름의 소설가가 지금 어떻게 내 이웃이 된 건지도.

*

나는 캐나다 몬트리올에서 미국인 어머니와 프랑스인 혈

통을 영광스러워하는 아버지 사이에서 태어났다. 제2차 세계대전 당시, 젊은 장교였던 아버지는 노르망디 상륙작전에 참전했다. 수천 명의 다른 캐나다인들과 목표는 같았지만 그에겐 남다른 의미가 또 한 가지 있었다. 그는 선조의 발자취를 더듬은 적이 있었다. 그는 선조들이 이곳 케이론 제도 출신이라는 것을 알았으며 3세기 전 대서양 항구, 즉 그로 케이론에 정착했다는 사실 또한 알고 있었다. 구원자가 되어 '자신의' 땅으로 귀환이라니. 이보다 더 아름다운 보상은 없었다.

본국으로 돌아오고 나서 몇 달 뒤, 아버지는 며칠의 휴가를 얻어 다시 섬으로 갔다. 영국인으로 착각할 만한 외양의 아버지는 콧수염을 기르고 거구였다. 그가 이곳에 서서 자신을 둘러싼 모든 것을 온몸으로 받아들이며 감동하여 두 볼로 눈물을 흘리는 모습이 상상된다.

아버지는 안타키아로 안내되었다. 이 작은 섬은 특별히 그로 케이론 섬과 '르 구웨'라 불리는 통로로 연결돼 있다. 이 통로는 밀물일 때 물에 잠겼다가 썰물이면 모습을 드러내는 바, 하루에 두 번 발을 적시지 않고서 건널 수 있다.

섬의 매력에 빠진 아버지는 놀랍게도 케이론 제도 당국이 안타키아 섬을 매물로 내놓았다는 사실을 알게 되었고, 재력이 있던 차에 상당히 충동적이 되어 즉석에서 모조리 사들였다. 그는 머지않아 섬으로 돌아와 집을 짓고 정착하겠노라고 엄숙하게 선언했다.

아버지는 약속을 지키지 못했다. 전쟁이 끝나고 우리 가족은 심각한 경제적 궁핍을 겪었다. 베르몽에서 사업을 하던 외할아버지가 재정적으로 곤경에 처하자 아버지가 이를 돕다가 함께 파산했다. 부모는 웨스트마운트의 집을 팔고서 밋밋한 아파트로 이사해야 했다. 아버지는 사무직으로 근무했는데 영 지겨운 듯했다. 직장에 대해 일체의 얘기가 없었기 때문이다. 아버지는 말수가 줄고 침울해졌다. 모르긴 해도 씁쓸해하는 듯했다. 아버지의 얼굴이 환해지는 유일한 순간은 당신 소유의 섬에 대해 이야기할 때뿐이었다.

안타키아!

아버지는 빚 감당을 위해 캐나다에 있는 모든 것을 팔았으나, 멀리 있는 섬만은 남겼다. 그건 절대 팔려들지 않았다. 약간의 자금을 모아 언젠가 어머니와 나와 함께 대서양을 건너 우리의 섬에 가서 집을 지을 날을 꿈꾸었다.

그 꿈은 나의 유년 시절과 청소년기, 그 이후까지도 내 안에 자리 잡았다. 그날이 그날인 도시의 평범한 일상과 근심 속에서도 우리에겐 그 천국, 우리만의 천국, 바로 안타키아가 있었다. 우리는 언젠가 우리의 땅에서 난 열매와 바다에서 얻은 것으로 살아갈 수 있을 터였다.

만일 내게 전권이 있었다면 당장 부모를 이끌고 섬으로 떠났으리라. 집기며 절반의 옷가지며 우리에게 남은 모든 것을 처분한 뒤 섬으로 가서 나뭇가지로 오두막이라도 지었으리라.

로빈슨 크루소의 삶의 방식은 더러 내 부모를 솔깃하게 했다. 특히 몽상이나 절망이 깊어진 순간의 아버지를. 하지만 두 분은 이내 생각을 고쳐먹었다. 북대서양 연안의 나뭇가지 집에 살 수는 없는 노릇이었다. 아무리 멕시코 만류가 어루만지고 가는 해변이라 하더라도. 무엇보다 내 학업문제가 있었다. 나로서는 기꺼이 학업을 접고 모험을 선택할 수 있었으나, 부모의 생각은 사뭇 달랐다. 그들은 말하곤 했다. "우리가 널 좋은 대학에 들여보낸다면 그 어떤 재산보다 큰 걸 물려주는 걸 거야."

아버지는 안타키아를 끝내 다시 보지 못했다. 내가 학위를 받는 것도 보지 못했다. 내가 열여섯 살이었을 때 세상을 떠났기 때문이다. 향년 57세였다.

이후 나는 아버지가 좋아하셨을 법한 것들만을 하고 사는 기분이었다. 장학금으로 캐나다의 맥길 대학교에 이어서 하버드까지 가서 법학, 경제학, 인류문명사를 공부했다. 그 뒤로 워싱턴주 시애틀에서 강의하고, 3년간 오타와의 법률사무소에 근무했다…… 내가 열정을 가진 오직 하나, 내 밥벌이가 될 유일한 재능을 발견하기 전까지는 말이었다. 바로 그림. 내 이름이 알렉상드르인 만큼 필명은 아주 살짝만 변형된 알렉 장데르로 정했다.

어머니는 12년 전에 세상을 떠났다. 너무 빨리 늙어버린 어머니는 이미 그 전에 두 번 죽은 것이나 같았다. 첫 번째는 웨스트마운트의 집을 떠났을 때, 두 번째는 아버지에게 작별을 고했을 때. 그래도 나는 어머니의 말년을 위안했노라고 감히 자부하지만, 어머니는 생전에도 이미 저 너머에 가 있었다, '삶의 저편'에 애착했다.

어머니의 장례식 날은 세상이 온통 흰 눈으로 뒤덮였고, 묘지의 땅은 얼어붙었다. 나는 주변 경치를 둘러보다가 이어서 장례식에 참석한 모든 얼굴을 차례로 훑었다. 손목시계를 힐끔거리는 바쁜 동료들, 표정이 굳은 이웃들, 잊었던 사촌들. 불현듯 친구 같은 바다에서 반짝이는 태양이 보고 싶었다. 나는 이제는 사라진 나의 두 창조자들을 향해 중얼거렸다. "학업으로 두 분의 합리적인 소망을 이뤄드렸으니, 이젠 두 분의 허황한 꿈을 이뤄드릴 차례네요."

"안타키아?" 친구들이 낄낄거렸다. 모두가. "6주면 오래 버 틴 걸 거다!" 보다 호기심이 강한 친구들은 지도나 백과사전을 헤집기 시작했다. <안타키아, 고대엔 안티오크라 불리던 터키의 도시, 오론테스 강변에 위치하며……> 아니, 거긴 아니었다. <안타키아 만 : 프랑스 서해안의 레 섬과 올레롱 섬을 갈라놓는 해협에 붙인 이름으로……> 여기가 더 근접하긴 했으나, 여전히 '내' 안타키아는 아니었다. 내 안타키아는 극도로 세밀한 해도에서나 표시되고, 무엇보다—이것이 가장 중요한데—아버지가 소중히 간직한 매매계약서상에서나 볼 수 있다.

나는 생각했다. 친구들이 웃으며 어이없어하네? 나도 나름대로 웃었다. 두고 보라지! 나는 떠났다. 홀로, 오롯이 홀로. 땅 문서와 빈약한 저축과 천만다행히도 간과할 수 없는 수입원, 요컨대 여러 언론사와 맺은 '저작권' 계약서와 함께. 내가 창조한 '방구석 세계여행가 그룹' 캐릭터는 탄생하자마자 상당한 호응을 얻었고 인기가 식을 줄 몰랐다. 그렇게 작년엔 내 그림이 북미를 비롯하여 유럽, 호주, 각지의 총 82개 언론사 만화란에 게재되었다. 계약 조항에 따라 나는 매일 짤막한 세 칸짜리 만화를 보내기로 돼 있었다. 물론 매일 보내는 것이 아니라, 격주에 한 번씩 12일분을 한꺼번에 보내고 있다.

그림은 뉴욕이든 호놀룰루든 싱가포르든 어디서나 보낼 수 있으니, 섬에 간다고 한들 무슨 지장이겠는가? 오히려 더 많이, 더 효율적으로 일할 수 있을 터였다. 아닌 게 아니라 현재 내 서랍엔 이미 앞으로 넉 달 남짓은 전송할 수 있을 분량의 만화들이 준비돼 있고, 다른 일을 얼마든지 더 할 여유가 있었다. 이를테면 〈문학 동향〉지에 매주 기고하는 만평 만화 따위 말이다.

*

첫 해엔 대서양 항구, 즉 그로 케이론의 펜션에 묵으며 내 집이 신축되기를 기다렸다.

이곳 케이론 제도 사람들조차 내가 정말로 안타키아에서 살 생각이라는 걸 알았을 때 낄낄거렸다. 오래 전엔 어부 마을이 형성되기도 했으나, 아무도 살지 않고 버려진 지 70년이 넘었다.

이제 오직 나 한 사람으로 인해 섬의 위상이 바뀔 판이었다. 무인도에서 거주지로 말이었다. 인구 : 1명.

섬에 정착하며 내가 이곳의 유일한 주민이리라 확신했건만. 엄청난 착각이었다! 아버지가 섬을 전부 사들인 것은 확실하지만, 당시 아버지가 구입한 전부는 오직 매물로 나온 땅, 즉 섬의 전체 면적 46헥타르에서 38헥타르가 조금 넘는 지역이었다. 나머지 지역은 아직 섬에서 분리될지 말지 정해지지 않은 채 보호 상태였다. 아마 한 개인이, 그것도 영국인 같은 외국인이 섬을 통째로 소유하기를 원치 않았던 정책적인 이유도 작용한 것이 아닌가 싶다. 섬 당국이 일정 부분을 소유하는 한, 매입자에게 영토가 아닌 땅을 넘긴 것일 뿐이기 때문이다.

7년 전, 급전이 필요해진 당국이 섬의 나머지 부분을 팔기로 결정했을 때 내게는 알리지 않은 것도 같은 이유에서였으리라. 결국 고독을 갈망하던 여성 소설가. 에브 생질이 상당한 금액을 지불하고서 섬의 주인이 되었다.

이 소설가의 이름이 미국식 표현으로 아직도 종을 울리는지는* 모르겠다. 그가 스물네 살에 발표한 책이 걸작으로 평가된 바 있었다. <미래는 더는 이 주소에 살지 않는다>라는 제목의 소설. 에브는 모든 이상을 박탈당한 세대, 살아갈 이유인 미래의 행복에 대한 기대를 박탈당한 세대의 기수로 간주되었고 모든 스포트라이트가 그에게 집중되었다. 소설가는 유명해지고 선망받고 우상화되었지만, 동시에 심하게 비판받았고 더러 처참하게 난도질당했다. 결국 그는 대학 강단에서 내려와야 했고, 가족과 마찬가지로 모든 친구들과도 소원해졌다. 그는 3년 동안 세계를 누비고 다녔다. 곳곳에서 찬사가 이어지고 또 이어졌다. 하지만 마찬가지로 곳곳에서

---

* ring the bell, 인기 있다, 히트하다라는 뜻.

격렬하게 공격당했다.

　논란에도 여행에도 지친 에브 생질은 다시 집필에 몰두할 때가 되었노라고 선언했다. 모두들 그를, 그의 두 번째 책을, 증명을 기다렸다. 하지만 전혀 소식이 없었다. 그는 술을 푸기 시작했다. 과도하게. 어떤 언론들은 코카인이나 암페타민을 언급하기도 했다.

　나는 그가 '내' 섬에 정착하러 온 결정적 계기가 무엇인지 알 만큼 충분히 그에 대해 알지 못한다. 다만 확실한 건 첫 작품 이후로 13년간 그가 여전히 후속작을 내지 않았다는 것이다. 아마 작업 중이리라…… 어쨌든 다른 활동은 전혀 없어 보이니 말이다.

　그는 사회활동 자체가 전혀 없다. 섬에선 다들 그의 이름을 알지만, 대부분은 한 번도 만나지 못했다. 오직 물건을 배달하는 상인들—항구의 식료품점 주인, 수산식품업자, 잡화점 주인, 약사—만이 이따금 그의 집을 방문하고, 그보다 더 드물게 배관기사나 조경사나 전기기사가 다녀가는 정도다.

　내 경우, 5년 전 그가 이곳에 온 지 얼마 되지 않았을 때 단 한 차례 그의 집을 방문한 바 있었다. 내 섬이 전적으로 내 차지가 아니라는 사실에 끌탕한 것을 반성한 뒤, 예절바른 이웃으로서 이 젊은 여자를 환영해주고 혹여 내 도움이 필요한지 물어야 한다는 의무감을 느꼈기 때문이었다.

나는 그의 전화번호를 몰랐기에 어느 일요일 오후 5시 경, 예고도 없이 그의 집으로 향했고, 초인종을 누른 뒤 기다렸다. 응답이 없었다. 다시 초인종을 눌렀다. 내가 돌아가려는 찰나, 마침내 문이 열렸다. 내 이웃은 잠옷 차림이었다. 순간 그날따라 길어진 낮잠을 방해했나보라고 생각했다. 나중에야 알았지만 그는 늘 저녁 6시경에 깨어나 오전 10시에 잠들곤 했다. 완벽하게 낮밤이 뒤바뀐 생활이었다.

내 방문은 그렇게 시작부터 삐걱거렸다. 나는 되도록 상황을 만회하려 노력했다.

"제가 때를 잘못 골랐나보군요. 죄송합니다. 다른 날, 다시 오겠습니다."

"그럴 필요 없어요. 무슨 일이시죠?"

환대가 열렬하군! 하마터면 그대로 발길을 돌려 대꾸도 없이 떠날 뻔했다. 하지만 인내심을 발휘하고 싶었다…… 내 섬의 리듬에 따라 살게 된 이후로 내가 얼마나 인내심이 깊어졌는지! 따라서 불쾌감을 억누르고서 설명을 늘어놓았다.

"특별한 용건이 있는 건 아니에요. 저는 알렉상드르라고 합니다. 이웃에 살아요. 그저 이 섬에 오신 걸 환영하고 싶었어요. 자, 이제 그럭저럭 뜻을 이뤘네요!"

나는 살짝 목례하고는 품위 있게 돌아섰다.

서른 발자국쯤 갔을까. 등 뒤로 나로서는 정말이지 "감사해요!"였다고 믿고 싶은, 중얼거리는 외마디가 들려왔다. 곧바로 문이 닫혔다.

나는 진정하기 위해 우리 둘이 같은 고독을 누리는 게 아니라고 스스로를 다독였다. 그는 혐오하는 것이 역력한 인간들을 피해 이곳에 온 것이고, 나는 세상을 보다 차분하게 관조하기 위해, 어쩌면 세상을 더 잘 이해하고 포용하기 위해 세상에서 멀어진 것이었다.

나는 차라리 그가 고통스러운 난관들의 미로에서 버둥거리는 것이리라 치부하며 그를 탓하지 않았다. 나까지 그에게 고통을 보태지 않으리라. 신이 그를 긍휼하기를!

그의 집에서 멀어져 내 집에 돌아가면서 나는 차츰 평온을 되찾았다. 심지어 내 이웃이 귀찮은 찰거머리나 성가신 수다쟁이가 아니라, 말도 없고 유령 같아서 거의 존재를 느낄 수 없는 소설가인 것이 반갑기까지 했다.

다만 내 인내심이 혹독한 시험에 들지 않도록, 그쪽 지역엔 두 번 다시 발도 들이지 말자고 결심했다.

두 번 다시? 이제껏은 내 자신과 맺은 이 현명한 약속을 힘들이지 않고 지켜왔다. 하지만 오늘 밤, 나는 처음으로 갈등했다.

평소 사교적이 되는 날엔 나는 그로 케이론 섬의 선원들

술집에 가서 술을 한두 잔 기울인다. 거기서 나와 같은 종족들과 대화를 나누며 세상과 화해하지만, 그만큼 고독에 대한 욕망도 견고해진 채 내 섬으로 돌아가 은둔하곤 했다.

오늘은 그로 케이론에 간다는 건 안 될 말이었다. 그로 케이론은 일찍 잠든다. 그곳의 밤거리는 쓰레기통을 쿵쿵거리며 어슬렁거리는 개와 고양이들의 세상이다. 게다가 거센 바다 때문에 르 구웨 통로를 건널 수조차 없을 터였다.

나는 불안감에 구시렁거리며 방 안을 서성였다. 분명 내가 이 재상의 마지막 생존자 중 한 명이며 보이지 않는 죽음이 안개처럼 내게 번져오고 있고, 이제 곧 안개가 독으로 나를 감싸며 유년 시절에 읽었던 동화의 식인귀처럼 나를 집어삼킬 것이란 말을 되풀이하여 웅얼거렸다. 어쩌면 지금 이 밤이 내 생의 마지막 순간이고, 이제 햇빛과 푸른 바다를 두 번 다시 볼 수 없을 것이며, 드넓은 바깥세상에서도 목숨이 유예된 존재들이 나와 같은 불안에 사로잡혀 울부짖거나 불가항력 앞에서 강해지고자 서로를 부둥켜안고 있으리라고……

이 모든 것 앞에서 나를 문전박대한 이웃에 대한 내 거부감이나 자존심 따위가 뭔 대수란 말인가?

에브 생질을 만나러 가야 했다! 그도 지금쯤이면 깨어나 하루를 시작했으리라. 이번에도 나를 냉대하고 불쾌한 말을 쏟아낸다면 나도 못지않은 불쾌한 말로 응수하리라. 욕을 해주고, 기념비적인 저주를 퍼부으리라. 이 마당에 내가 잃을 게 무엇이겠는가?

어렸을 때 내가 아버지의 입에서 들었던 최악의 평가는 '버릇없다'는 거였다. 아버지에게는 무례한 동작, 태도, 말이야말로 인간의 용서할 수 없는 잘못이었다. 아버지는 예절과 예의, 영혼의 우아함을 중히 여겼다. 그리고 나는 아버지의 정신을 과하게 물려받았다.

하지만 이런 날 밤에 예절이니 예의 따위가 무슨 의미란 말인가? 집단적 죽음이 코앞에 닥치고 육체가 구더기에게 파먹히게 생긴 판에, 영혼의 우아함이 무슨 소용이겠는가?

오늘 밤, 나는 그래야 한다면 기꺼이 무례해지리라고 마음먹었다. 예절도, 내 자존심도 훌쩍 뛰어넘을 터였다. 그 여자를 찾아가 죽을 운명의 인간 대 인간으로 얘기하리라.

밖은 여전히 비가 쏟아졌다. 나는 수부 같은 노란 우비를 걸치고서 내가 가진 것 중 가장 강력한 허리케인 램프를 들었다. 그리고 집을 나섰다.

*

이웃집 앞에 이르러 나는 우선 형식상 문을 두드린 뒤 곧

바로 문손잡이를 돌렸다. 집 안에서 희미한 빛이 새나왔다. 촛불인 듯했다. 나는 문을 밀고서 물이 줄줄 흐르는 우비를 벽에 건 뒤, 젖은 모자를 입구 바닥에 던져놓고는 램프를 껐다. 그리고 불빛이 흘러나오는 곳을 향해 걸어갔다.

소설가는 정장 차림으로 안락의자에 앉아 있었다. 커다란 숄로 몸을 감쌌는데 술잔을 쥔 한 손만을 밖으로 내밀어 인디언 깃털처럼 높이 들어 올리고 있었다. 테이블엔 위스키 병과 라디오가 놓였고, 라디오에선 내 라디오와 똑같은 사이렌이 울렸다.

그는 정면을 응시하고 있었는데, 그가 보는 것이 라디오인지 촛불인지 자신의 손목인지 술잔인지 알 수 없었다. 아무튼 미동도 없이 내가 들어온 걸 보았다는 어떤 내색도 하지 않다가, 한참 만에 술잔을 흔들며 마침내 입을 열었다.

"온더락으로 드시려면 서둘러요. 얼음이 곧 다 녹아버릴 테니까."

그러고 보니 여자 옆의 손이 닿을 거리에 호텔 방에서 볼 수 있는 작은 냉장고가 놓여 있었다. 나는 여자의 소파를 빙 돌아 둘러가서, 양초 불빛에 비치는 엎어 놓은 잔과 아직 녹지 않은 얼음을 발견했다.

"한참 더 있어야 녹겠는걸요. 맥이 냉골입니다."

여자가 흡연자 같은 잠긴 목소리로 웅얼거렸다.

"전기가 끊겼으니 난방기가 작동할 리가요!"

나는 피식 웃었다. 여자도 웃은 것 같았다. 분명 지난번 내가 이 집을 급습했을 때보다 오늘 밤이 그나마 덜 추웠다.

나는 여자의 맞은편으로 가서 여자와 똑같은 안락의자에 앉아 얼음 서너 개를 담은 잔에 위스키를 콸콸 부었다. 침묵. 이 침묵이 길어질 수 있었다. 나는 대화를 트고자 서두를 뗐다.

"뭐 들으신 얘기라도 있습니까?"

"제 라디오에선 이런 소리만 들리던데요. 에엥에엥에엥......"

여자가 특징적인 사이렌 소리를 흉내 내기 시작했다. 나는 다시 한번 피식 웃었다. 결과적으로 내 이웃을 만나러 오겠다는 생각은 그리 나쁜 게 아니었다.

"그쪽은 여전히 냉정이 유지되나 봅니다?"

나는 약간의 저의를 담고서 물었다.

"아니요, 핵폭발의 대재앙이 닥쳤을 때만 그래요."

내 미소가 굳었다. 내겐 두려운 가정일 뿐이었던 것이 이 여자에겐 확신이었다.

"저들이 정말로 그럴 수 있다고 생각하는 겁니까?"

내 이웃은 나를 돌아보지 않은 채 대답했다.

"비치발리볼 해본 적 없으세요? 공이 이 손에서 저 손으로 옮겨 다니잖아요. 공을 터치하려고 펄쩍 뛰어오르고, 멀리 보내버리고, 잡으려고 덮치기도 하면서 웃고, 소리 치고, 한바탕 난리가 나죠. 하지만 늦든 빠르든, 공은 어느 순간이 되면 어떻게든 바닥에 떨어져요. 쿵.”

그와 동시에 우리가 입술로 가져가는 유리잔 속의 얼음들도 딸깍거렸다.

“아무래도 불을 피우는 게 좋지 않을까요.”

여자가 대답했다.

“좋으실 대로요. 벽난로 옆에 장작이랑 나뭇가지들이 있어요. 탁자 밑에 묵은 신문들도 있고요.”

불길이 피어오르자 나는 촛불을 끄고는 자리로 돌아와 앉으며 혼잣말처럼 중얼거렸다.

“내가 내 집 책상에서 아무 의심도 없이 고개를 숙이고 그림에 푹 빠졌을 때, 그런 대재앙이 일어났다고 생각하면 정말. 엄청난 폭발이 일었고 거대한 연기구름이 피어올랐을 텐데 난 아무것도 못 보고 아무것도 못 들은 거잖아. 소름 돋는 하루야, 안 그래?”

“인간들이 당해 마땅한 일이 일어났을 뿐이에요.”

나는 잠시 사이를 두었다가 반박했다.

“제가 아는 사람들 중엔 안 그런 이들도 있습니다.”

"전 그런 사람을 못 봤네요."

여자의 두 눈에 이젠 어린아이의 잔인함이 어렸고, 그 때문에 나는 본격적인 토론을 피하며 명랑한 어조로 대답했다.

"전 잘 찾아보면 구하고 싶은 사람이 몇 명쯤은 있어요. 친구들, 대녀, 몇몇 이웃들……"

"전 아니에요. 그런 친구도, 가족도, 대녀도 없네요. 하물며 이웃들은……"

여자가 혐오스럽다는 듯한 손짓을 해보였다. 나는 비난조로 반박했다.

"저는 할 수만 있다면 섬 주민들도 구하고 싶군요. 먼저 안타키아 주민부터……"

정직하자면 그다지 진심은 아니었다. 장난삼아 던졌고, 그뿐이었다. 나쁜 의도 없이 그저 내 이웃을 슬슬 긁어본 것이었다. 그런데 이 친절한 말이 어떤 이유에선지, 적중했다. 소설가가 처음으로 나를 돌아보며 여자의 미소로 화답했다. 본의가 아니라는 듯 이내 거두긴 했지만. 이윽고 여자는 간신히 알아들을 수 있는 소리로 으르렁거렸다.

"상냥한 말을 끝으로 죽는 것도 괜찮네. 거짓말일지라도."

에브 생질은 예전엔 미인이었다. 어디선가 소설가의 몇몇 사진을 보았던 기억이 있기에 확신한다. 붉은 빛을 띤 머리칼, 당당한 상체와 장난꾸러기 같은 입술. 하지만 누적된 응어리와 알코올이 그를 일찍 시들게 했다. 나는 쉰셋의 나이지만 아첨을 감안하더라도 많아야 마흔다섯으로 보인다는 것이 주변의 중론인데 반해, 여자는 아직 서른여덟 살인데도 쉰에 가까워 보였다. 하지만 내가 빛을 잃었으리라 짐작했던 여자의 두 눈만은 아직 반짝거렸다. 만일 저 산발인 머리칼을 어느 정도 정돈하고, 얼굴과 옷에 환한 색을 더한다면, 만일 어깨를 펴고 가슴을 앞으로 내민다면—의도가 도발이든, 당당함이든, 유혹이든 상관없다—만일……

나는 이처럼 자세 교정자나 구원의 기사가 되어 속으로 상상을 펼쳤다. 시선으로 이웃여자를 감싸며 구제불능으로 망가지진 않았다고 생각했다. 오늘 밤, 우리 모두가 구제불능으로 망가졌다는 것을 제외한다면 말이었다.

"그만 약 좀 먹고 자야겠어요."

여자가 불쑥 말하고는, 꼬고 있던 다리를 풀더니 라디오를 끄고서 성냥에 불을 붙여 양초에 갖다 댔다.

"혹시 걸을 힘이 없으시면 그냥 계셔도 돼요. 거기 소파에. 방이 점점 훈훈해지는군요."

나는 벌떡 일어나며 잔을 내려놓았다.

"아닙니다, 감사해요. 저도 제 침대와 방과 욕실이 필요해요. 늙은 독신자의 모든 습관들이."

"아무렴요. 그럼 다음에 또. 혹시 내일도 우리가 죽지 않았거들랑, 다시 찾아오세요!"

*

돌아가는 길, 나도 여자처럼 하게 되리라는 확신이 들었다. 수면제 삼키고 잠들기. 오늘밤은 달리 잠들 방도가 없을 터였다. 이 방문으로 마음이 어느 정도 안정되고, 다가올 일에 대해서도 보다 담담해진 건 사실이었다. 그럼에도 집에 들어가 불을 끄고 나면, 윙윙거리는 라디오를 곁에 둔 채 혼자 침대에 누워 있노라면, 머릿속으로 그간의 모든 삶이며 친구들이며 무엇보다 부모가 스치는 걸 어쩌지 못할 터. 과거의 모든 응어리들에 잠식당한 채 쉬 눈을 감지 못하리라……

집에 들어오니, 냉골이었다. 내 집 난방기는 중유로 작동하고, 연료라면 두 차례의 겨울도 날 만큼 비축해두었다. 하지만 전기로 작동하는 보일러는 작동하다가 멈추고 다시 작동하기를 반복했다. 평소엔 정전이 길어지면 관계기관에 전화를 걸어 불편을 신고하면 빠르게 정상화된다. 그런데 오늘은 전화를 걸 수도 없으니, 나도 이웃여자처럼 하는 수밖에. 달리 방도가 없었다. 그러니까 벽난로에 불을 피워야 했다……

장작불 옆에서 몸이 훈훈해지자, 거실을 떠나 남극이 돼
있을 침실로 모험을 떠나고 싶지 않아졌다. 나는 거실에서
손바닥과 두 눈을 불길로 향한 채 꼼짝도 하지 않았다. 묵
은 신문들이 불길 속에서 비틀리며 타들어가는 것을 보자
니, 불현듯 글을 쓰고 싶다는 허세 어린 충동이 치밀었다.

글은 내게 익숙한 표현 방식은 아니었다. 이 기이한 미지의
상황을 기록해야만 할 것 같은 감정에 이끌린 이 증언을 제
외하고는, 미래에도 내가 다른 무언가를 쓰는 일은 없을 터
였다.

미래라니, 미래를 언급하며 나는 움찔했다. 돌연 야심만만
해지는 이 상황이라니!

나는 소파에 앉아 두툼한 화집—노먼 록웰의 것으로 되는
대로 손에 잡은 것이다—에 작은 수첩을 받치고는, 벽난로
의 불빛에 의지하여 단숨에 몇 페이지를 써내려갔다. 그대로
직진할 뿐 다시 읽는다든지, 윤색한다든지, 앞으로 되돌아가
지 않았다.

밖은 비가 그쳤다. 사위가 평화로워 보인다. 비록 장작불은
바닥에 불씨만 깔렸어도 방 안이 쾌적하다.

머릿속을 지배하는 모든 것을 아직 아무것도 기록하지 못
했는데 졸음이 쏟아진다. 두 손이 늘어지고, 생각이 흩어진

다. 이젠 글쓰기를 중단하고 무기력에 나를 내맡길 시간이
다. 오늘 쓴 것들을 간직할지, 다른 몇 가지를 덧붙일지, 아
니면 다음에 벽난로에 불쏘시개로 쓸지는, 깨어나서 판단하
리라.

11월 10일 수요일

잠에서 깨어나니 라디오에서 여전히 사고를 의미하는 한 결같은 이상 신호음이 울리고 있었다. 전깃불, 전화, 인터넷을 확인해도 마찬가지. 여전히 먹통이었다.

블라인드를 걷으니 폭풍우는 잠잠해졌다. 눈부신 태양에 잔디와 이파리들이 이미 바삭했다. 집 안 정원 끝의 검은 바위에 앉아 있는 갈매기 한 마리가 내 쪽을 돌아보았다. 우리의 눈이 마주쳤으나 녀석은 꿈쩍도 하지 않았다. 내가 멀리 있긴 했다.

공기가 어찌 이토록 거짓말처럼 싱그러울 수 있단 말인가? 어찌 저 드넓은 푸른 하늘 너머로 참사가 벌어질 수 있단 말인가? 나는 유리문 밖으로 나가 바다 내음을 맡았다. 내가 한껏 기지개를 켜자 갈매기가 나를 나무라는 듯 비웃는 듯, 끼룩거리며 고고히 날아올랐다.

내가 아는 한 아무것도, 정말 아무것도 달라진 것이 없는 상황에서 즐거운 기분이 들다니, 스스로도 놀라웠다. 나는 허파로 밀려드는 이 산소에 죽음의 분자가 섞였는지 아닌지 여전히 알지 못했다. 하지만 태양이, 태양의 눈부신 빛과 따사로운 온기가 있었다. 나는 태양 빛에 몸을 덥히며 황홀해했다. 맨발에 느껴지는 잔디가 축축했다. 멀리서 여전히 끼룩거리는 갈매기 소리가 들렸다. 녀석이나 녀석의 누이일 수 있었다. 좀 더 위쪽엔 대서양이 있었다. 바닷물이 더러 내 정원의 가장자리를 둘러싼 바위들을 핥고 갔다. 나는 추위에 아랑곳없이 바다를 향해 걸으며 옷을 벗었고, 물가에 이르러 몸을 숙여 바닷물에 얼굴을 담갔다.

나는 살아 있었다. 아직 살아 있었다. 하루 더? 한 주일 더? 혹여 재앙이 닥친다면 내 몸을 맡길 곳은 이 대서양이리라 생각했다. 바다가 날 품기를! 내키는 곳으로 날 데려가기를! 날 삼켜버리고, 무엇보다 내 육신을 토해내지 말기를!

나는 더 한층 초연해져서 집으로 돌아왔다. 벽난로에 불을 붙인 뒤, 몸을 구울 태세로 불 가까이에 알몸으로 누웠다.

평소엔 아침에 일어나면 그날 무얼 할지 떠올린다. 할 일들을 꼽아보고 종이나 머릿속에 목록을 작성한다. 직장을 다니던 때처럼. 그런데 오늘은 그런 문제들을 떠올리지 않았다. 그보다는 지금 내가 느끼고 싶은 감각은 무엇인지 떠올렸다. 육체 곳곳에 어떤 감각을 느끼고 싶은지, 머릿속에 어떤 감각을 느끼고 싶은지. 습기와 건조함, 냉기와 열기, 팽팽함과 느슨함, 분투, 눈물, 웃음, 포기, 불 옆에서 시나브로 엄습하는 노곤함……

나는 깨어난 지 얼마 되지 않았음에도 또 다시 잠들었다.

두 번째로 눈을 떴을 때, 딱하게도 나의 강박적인 책임 본능이 되살아났다. 나는 나를 채근하며 '해야 할' 것들과 '이미 했어야 할' 것들로 나를 채찍질하고 있었다……

손목시계를 찾아 손목에 채웠다. 오후 2시 30분. 벽에 있는 조수 간만 차트를 확인했다. 오늘은 오후 4시 19분에 수위가 가장 낮을 터. 그로 케이론에 다녀오려면, 당장 출발해서 세 시간 내로 돌아와야 했다.

나는 내 애마에 올라탔다. 벽돌색 자전거. 자전거 뒤쪽엔 가죽 끈으로 버들가지 바구니를 매달아놓았다. 나는 곧장 르 구웨로 향했다.

르 구웨 통로는 군데군데 아직 무수한 물웅덩이로 반짝였으나 물은 얼추 빠져 있었다. 그래도 나는 신중하게 나아갔다. 살짝만 미끄러져도 대서양에 코를 박기 십상이었다. 지협의 넓이가 6미터도 되지 않는 데다, 표면은 군데군데 진창이었다. 게다가 르 구웨는 육교도 구름다리도 아닌 3해리의 기다란 오솔길로, 가다보면 땅이 보이지 않을 때도 있어 대서양 위에서 무작정 페달을 밟고 있는 기분이 들기도 했다.

건너편 뭍에 이르자 잠깐이라도 굳은 땅에 발을 디뎌야 한다는 생각이 들었다. 대서양 항구까지 달리기 전에.

길은 휑했다. 하지만 내 단골 술집은 고기잡이를 떠나지 않은 이들로 만원이었다.

술집 이름은 '혼(horn) 곶* 항해사'. 케이론 제도의 선원들이 드물게는 아내를 대동하고서 영원을 향해, '혼 곶 항해사' 타이틀의 위엄을 위해, 건너편 세상 끝으로 떠나던 시절을 추억하는 이름이다.

나는 운 좋게도 그 마지막 일원과 만날 수 있었다. 그 여인이 세상을 뜬 지 10년도 채 되지 않았다. 현재는 그의 손자가 이 술집의 카운터를 맡고 있다. 벽에는 항해 기념물들이 트로피들 한가운데 장식되었다. 낡은 등록필증, 발파라이소며 마카사르 산(産) 라벨이 붙은 술병들, 사람 크기로 확대한 압도적인 짙은 갈색 사진들. 사진 속에선 기다란 원피스를 걸친 우리의 항해사 여인이 선장인 그의 남편과 갑판에

---

* 남아메리카 대륙 최남단.

서 있다. 저 옛날의 근엄하면서도 아름다운 얼굴.

그를 제외하고는 이 술집에서 여성이라곤 흔적도 없다. 그도 그럴 것이 수부들은 바로 여자들을 피해 이곳에 오는 것이기 때문이다. 여자들에 대한 이 슬픈 싫증과 도주 이야기는 세대를 이어오며 반복된다. 남자들은 수 주간, 혹은 수개월간 바다로 떠나고, 여자들은 홀로 자유롭게 집에 남는다. 남자들은 아내와 사는 것에 익숙지 않고, 여자들은 남편에게 순종하는 데 익숙지 않다. 남편이 집에 돌아오면, 돌연 집이 너무 협소해진다. 그러니 남자가 나가는 수밖에. 보다 담대한 이들은 다른 천국들을 향해 영원히 도망치지만, 대부분은 매일 최대한 오랜 시간 도피해 있는 것에 만족한다. 물론 이곳 혼 곳 항해사로. 남자들끼리 술 마시고 카드치기 위해, 예전의 공포를 털어내며 껄껄대기 위해.

술집은 원래도 어두웠기에 조명이 없는 오늘도 크게 달라진 건 없었다. 눈이 금세 어둠에 익숙해졌다. 익숙한 얼굴들이 보였다. 우리는 악수를 나누었다. 내가 미처 자리에 앉기도 전에, '캐나다인'인 내게 평소의 허물없는 거친 말버릇이 뒤섞인 질문들이 쏟아졌다. 젠장칠, 이러다 싹 다 없어지는 거 아냐?, 파리부터 섬에서 잊힌 우리까지 싹 다? 염병, 대체 우린 왜? 우리가 뭘 잘못이야? 우리한테 며칠, 아니 몇 시간이나 더 남은 거야?

당연히 나로서도 대답할 길이 없었다. 그저 그들의 불안에 나의 불안만 보탰을 뿐. 우리 모두 똑같은 사건을 겪고, 똑같은 불안을 키우고 있는 것일까? 이제 우리 모두는 각자 표현과 신중함의 수위는 다를지언정 저마다 똑같은 예측을 하는 것일까?

"마누라들이 겁에 질렸어." 고티에가 오직 내게만 들리도록 소곤거렸다.

그는 침을 꿀꺽 삼키고는 다시 입을 닫았다. 나는 손목시계를 흘깃거렸다. 오후 5시가 다 돼 가고 있었다. 나는 앞에 놓인 작은 맥주잔—적정량!—을 비우고는 일어섰다. 들를 곳이 남았다.

내가 대서양 항구에 오는 날이면, 도착할 때든 떠날 때든 잠깐이라도 '사공'이라 불리는 친구의 집을 들르지 않는 날은 거의 없다. 예전엔 사공이 나룻배로 사람들이 안타키아 섬에서 그로 케이론 섬으로 건너는 걸 도왔다. 르 구웨 통행이 불가능했던 시절의 이야기다. 오늘날 이 시 공무원의 업무는 르 구웨를 지키고 관리하는 것일 뿐이나, 여전히 '사공'이라는 호칭으로 불린다.

내가 그를 방문해야 할 의무감을 느끼는 건 비단 그가 에브를 제외한 나의 가장 가까운 이웃이어서는 아니다. 그는 조금은 오로지 나 때문에 이곳에 있는 것이기 때문이다. 안타키아에 더는 아무도 살지 않았던 시절엔 사공직도 폐지되고 〈통행 엄금〉이라고 쓰인, 쇠줄로 고정된 녹슨 대형 표지판으로 르 구웨 입구가 폐쇄되었더랬다.

내가 섬에 정착한 뒤로 섬 당국은 이제 통행금지 표지판을 거두고 르 구웨 통로를 지켜야 한다고 판단한 바, 섬의 빈약한 예산을 축내지 않기 위해 묘책을 짜냈다. 요컨대 누군가에게 사공의 거처였던 집을 제공하고 인근 땅도 경작하게 하는 조건으로 보초 임무를 부과하는 거였다. 사실 시간적으로 자유로운 일이었다. 썰물이 예정된 시각에 행여 르 구웨를 부주의하게 얼씬거리는 자가 있지는 않은지 확인하는 것이 다였다. 지난 12년간 이곳을 거쳐 간 사공은 대여섯 명이다. 은퇴한 중사, 무료 거주에 혹한 젊은 부부, 안주하고 싶었던 두 수부…… 현재의 사공은 2년 전에 발령받아 온 외국인이다. 이곳 군도에선 마닐라에서 온 사람도 맞은편 연안에서 온 사람처럼 외국인이라 부르지만, 이 사공은 진정한 외국인이다. 그리스인. 사실 정확하진 않다. 기원을 따지자면 그는 여러 종족이 섞인 듯하고, 자칭 '먼 그리스인의 후손'이니까. 어쨌든 아가멤논이라는 이름만은 더없이 그리스적이다. 비록 이곳 사람들은 바로 '아감'이라고 축약해버렸지만.

그는 이런 곳에 있을 법하지 않을 뿐더러, 무엇보다 이런 하잘 것 없는 일이나 할 법하지 않은 놀라운 인물이다. 독서량이 엄청나고, 그야말로 모르는 게 없는 기지 넘치는 지식인이다. 그와 나 사이엔 내가 그의 전임들과 맺어왔던 단순히 예를 갖추는 관계 이상의 강한 유대감이 있다.

*

그의 집으로 향하는 오솔길로 들어서자, 위층 창문 열리는 소리가 들렸다. 나는 곧바로 그에게 외쳤다.

"오늘 통행도 붐비나?"

"두 시간 전에 자전거 한 대가 지나갔어. 해가 떨어지기 전에 반대 방향에서 통행이 하나 더 있을 예정이고."

우리의 첫 인사는 늘 같은 주제를 변주한 농으로 시작된다. 르 구웨의 극히 드문 통행에 관한 것 말이다. 오늘 같은 날조차 우리는 이 규칙에서 벗어나지 않았다.

내가 자전거를 아가멤논의 자전거 옆에 세워놓는 사이, 그가 아래층 문 앞에 모습을 드러냈다.

어깨가 떡 벌어진 장신의 사내. 더할 수 없이 명백한 혼혈인의 얼굴. 돌출된 광대와 살짝 째진 눈, 금발에 가까운 옅은 갈색 머리로 뒤덮인 갈색 피부. 언뜻 보면 햇살과 소금기

밴 바람에 그을린 켈트족 선원의 인상을 풍기는데, 거기에 체격과 빛바랜 야구모자와 황금색 닻 문양이 새겨진 상의가 이 인상을 강화한다. 하지만 좀 더 가까이에서 보면 그의 출신을 더는 알 수 없게 된다. 마치 시팅 불(Sitting Bull)*과 발키리**의 사랑에서 탄생한 것 같다고 할까.

나는 특별히 남성의 아름다움에 민감한 편은 아니나, 이 인물을 바라보는 건 한없는 즐거움이라는 사실을 인정해야 겠다. 일단 그에게 시선이 가면 다른 데로 눈을 돌리는 데는 노력이 필요하다. 필시 아름다움 때문일 테지만, 어떤 기이함 때문이기도 하다.

"혼 곶 항해사에 가면 당신을 만날 수 있을 줄 알았지."

"잠깐 들르긴 했어. 정오경에. 집 안에 할 일이 있어서 금세 나왔지. 고칠 것들이 좀 있거든. 라디오가 고장이지 뭐야."

내가 그의 말을 가로막으려는 찰나, 그가 사기꾼처럼 윙크하며 웃어 보였다.

나는 한숨을 내쉬고는 말했다.

"다행이네. 당신은 아직 웃을 기운이 남았다니!"

"못 웃을 건 또 뭐야?"

---

* 아메리카 원주민 중 수족의 한 갈래인 라코타족의 지도자로, 인디언 이름은 타탕카 이오타케이다.
** 북유럽 신화에 등장하는 반인반신의 여전사.

"지금 벌어지고 있는 이 모든 사건에도?"

"대체 무슨 일이 벌어졌는데? 다들 초상집 같은 표정들이니, 원. 오늘 오전에 술집에선 거의 장례식 분위기였어. 대체누가 죽었기에 그리 울상들이냐고 묻고 싶을 정도였지. 죽은 사람이 아무도 없는 것 같은데 말이야! 모르긴 해도 당신도핵폭탄이 터졌다는 말이 하고 싶은 거겠지."

"그럼 이 상황에 어떻게 그런 말을 하지 않을 수 있지?"

그는 손목시계를 확인하더니 하늘을 올려다보았다.

"통로를 둘러볼 시간이야. 같이 위층에 올라가서 잠깐 좀앉자고. 내가 가진 것 중에 최고의 와인 병을 딸 테니까. 다음 날이 더는 보장되지 않는다면, 내일을 위해 간직해봤자말짱 도루묵이잖아!"

우리는 식탁에 나란히 앉았다. 아가멤논은 지협으로 난 널따란 창문 앞에, 나는 말라붙은 느릅나무들에 가려져 봉우리만 보이는 산으로 난 다른 창문 앞에 앉았다. 그가 차분한 목소리로 이야기를 시작했다.

"다들 그렇듯이 지난 몇 주간 나도 수시로 뉴스를 들었어.그 알 수 없는 메릴랜드 폭발 사건부터 미국이 세계 곳곳의핵무기를 '수거'하려 한다는 소식까지. 소위 '나쁜 손에 들어간' 핵무기 말이야…… 미국은 대체 어떻게 그 따위 '수거'작전을 펼칠 생각을 한 걸까? 자기들이 시키면 다른 나라들이 순순히 비핵화할 줄 알았나? 아닌 게 아니라 그런 맥락만 놓고 보면 심각한 위기 상황이긴 해. 엊저녁 드디어 핵폭발의 지옥이 시작됐다고 믿을 만도 하단 얘기야. 말도 되지 않지만!

그래도 당신은 무슨 일인가 벌어졌다고 말하고 싶겠지. 심각한 사건, 극도로 심각한 사건이 벌어졌다고. 그래, 그 점에선 나도 동의해. 그렇지만 대체 어떤 사건? 아직 전혀 알려진 바가 없잖아. 다만 우리가 확신할 수 있는 한 가지는 당신과 나, 우리가 살아 있고, 우리 주변의 아무것도 파괴되지 않았다는 거야. 그것만으로도 한탄하는 대신 기뻐하고 축하해야지, 안 그래?"

그가 내 잔과 자신의 잔을 채웠다. 나는 감사를 표하며 건배한 뒤 잔을 비웠다. 그의 말을 들으며 공포가 어느 정도 진정되었다. 나는 그에게 감사한 마음이 들면서도 이렇게 반박했다.

"이 상황이 단지 유예기간일 뿐이 아니라고 어떻게 그렇게 확신해? 전기도 끊기고 전화도 먹통에 라디오까지 죄다 동시다발적으로 똑같이 먹통인데. 이건 어떻게 설명할 거냐고?"

"이곳 군도에선 전기며 통신 두절은 이 계절에 노상 겪는 일이야. 그래도 세상의 종말을 떠벌린 적은 이제껏 한 번도 없었다고! 물론 작금의 상황을 축소하려는 건 아니야. 나도 당신처럼 걱정스러워. 뭔가 심상치 않은 일이 벌어지고 있는 것 같은데, 그게 뭔지 알 길이 없으니. 그래도 핵폭발이라니! 그런 대재앙은 아니지! 절대 그럴 리 없어! 우리를 제외한 바깥세상이 죄다 파괴되었고, 우리, 이 케이론 제도의 주민들만이 유일하게 살아남아 이제나저제나 방사성 구름이 덮쳐오기만을 기다리고 있다는 생각은 얼토당토않다고."

"정말이지 당신 말이 맞았으면 좋겠어, 아감! 모든 게 파괴되지 않았기만을 바랄 뿐이야. 하지만 질문은 남아. 그럼 대체 무슨 일이냐고?"

그가 대답했다.

"옳지, 옳지. 좋은 질문에 다시 나쁜 대답을 내놓아야지! 그래도 시작은 늘 그렇게 하는 게 낫고."

그는 손목시계를 확인했다.

"이제 곧 어두워질 거야. 내쫓는 꼴이 되어서 안됐지만, 어두울 때 르 구왜를 건너는 건 더 불안하니까 이만 가보는 게 좋겠어."

아닌 게 아니라 밖엔 이미 어스름이 깔렸다. 더 지체하다간 가뜩이나 밤눈이 밝지 못한 판에, 검푸른 바다와 검푸른 통로를 더는 구분하지 못할 터였다. 나는 희미한 "내일 봐" 인사와 함께 뛰어서 그의 집을 나섰다.

가는 길에 투우사의 노래인 '카르멘'을 휘파람으로 흥얼거

렸다. 제법 명랑한 내 휘파람 소리를 들으며 이 이웃 섬 원정
이 내게 위안이 되었다는 사실을 깨달았다. 물론 여전히 불
안과 혼란 속에서 수천가지 의문을 떠올렸으나, 어쨌든 휘파
람을 불고 있었다. 이러니저러니 해도 '견딜 수 없는 의혹'이
재앙을 확신하는 것보다는 나은 법이다.

　집으로 돌아와 어김없이 전기 스위치에 이어 라디오 버튼
을 눌러보았다. 거룩한 벽전화의 수화기도 들어 터무니없는
"여보세요" 소리도 발음해보았다. 물론 아무 대답도, 아무 소
리도 들리지 않았다. 내가 짧게 집을 비운 동안 내 기분 외
에는, 달라진 것이 아무것도 없었다.
　나는 창문 옆에 앉아 오늘의 원정에 대해 몇 자 끄적거렸다.

*

　사공 덕분에 다소 명랑한 기분과 상대적 낙관과 평온을
되찾았으니, 지난 몇 주간 벌어진 일련의 사건들을 되짚을
겸 짧게라도 여담을 꺼내놓아야겠다.
　이미 앞서 한 번 이상은 언질을 했던 바, 어제쯤엔 이야기
했어야 할 것이나, 어디서부터 어떻게 이야기를 꺼내야 할지
엄두가 나지 않았다. 나의 동시대인들이라면 다들 알고 있는

사실부터 시작해야 할까? 몇몇 독자를 위해서? 나는 이 질문들에 대한 답을 여전히 알지 못한다. 그저 스스로 의문을 갖기를 포기한 것일 뿐. 라디오가 송출을 멈추고 최악의 상황이 두려워지는 이 순간, 뇌리를 스치는 것들을 몇 문단으로 기록하기 위해서 다만 내 직감에 의지하려 한다.

우선 지난 수년간 세간과 마찬가지로 정치 지도자들에게도 '무차별적' 핵무기 확산 문제가 강박적 관심사가 되었음을 상기하는 것으로 이야기를 시작해야 할 듯하다. 방사성 연료, 부속품, 어쩌면 미사일 전체, 엔지니어, 기술자, 연구자, 신분을 망각한 군인들까지, 이 모든 것이 뒤얽힌 이야기들이 루머의 불협화음 속에서 지구촌 거의 전역을 떠돌고 있다.

일례로 한 밀매상 카르텔이 자신들의 은거지가 공격받을 시에 가차 없이 날려버릴 목적으로 미사일 세 발을 구입했다는 설이 있다. 진실일까, 날조된 루머일까? 대체 누가 이 사실을 확인하기 위해 보르네오나 아마존의 정글 한복판으로 간단 말인가?

한편으로는 한 테러리스트 지휘관이 독일 드레스덴 근처의 농가에 잠복해 있으며 여차하면 방사성 물질 기반 미사일을 날릴 태세라는 소문도 떠돈다. 독일 당국이 과장이자 망상이라며 루머를 일축했고, 사건은 침묵의 수의에 덮인 채

묻혀버렸다. 이 또한 진실인지, 아니라면 어떤 부분이 음모론적으로 날조된 것인지, 알 길이 없다.

보다 염려스럽고 보다 긴박한 소문은 이것이다. 광적이고 망상적인 전쟁 지휘관이자 코카서스 산중에 자리 잡은 작은 독재정부의 수장 사르다르 사르다로프 '장군'이 지난 수년 동안 옛 소련 군대가 보유했던 미사일을 상당량 확보해온 듯하고, 이제껏 보여 온 모든 정치적, 정신의학적 행보로 미루어 보건대 하시라도 무기를 사용하려고 안달한다는 것. 그러니 대체 누가 그 반미치광이에게 이성을 찾게 한단 말인가?

아가멤논이 언급한, 몇 주 전 메릴랜드의 한 작은 마을에서 있었던 폭발 사고도 이런 맥락에서 발생한 것이다. 심각한 트라우마를 남긴 심히 우려스런 사건으로 어제부로 우리에게 닥친 재앙의 시발점일 수 있었다.

지난 9월 26일 오후, 그러니까 대략 한 달 반 전에, 워싱턴 중심부에서 30킬로미터 남짓 떨어진 포토맥 강 어귀의 작은 항구인 인디언헤드에서 위압적인 폭발음이 울려 퍼졌다. 자치당국의 초기 대응은 지역 관할에서 발생한 이 사건—명실상부 핵폭발!—을 감히 명명하지 못한 채, 부인으로 일관하는 것이었다. 물론 폭발의 위력은 미미했고 범위도 제한적이긴 했다. 폐해가 1천 미터 반경 이내였기 때문이다. 하늘이

도운 서풍으로 방사성 구름이 흐트러지지 않았던들, 피해자는 더 많았으리라. 일부는 불안을 가라앉히기 위해 애써 '우발적인 폭발'로 치부하려 했으나, 그마저도 엄밀히는 무기를 작동시킨 자들이 꼭 그 장소, 그 시각에 폭발시키려는 의도는 아니었으리라는 가정에 그쳤다. 최근까지도 다수 언론은 이 재앙의 당사자들이 연방국의 도시들을 공격할 준비가 된 테러리스트들이 아니라 핵무기에 경도된 젊은 연구원들이라는 주장을 굽히지 않고 있다. 믿기지 않지만 그만큼 반박하기도 어려운 가정이었다. 그 모든 견습 기술자들이 온 데 간데 없이 사라져버렸으니 말이다.

폭발이 일어난 다음 날로 인류는 이 사건의 파장에 대해 생각하기 시작했다. 그런 식으로 미국을 비롯한 세계 각지에서 극심한 불안이 싹텄고, 이 불안은 점차로 가중되어만 갔다. 가히 인류 전체가 충격에 휩싸이고 혼란에 빠진 사건이라고 할까. 수년 전부터 '학계'의 연구보고서나 소설 및 영화 속에서나 상상되었던 것들인 만큼 자칫 과민한 반응일 수도 있으나, 우리는 오래 전부터 그와 같은 무기 제조법이 인터넷에, 그것도 초안을 포함한 상세한 설명서를 곁들여 떠돌고 있다는 것을 모르지 않지 않은가! 이제 우려가 현실이 되고 보니 다들 경악하는 동시에 믿기지 않아 했다.

이와 같은 극도의 혼란과 위기감이 팽배한 상황 속에서,

이제껏 듣도 보도 못한 한 무장 단체가 다수의 언론 매체에 동영상을 전송했다. 영상에선 웬 복면 사내가 자신이 폭발의 주범이라고 주장하고 있었다. 대부분의 테러리즘 전문가들은 이 영상이 거짓이고 허언증 환자의 연출된 작품일 뿐이라는 의견을 내놓았으나, 일부 전문가들은 테러 가능성을 배제할 수 없으며 지휘자는 사르다로프 장군일 수 있다고 진단했다. 폭발 사고가 발생하고 나서 이틀 뒤, 코카서스의 독재자가 과시해 보인 허세를 범죄의 자백으로 해석할 수 있다는 것이었다.

하워드 밀턴 미국 대통령은 대응할 필요를 느꼈다. 그는 전 세계로 중계되는 기자 회견—폐암 말기인 그는 무척 수척해 보였다—에서 이제부터 통제되지 않는 개인의 손에 들어간 폭탄, 탄두, 플루토늄, 농축 우라늄 일체를 모조리 '수거'하겠노라고 엄중히 선언했다. 미국뿐만 아니라 전 세계에 걸쳐, 모든 수단을 동원하여 거둬들이겠다는 것이었다. 이 결정은 북미, 호주 및 일부 유럽 국가들에게 박수 받았으나, 다른 지역에선 불신과 더러는 분노까지 유발했다. 특히 파키스탄을 비롯한 러시아, 중국, 인도의 지도자들은 만일 감히 자국의 설비나 기지를 공격할 시엔, 두 손 놓고 구경만 하진 않겠노라고 엄포를 놓았다.

책임자든 일개 시민이든, 누구의 시선으로도 간과할 수 없는 극도로 엄중한 상황이었다. 우리는 지난 20세기의 절반 동안, 몇 차례의 위기를 겪으며 서구와 구소련 간의 핵무기 전쟁을 두려워한 바 있다. 하지만 죽음의 버튼을 누를 수 있는 몇 안 되는 손가락은 역사의 평가와 자손의 공포 어린 시선을 두려워하는 최고위 정치인의 것이었다.

사르다로프 같은 인물이 그들과 똑같은 압박을 느낄 것이라고 믿을 근거는 어디에도 없었다. 혹여 '죽음의 버튼'에 다가가는 그의 손가락이 떨린다면, 차라리 분노나 증오, 또는 살의 섞인 광기 때문일 터였다.

그 지경의 폭한을 어찌 설득할 것인가? 대체 어찌 제압하고, 무력화하겠는가? 위협으로? 엠바고? 유격 작전? 조준 폭격? 그 어떤 작전도 중대 위험을 무릅쓰지 않고서는 실행할 수 없는 것이었다. 밀턴 대통령을 비롯한 모두가 파괴적인 결과로 이어질 패착을 우려했다. 하지만 세계 최고 권력의 지도자는 더는 행동하지 않을 수 없었다.

역사적으로 무장 단체와 핵폭발에 대응하는 이런 종류의 작전이 어긋난 적이 있었던가? 그랬을 수도 있고, 어쩌면 아니었을 수도 있었다······

나는 지난달 〈문학 동향〉에 기고한 만평 만화에 이와 같은 공포 분위기를 반영했다. 내 만화는 전 세계에 걸쳐 넘치도록 재생산될 터였다. 우리의 가련한 지구를 수류탄으로 표현하고, 수류탄의 세로 홈과 가로 홈을 위선과 경선으로 묘사한 그림. 이 수류탄 지구에선 손 하나가 빠져나와 안전핀을 찾고 있었다.

만화의 하단 내 사인 옆에는 실크해트를 쓴 작은 인물 캐릭터 스마트 알렉을 그려 넣었다. 만화 칸에서 분리된 이 캐릭터는 논평을 덧붙이거나 더러는 거리를 두고 관조한다. 이날은 내 캐릭터가 체념한 표정으로 두 귀를 틀어막았다. 마치 폭발의 두려움은 소음뿐이라는 듯이.

*

이와 같이 현 상황의 배경이 되고 어쩌면 해결의 열쇠를 숨기고 있을지도 모를 최근의 몇몇 동향을 기록하고 난 뒤, 나는 부엌으로 가서 마지막 남은 빵조각과 염소 치즈로 대충 허기를 면했다. 그리고 에브의 집으로 향하는 길을 걸었다.

주먹으로 에브의 집 문을 세 번 친 뒤, 어제처럼 대답을 기다리지 않고서 곧바로 문손잡이를 돌렸다. 이어서 실내로 들어가 내 존재를 알리기 위해 쾅 소리가 나도록 문을 닫았다. 보다 조심스러운 다른 사람들이었다면 아마 헛기침을 하지 않았을까. 나는 거실로 향하며 외쳤다.

"아무도 없어요?"

내 이웃이 즉시 대답했다.

"위층에 있어요. 어서 올라와요!"

나는 시선으로 계단을 찾은 뒤 한달음에 올랐다. 어느 방의 열린 문틈으로 흔들리는 양초 불빛이 새나왔다. 에브의 침실이리라. 방으로 들어가니 에브가 목욕가운 차림으로 침대 가장자리에 앉아 있었다. 그러고 보니 아직 저녁 7시가 채 되지 않은 시각이었다!

"들어봐요!"

나는 귀를 곤두세웠다. 희미한 멜로디가 스타카토로 들려왔다. 오르골에서 나는 소리 같았다.

내 이웃이 말했다.

"라디오에서 나는 소리예요. 제가 제일 작은 소리로 계속해서 켜놨거든요. 댁이 현관문을 닫는 바로 그 순간에 이 음악이 들려왔어요."

나는 낡은 트랜지스터라디오로 다가가 볼륨을 키운 뒤, '튜닝(tuning)'이라고 쓰인 버튼을 움직여 평소 내가 듣는 채널인 애틀랜틱 웨이브에 주파수를 맞췄다. 역시 똑같은 음악이 들려왔다. 마치 라디오의 전 채널이 단순한 신호음을 내보낸 뒤 이제는 하나로 통합되어 똑같은 음악—잔잔하고 살짝 집요하게 느껴질 정도로 반복적이지만 귀에 거슬릴 정도는 아닌—을 송출하는 것만 같았다.

적어도 한 가지는 확실했다. 이제껏 결코 들어보지 못했던 멜로디라는 것. 그랬다면 잊지 못했으리라.

잠시 뒤 에브가 내게 라디오를 갖고 먼저 거실로 가서 벽난로에 불을 지피고 있으라고 청했다.

"갑자기 나의 하루를 시작하기 전에 화장을 하고 옷을 차려입고 싶다는 어리석은 생각이 드는군요."

내가 먼저 방을 나올 수밖에 없도록 만드는 말이었다. 나는 일어나서 라디오를 강아지처럼 옆구리에 끼고는 천천히 계단을 내려왔다.

소설가가 거실로 들어왔다. 라디오에선 여전히 똑같은 음악이 들려왔다. 나는 볼륨을 많이는 말고, 살짝만 낮추었다. 장작이 세차게 타닥거렸기 때문이다. 나는 전날처럼 위스키를 마셨다. 이번엔 온더락이 아니었다. 얼음이 죄다 녹았기 때문이다. 나는 전날과 똑같은 안락의자에 앉았고, 소설가도 자기 자리에 앉았다. 우리 사이에 습관이 자리 잡기 시작했다.

"오늘 오후에 대서양 항구에 다녀왔습니다. 수부 몇 사람과 이야기를 나누고서 사공 아가멤논과도 대화를 나눴어요. 아가멤논은 아시겠죠, 당연히……"

"이런저런 핑계로 여기 두세 번 와서 만난 적이 있어요. 그 사람은 정말 여기까지 왜 흘러들어 온 건지 모르겠어요. 범죄를 저지르러? 사랑에 절망해서?"

"어쩌면 그 친구도 우리 둘처럼 고독하고 싶었는지도 모르죠. 섬을 구입할 방도는 없으니, 사공이 되는 것이 합리적인 해결책이었을 테고요. 무료 거처에 채소를 키울 터도 무료로 제공되고 낚시도 할 수 있으니, 먹을거리 걱정 없고 시간도 자유롭잖아요. 나머지 시간엔 하고 싶은 일을 할 수 있죠. 독서량도 상당한 것 같더라고요."

"알아요. 오죽하면 제 책까지 읽었을까요! 세상에, 거기에 어떤 구절들은 통째로 암기해서 제게 읊어주기까지!"

내 이웃은 이 말과 함께 끔찍하다는 듯 입을 삐죽여 보였다. 나는 동조의 웃음도 놀람도 표현하지 않으려고 주의하면서, 마치 아무 말도 듣지 않은 듯이 내 이야기를 이었다.

"그 친구는 우리가 우려하는 그 어떤 일도 일어나지 않았다고 확신하더군요. 그 친구 논리가 죄다 설득력이 있는 건 아니지만, 어쨌든 더불어 이야기를 하고 나니 기분이 한결 나아지더라고요."

"다행이네요."

에브가 어깨를 추어올렸다 내리며 말하더니 불쑥 물었다.

"얼음이 정말 한 개도 안 남았나요?"

"안됐지만 사실이에요! 제가 얼음통 밑까지 손으로 훑었지만 부스러기 하나 남지 않았어요! 혹시 얼음 대신 물이라도? 수도꼭지를 10초만 틀어놓아도, 얼음이 얼걸요."

"그렇게 해주세요."

내가 부엌으로 가자 별안간 라디오의 음악이 뚝 끊겼다. 나는 돌아와 볼륨을 키웠다. 여자 목소리가 흘러나왔다.

"조금 전 하워드 밀턴 미국 대통령이 대국민 담화를 발표했습니다. 내용을 듣겠습니다."

잠시 침묵이 흐른 뒤, 조기에 노화한 국가수반의 목소리가 들려왔다.

"존경하는 국민 여러분,

저는 우선 모든 것에 앞서 국민 여러분을 안심시켜 드리고자 합니다. 미합중국의 영토는 그 어떤 외부적 공격도 당하지 않았고, 우리는 인명이든 시설이든 그 어떤 피해도 입지 않았습니다. 지난 몇 시간 동안 불안을 조장하는 소문이 확산되고 있다는 것을 알기에 국민 여러분을 안심시켜 드리는 것으로 이 담화를 시작하고 싶었습니다.

그러한 소문은 필시 인터넷 중단, 텔레비전 및 라디오 방송 정지, 통신망 두절, 일부 전자기기 고장과 같은 이상 현상에 의해 양산됐을 겁니다. 정황상 최근 전 세계에서 산발적으로 일어나고 있는 사건들과 유사해 보일 수 있습니다.

이제 우리는 그 모든 이상 현상의 원인을 알게 되었습니다. 하지만 그것을 현 단계에서 공개하는 것은 부적절할 것입니다. 다만 이 이상 현상의 원인이 된 주체와 최고위직 차원에서 접촉이 이루어졌다는 것만은 말씀드릴 수 있습니다. 그들은 미국에 대해 어떤 증오나 원한도 키우고 있지 않다는 점을 명백히 밝혔습니다. 이제 그들과의 접촉을 통해 작금의 상황이 조속한 시일 내에 정상화되리라고 기대합니다.

어제부로 우리는 이제껏 겪어보지 못했던 전무후무한 상황에 직면하게 되었다는 사실을 숨기지는 않겠습니다. 다만 우리는 투철한 책임감과 우리에 대한 굳건한 믿음으로 현 상황에 대응해나갈 것입니다. 저는 미국 국민 모두의 위기의식과 지혜와 시민정신 덕분에, 그리고 각 대륙에 분포한 우리의 친구들 및 파트너들과의 긴밀한 협력 덕분에, 그간 우리가 우리의 역사에서 심각했던 위기 상황을 몇 번이고 극복해왔듯이, 이번에도 이 민감한 시기를 무사히 통과할 수 있으리라 확신합니다.

이번 사건의 진척 과정을 국민 여러분께 정기적으로 알려드릴 것을 약속합니다. 인내심을 보여주십시오! 정부를 믿어주십시오. 모든 것이 순탄하게 해결될 것입니다.

국민 여러분께 신의 가호가 있기를!

미국에 신의 가호가 있기를!"

미국 국가 세 소절이 들린 뒤, 여성 앵커의 목소리가 이어 졌다. "하워드 밀턴 미국 대통령의 담화를 들으셨……" 나는 볼륨을 낮추고서 벽난로로 시선을 돌렸다. 에브도 나와 같은 방향을 돌아보았다.

"어때?" 한참 만에 에브가 내게 물었다. 처음으로 반말을 사용했다.

질문이 너무 일렀다. 내 머릿속에선 수천 가지 질문이 솟구쳤고, 그것들은 아직 우왕좌왕하며 정리되지 않았다. 말로 생각하는 수밖에.

"'이상 현상의 원인이 된 주체'를 말하면서 누군지는 밝히지 않았어. 대체 누구이기에? 무장단체? 국가? 그 모든 게 이상하고 불투명해…… 그리고 미국은 공격당하지 않았다고 했어. 인명이나 시설 피해도 없다고 했고. 그렇다고 승리의 공식 성명도 아니고. 자기가 진압하겠다고 약속했던 사르다로프나 그 부하들에 대해선 일체의 언급이 없어. 그들을 일망타진한 것일까? 무력화했을까? 그들 얘기는 아예 꺼내지조차 않았단 말이야. 하기는 핵전쟁에 대해서도 일언반구가 없었지. 핵폭발이 일어났다는 건지, 그걸 피했다는 건지, 아무 말도."

라디오에서 다시 음악이 중단되고서 몇 분 뒤, 하워드 밀턴의 담화를 다시 내보내겠다는 멘트가 들려왔다.

"혹시 건전지로 작동하는 구식 녹음기가 있을까?"

내가 묻자 에브가 과장되게 명랑한 어조로 대답했다.

"아마 저기, 저 커다란 잡동사니 서랍 안 어딘가에 있을걸."

나는 대번에 녹음기를 찾아내서 작동 상태를 확인한 뒤라디오에 바짝 붙여놓았다. 곧바로 담화가 시작되었다. 우리둘은 처음보다 더 경건하게 라디오에 귀를 기울였다.

"우리가 방금 들은 게 뭔 줄 알아?" 하워드 밀턴이 마지막으로 '신의 가호'를 비는 동안 에브가 불쑥 묻더니 말했다. "항복이야! 완벽한 항복 선언이라고!"

소설가가 미국 대통령을 흉내 내려는 듯 둔중한 굵은 목소리로 숨을 헐떡거리며 말했다.

"우리는 예기치 못한 적에 직면했습니다. 그들이 우리의 통신망을 두절시키고 설비를 고장 내고, 우리의 군사력을 마비시켰습니다. 이제 우리는 대항할 어떤 수단도 없는 바, 협상에 들어갈 것입니다…… 하지만 두려워하지 마세요, 존경하는 국민 여러분, 그들은 우리를 결코 해치고 싶어 하지 않으니까요!"

가능성 있는 해석이라는 걸 인정하지 않을 수 없었다. 하지만 다른 해석도 가능할 터였다.

"다른 어떤 해석?" 내 이웃이 더욱 진지해지며 물었다.

나는 선뜻 대꾸하지 못했다. 머릿속이 뿌옇고, 혼란스럽고, 느려졌다. 이만 돌아갈 시간이었다. 나는 일어섰다.

"혹시 녹음기 빌려줄 수 있나? 내일 돌려줄게. 이런 종류의 연설은 단어 하나하나에 숨은 의미를 파악하려면 몇 번이고 듣고 또 들어야 하거든."

"아주 가져버려, 그게 날 돕는 거니까. 난 그 녹음기 꼴도 보기 싫거든. 글 쓰는 데 도움이 될까 해서 작년에 샀던 건데 아무짝에도 소용없어. 그게 있으면 종이에 끄적거리거나 키보드를 두드리는 대신, 바닷가를 산책하면서 작은 기계에 대고 말만 하면 되려니 생각했거든. 기적의 해결책을 찾은 것 같았지! 그런데 마이크를 입에 대고 몇 시간 동안, 하루 온종일 산책을 해도, 말이 단 한 줄도 나오지 않는 거야. 그러니까 당신이 아예 가져. 당신은 적어도 사용은 할 테니까."

*

에브가 옳았다. 지칭조차 생략한 상대에 대한 밀턴의 언급은 기이하다. 그는 '적'이라거나 '적군'이라고도, 그렇다고 '파트너'라고도 하지 않았다. 그의 언급에선 일종의 경외감마저 느껴졌다. 그는 '현 단계에서 공개하는 것은 부적절할 것입니다'라고 했다. 정말이지 세계에서 가장 막강한 권력을 휘두르는 지도자의 말이라고는 생각되지 않을 만큼 조심스러운 태도였다.

우리가 들은 것은, 백성에게 몬테수마와 만난 것에 대해 공표하는 에르난 코르테스가 아니라, 코르테스와 만난 것을 공표하는 몬테수마 2세였다……*

그렇게 해서 어제부터 싹텄던 불안은 다소 가셨으나, 다른 불안, 보다 비현실적이고 불투명한 불안이 똬리를 틀었다. 핵폭발의 재앙은 일어나지 않았고, 이상 현상의 원인도 밝혀졌다. 그런데 이제 다른 문제가 발생했다. 예기치 못한 중대한 문제, 아직 거의 아는 것이 없는, 지금으로서는 그 범위와 영향력이 어느 정도인지 가늠조차 되지 않는 문제가.

---

* 16세기 멕시코 아스테카 인디언 왕국의 지도자인 몬테수마 2세가 위풍당당하게 군대를 이끌고 나타난 스페인 총독 코르테스를 아스테카 전설 속의 반신으로 착각해서 환대한 뒤, 결국 통치권을 빼앗기고 맞서 싸우다가 전사한 사건에 비유했다.

11월 11일 목요일

내가 자임한 이 기록자 역할은 생각보다 녹록지 않다. 나는 뉴스를 살피고, 확인하고, 메모하고, 기록하는 것으로 하루를 다 보냈다. 적어도 오늘밤은 전등 불빛 아래서 글을 쓸 수 있게 되었지만……

그렇다, 전기가 다시 들어왔다! 오늘 아침, 10시 무렵에 눈을 뜨자 집 안 곳곳에 놓인—컴퓨터와 프린터 위, 스테레오 위, 오븐 위, 냉동고 위—디지털 시계들이 깜빡거리고 있었다. 빨간색, 분홍색, 터키색 등 온갖 불빛들이 시간이 맞지 않으니 맞춰달라는 듯이 쩍쩍거렸다.

나는 휴대폰을 집어 파리에 사는 나의 대녀 아드리엔의

번호를 눌렀다. 녹음된 응답이 흘러나왔지만, 분명 아드리엔의 목소리였다. 통신망도 정상화되었다. 전파도 더는 '차단당하지' 않았다.

*

내가 두 번째로 번호를 누른 이는 가장 오랜 친구인 모로였다. 정확히는 내가 지속적으로 연락을 나누는 친구들 중에서 가장 오래된 친구다. 아마 그에 대해서는 다시 자세히 이야기할 기회가 있을 것이나, 지금은 왜 내가 최우선적으로 그에게 연락을 취하는 건지 설명해야 하리라.

우리는 대학 동기이고, 모로는 학창 시절부터 이미 신화였다. 두뇌가 명석하고 박식하며 빛나는 유머의 소유자…… 내가 그에게 관심을 기울인 건 우선 그런 면에서였다. 다음으로 외모도 범상치 않았다. 지나치게 동그란 얼굴, 창백하리만치 하얀 피부에 숱 많은 곱슬머리, 보석상 쇼윈도처럼 렌즈가 두터운 안경, 충족되지 않은 아이 같은 육식동물의 입술. 작달막하고 근시안인 그는 일반적인 미남에는 부합하지 않았으나, 준수한 외모와는 전혀 무관한 매력 발산 차원에서는 여자들에게 높은 인기 순위를 차지했다.

우리 사이의 물리적 거리와 세월은 우리가 맺은 관계에 별

반 영향을 끼치지 않았다. 나는 누구에게도 말하지 않는 것들을 그에게 털어놓았고 그도 마찬가지였으며, 우리는 이 관계를 여전히 유지하고 있었다. 하지만 수 해 동안 서로 얼굴은 보지 못했다. 각자의 길을 좇았다고 할까. 나는 법을 포기하고 그림을 택했으며, 신세계를 버려둔 채 내 기원인 외딴섬에서 살고 있다. 모로는 빼어난 법률가가 되어 최고로 첨예한 소송들을 따라 상파울루며 토론토, 런던, 싱가포르 등을 종횡무진했다. 그는 자신의 이름을 딴 대형 로펌에 구속받는 일 따위는 절대 하지 않았다. 그저 사건을 따라 나비처럼—게다가 사랑에서도 마찬가지였다—이리저리 날아다녔다.

그는 그의 동료들의 눈에는 최정상이었고, 친구들의 눈에는 신이었다. 그럼에도 오래도록 스포트라이트 바깥에 머물렀다. 그렇다, 미국과 같은 소란스런 사회에서조차 그는 익명을 유지한 채 중요한 인물이 되는 데 성공하는 업적을 이뤄냈던 것이다. 그랬는데 3년 전, 돌연 그의 이름과 얼굴이 대중에게 노출되었다. 이번엔 그에게도 피하기 쉽지 않았다. 그의 가장 친한 친구 중 한 명이 백악관에 입성했기 때문이다!

나는 밀턴 대통령을 실제로 만나보진 못했다. 선거 이전에도 이후에도. 어쩌면 그의 눈길이 내 만화 중 하나에 머물렀을 수 있으나, 알렉 장데르의 사인 뒤에 누가 숨었는지, 우리 사이에 어떤 연결고리가 있는지는 알지 못할 터였다. 모로는 친구들 사이의 칸막이를 지켰다. 나 또한 대외적으로 드러나기 전까지 그들의 관계를 알지 못했다.

선거기간 중에, 몇몇 신문에 '모리스 오츠, 일명 모로'의 이름이 언급되었으나 그의 역할이 지나치게 확대되진 않았다. 신임 대통령의 일거수일투족이 24시간 감시받고 주변의 내막이 드러나기 시작한 것은, 바로 당선 이후였다. 매우 특별한 자문관이니, 흑막이니, 마법사니, 전문 상담이니, 정신적 지도자니 하는 말들이 흘러나왔다. 모로의 다른 친구들은 어떨지 모르나, 나로서는 으쓱하기보다는 뜨악했다.

오늘은 사정이 다르다. 내 친구 중 하나가 미국 최고위층에 진출한 것이 반갑기까지 했다. 엄청난 격변이 일어나는 중이었고, 언론은 일제히 입을 닫았다. 나는 무슨 일이 일어나고 있는지 알아야 했고, 그는 분명 알고 있을 터였다.

나는 모로의 번호를 눌렀다. 예의에 어긋나는 시간이었다. 워싱턴은 아직 새벽 5시도 되지 않았다. 하지만 모로한테는 큰 문제가 아니었다. 나는 그의 습관을 알고 있었다. 그는 휴대폰이 방해되지 않으면 켜두고, 수면을 취한다든가 서류에 몰두할 때에는 꺼두었다. 그가 옳다. 더러는 정오에도 일에 몰두하고 있다면 전화기는 견딜 수 없는 침입자가 되고, 더러는 그 반대였다. 한밤중에도 누군가와 대화하는 것이 즐거울 수 있는 것이다. 더구나 내 친구는 집에 있는지 아니면 도쿄나 아테네나 시드니나 쿠알라룸푸르에 있는지 도통 모르는 판 아닌가? 나는 그와 통화하고 싶을 때는, 시차에 신경 쓰지 않고 무작정 전화했다.

두 번째 신호음이 울리고 나서 모로가 전화를 받았다.

"알렉! 동작도 빠르네. 통신망이 재개된 지 이십 분도 채 되지 않아."

"내가 방해가 된 건 아니지?"

"지금 칠레 산티아고야. 오전 7시이고. 잠을 한숨도 못 잤어. 넌 나한테 방해된 적이 한 번도 없어, 다른 인간들이 극도로 거슬려서 그렇지."

세월과 관자놀이의 희끗한 머리칼을 단번에 지우는 그의 소년 같은 웃음소리가 들려왔다. 그가 우렁차게 킥킥거리더니 웃음을 뚝 그쳤다. 이제 다른 모로가 이야기할 터. 세상의 관찰자, 위기 분석가, 매우 특별한 자문관이. 그의 목소리는 늘 그렇듯 오늘도 다정했지만 어조가 평소보다 심각했다. 그는 곧장 본론으로 들어가 내가 묻기도 전에 대답했다.

"뭔가 굉장히 혼란스런 일이 발생했어. 일부분은 우리 책임이지만, 우리로서도 속수무책인 일이."

모로는 지난주에 언론에서 흘렸던 소식, 그러니까 코카서스의 사르다로프 장군 주둔 기지의 핵무기를 무력화하기 위한 '청소' 작전이 발효되었다는 소식을 사실로 확인해주었다.

"러시아나 중국이나 인도는 달갑지 않겠지. 유럽도 마찬가지고. 하지만 메릴랜드 사건 이후로 우리가 행동하지 않을 수 없다는 데는 다들 동의하거든. 감히 우리의 길을 가로막을 생각은 아무도 할 수 없는 거지. 사르다로프, 그 정신병자가 미국 땅에 핵무기를 투하한 장본인이라고 주장했으니 말이야! 정말 그자가 명령한 것일까? 사실 여부에 따라 문제가 전혀 달라지긴 하는데, 저리 큰소리를 쳐대니 그것만으로도 처벌받을 충분한 이유가 되는 거지.

다음 주에 공격 개시 예정이었고, 우리 군대는 최종적으로 세부사항 하나하나 면밀히 검토하는 중이었어. 그런데 월요일에 믿을 만한 소식통한테서 사르다로프가 몇몇 도시에 곧 미사일을 투하할 것 같다는 정보를 들은 거야. 그자가 누군가한테 이야기한 내용을 입수했는데 이러더라고. <나한테 미사일을 뺏어가려면, 나부터 먼저 죽여야 할걸. 소비에트 연방은 감히 무기 한 번 써보지 못하고서 굴복하고 해체됐지만, 난 달라. 난 절대 무기를 써보지도 못하고 그냥 뺏기진 않을 거니까. 모조리 날려버릴 거야. 이번엔 절대 사막이나 바다를 겨냥하지 않아.>

내가 하워드와 대통령 전용기에 있을 때였어. 긴급한 보고가 들어왔지. 사르다로프가 24시간 이내로 공격을 개시할 거라는 내용이었어. 비행기는 남아메리카 순방의 일환으로 산티아고에 착륙할 예정이고, 펜타곤은 명령만 기다리고 있었지. 즉시 결정해야 했어.

적의 미사일이 미국 영토는 절대 건드릴 수 없을 거라고 확신해. 땅에 떨어지기도 전에 공중에서 박살날 테니까. 하지만 유럽이나 중동, 동남아시아 등지의 다른 표적들은 당하겠지, 결과는 엄청난 재앙일 테고. 아테네, 빈, 로마, 예루살렘, 이스탄불, 두바이 같은 도시들이 폭격당하는 걸 그대로 두고 보아야 할까? 아니지, 대통령은 무조건 대응해야 했어.

우리의 애초 계획은 특공대가 '장군'의 기지에 잠입해서 미사일을 신중히 해체하는 거였어. 하지만 상황이 달라졌고, 이젠 기지에서 미사일이 날아오르기 전에 대형 폭탄을 투하해서 그곳의 미사일들을 절멸시키는 것 외에 다른 선택의 여지가 없었어.

그렇게 되면 코카서스와 그 일대가 초토화될 것이고, 우리도 그 사실을 인식했지만 어쩌겠어? 당장 기지를 폭파시켜 불가피하게 수많은 인명을 희생시키든가, 아니면 기지에서 미사일이 날아올라 우리의 실제 동맹국들의 영토에서 더 많은 인명이 희생되는 위험을 감수하든가, 둘 중 하나인데. 국방부는 당장 공격 명령을 내려달라고 했어. 대통령께 지체 없이 명령을 내리시라고.

비행기가 공항 계류장에 정지했지. 알리시아 오브라이언 칠레 대통령은 이미 트랩 밑에 마중 나와 있었고, 칠레 미국 대사는 기내로 올라왔어. 대통령은 통화하고 있었고 나는 그 뒤에 있었지. <명령합니다. 공격하세요!> 대통령이 말하고는 기다렸어. 아마 감사합니다!라든가 분부 받들겠습니다!라든가 알겠습니다, 끊겠습니다! 유의 대답을 기다렸겠지. 그런데 대통령이 여보세요! 여보세요! 하더니 뒤를 돌며 도움을 요청하는 거야. <전화가 끊긴 것 같아요. 국방부 장관한테 다시 전화를 넣어 날 바꿔주세요.> 하지만 비서실장 전화도 먹통이었어. 내 것도, 미국 대사 것도. 전부 다.

원래 일정대로 칠레 대통령이 라 모네다 대통령궁까지 우리와 동행했어. 거기서 하워드 환영 만찬이 열릴 예정이었지. 칠레 고관들과 외국 대사들, 칠레에 정착한 몇몇 재외국민들이 대기하고 있었어. 라 모네다에 도착하니 그들마저 단 한 명의 예외도 없이 죄다 휴대폰이 먹통이었지. 유선전화도 불통에 인터넷도 연결되지 않았어. 그 자체로 심히 우려스러운 상황인데, 하워드는 사르다로프의 미사일 폭파 명령이 펜타곤에 전달됐는지 아닌지도 알 수 없었으니 더더욱 노발대발이었지.

연회 전에 우선 두 정상이 독대하기로 돼 있었거든. 둘이

서 준비된 양국 협약서에 사인하고, 연회장으로 이동해서 의례용 연설을 한 뒤 내빈들과 건배하기로. 그래서 우선 대통령실로 갔어. 칠레 대통령과 하워드가 착석했고, 주변 인사들은 잠시 정상끼리 독대하도록 방에서 나가려고 할 때였지. 기이한 일이 벌어진 거야.

책꽂이 중 한 칸에 태블릿 PC가 책에 기대어 세워져 있었거든. 누구도 알아채지 못했어. 우리 시대에 누가 PC 화면에 눈길을 주겠느냐고! 어딜 가나 풍경에 녹아 있는 게 그건데. 그런데 다른 것들처럼 이제껏 꺼져 있던 그 PC 화면이 돌연 환해지더니 작동하는 거야. 화면에서 힘찬 목소리가 울려나왔지. <안녕하십니까, 대통령님!>

모든 시선이 일제히 화면에 등장한 얼굴로 쏠렸어. 경호원들이 부산해졌지. 테러나 적어도 교란 목적의 침입자를 의심했으니까. 그들 중 몇몇은 반사적으로 휴대폰을 귀에 대거나 입 앞으로 가져갔어. 무전기라도 되는 양. 물론 아무 말도 할 수 없고 아무 말도 들리지 않는다는 걸 이내 깨달았지만. 화면 속 인물이 그들이 보인다는 듯 미소 지으며 말했어. <여러분의 휴대폰은 전부 불통입니다. 저는 통신망을 다시 연결하기 위해 여기 온 것입니다.>

양국의 참모들이 화면 주위로 각각 반원을 그리며 모여들었어. 화면 속 인물의 이야기를 들으려고. 오래 기다리지 않아도 되었지. 그가 이번엔 스페인어로 말했어. <저는 이 관저의 내빈들 한가운데 있습니다. 대통령님, 여사님, 혹시 수행원 중 한 분이 이곳까지 오셔서 저를 그리로 안내해주실 수 있으실지요……>

삼엄한 경비에도 불구하고 대통령 관저에 침투할 수 있는 인물이었으니, 굳이 데리러가지 않아도 혼자서 대통령실까지 올 수 있었을 거야. 그저 형식을 갖추려는 걸 보여주고 싶었겠지. 아무튼 칠레 대통령의 경호원 네다섯 명이 그자를 데리러 갔고, 문제의 인물이 경호원 무리에 에워싸여 도착했지. 경호원들보다 머리 하나는 더 튀어나온 장신에 입가엔 화면에서처럼 보일 듯 말 듯한 엷은 미소를 띠고 있었어.

일행 중 몇몇이 그자의 손목을 낚아채려 했어. 강제 심문하려는 거였지. 하지만 우리 대통령이 다가가 악수했어. 이어서 오브라이언 여사도 악수하고 함께 자리에 앉기를 권했지. 침입자가 정중히 말했어. <혹시 문을 닫도록 지시해주실 수 있을까요?> 그자가 지시를 내린 거나 마찬가지지.

방 안의 나머지 사람들은 우왕좌왕했어. 그냥 있어야 하나, 아니면 나가야 하나? 하워드가 결정해줬지. 그가 나를 포함한 네 사람을 지목해서 자기 곁에 남으라고 했어. 칠레 대통령도 네 명을 지목했고, 나머지는 다들 방을 나갔지.

문이 다시 닫히자 그자가 하워드를 돌아보더군. <대통령

님, 두 시간 전쯤 가보르니 지역의 군사기지를 폭파하라는 명령을 내리셨죠. 안심하십시오, 그 명령은 전달되지 않았으니까요.> 가뜩이나 창백한 대통령이 더 한층 사색이 됐지. 사람들이 들을 수 있도록 목소리를 내느라 안간힘을 쓰는 게 느껴졌어. <그런데 전혀 안심이 되지 않으니 어쩝니까. 내가 사르다로프 장군이 세계 각국의 주요 도시에 투하할 작정이었던 미사일을 폭파하라는 명령을 내린 건 사실입니다. 몇십만, 어쩌면 몇백만의 인명을 앗아갈 대재앙을 막기 위해, 장군이 주둔한 핵무기 기지를 폭파할 결단을 내리지 않을 수 없었어요.> 그자가 수긍했어. <네, 대통령님, 정확하신 말씀입니다. 실제로 사르다로프 장군은 최대한의 인명을 앗아갈 목적으로 다수의 대도시에 미사일을 날리기로 마음먹었으니까요. 허나 장군 또한 대통령님과 마찬가지로 명령을 하달하지 못했고 따라서 미사일들이 날아오르게 하지도 못했습니다. 어때요, 이제 좀 안심이 되십니까? 이제 핵무기는 누구도 해칠 수 없고, 사로다로프 장군 또한 아무 해악을 끼칠 수 없게 됐습니다.>

하워드는 그 말을 들으니 안심이 된다, 공격 명령은 마지못한 것이었다, 사르다로프의 기지를 폭파하면 인근 도시에 얼마나 많은 사상자들이 속출할는지 알 수 없으나, 그렇다고 명령을 내리지 않는다면 다른 도시들이 흔적도 없이 파괴될 상황이었다,고 답했어. 그자가 다시 말씀드리지만 인정한다, 고 수긍하더니, 대통령님께 주어진 그 짧은 시간 동안 대통령님이 가진 수단으로 그 선택 외에는 다른 방도가 없었을 것이다, 바로 그 때문에 우리가 개입할 수밖에 없었다,고 설명했지.

그자의 말에서 확신이 배어났어. 오만도. 하워드가 그자한테 누구냐?고 물었지. 아닌 게 아니라 다들 궁금해하던 차였어. 호기심 가득한 모두의 시선이 그자를 향했지. 그 자가 생각에 잠긴 척했지만, 난 대답은 이미 준비돼 있다는 걸 알 수 있었어. 역시나 차분한 어조로 대답하더군. <합당한 질문이십니다, 대통령님. 필요한 시간이 되면 대답하겠다고 약속드리겠습니다. 당장은 연회장에 손님들이 대기하고 있고, 나역시 급히 처리해야 할 일이 있군요. 그러니 허락하신다면 이만 물러갔다가, 오늘밤 공식 만찬이 끝난 뒤 11시에 이곳에서 다시 뵈면 어떻겠습니까?>

그자가 두 국가수반의 대답도 기다리지 않고서 일어났어. 정말로 그 대화보다 긴급한 할 일이 있었을까? 설마. 그자는 우리한테 우리가 전화나 정보통신망 없이 얼마나 속수무책인지 깨닫게 하고 싶었던 것 같아. 아닌 게 아니라 하워드는 꼭 유령 같았지. 화려한 궁전에서 오직 자신만을 바라보고 있는 저마다 잘난 선택된 사람들 무리 속에서 말이야. 워싱턴과도 연락이 닿지 않고 비행기는 지상에 못 박혔으니, 나머지 세상에선 도대체 무슨 일이 벌어지고 있는 건지 도통 알 길이 없었어. 사실상 우리가 알 수 있는 정보는 오직 그 자가 우리한테 주고 싶어 하는 것뿐이었던 거지. 아마 우리가 자기의 모든 요구를 고분고분 따를 수밖에 없는 환경을 만들려던 게 아니었을까 싶어."

"대체 요구가 뭔데, 모로?"

"모르겠어, 알렉. 현재까지는 아는 바가 전혀 없어. 공식 만찬이 끝나고 칠레 대통령실에서 다시 만났을 때, 그자가 하워드한테 그 일련의 사고에 대해 미국인들에게 대국민 메시지를 전하고 싶으냐고 물은 게 전부야. 이야기 끝에는 수요일 아침에 다시 만나자고 했고. 그때까지 대통령과 참모들은 연설문을 준비하고, 자기는 통신망을 복구하겠다고 하더군. 더는 자세히 밝히지 않았지만 대통령의 연설문이 그자와 그자 친구들 마음에 들어야만 방송되리라는 건 확실했지. 보아하니 그랬던 것 같고. 하워드의 연설도 중계됐고, 전화도 다시 작동하니 말이야. 어쨌든 지금으로서는……"

"대체 어떤 자들이야? 그래도 짐작은 될 거 아냐?"

"천만에, 나도 완전히 캄캄해…… 그자는 그저 '우리'와 '당신들'이라고만 했거든."

"그자가 그 '우리'의 수장인가?"

"그런 것 같아. 보통 수장이 직접, 그것도 혼자 움직이진 않지만, 그자는 단순한 메신저 이상이었거든. 예전 같으면 전권 사절이라고 부를 만한…… 굉장히 자신감 있어 보였어. 두 정상을 마주하고서 안락의자에 편안히 앉은 모습이 마치 지사에 들른 다국적기업 회장 같았다고 할까."

"그자에 대해 아는 게 정말 하나도 없는 거야?"

"이름이 데모스테네스라고 했어."

"그리스인이야?"

"전쟁용 이름 아닐까? 어쨌든 내가 아는 한 그리스인 같지는 않았어. 구릿빛 피부에 매사추세츠에서 내내 살았던 사람처럼 영어를 했거든."

*

나는 모로의 말을 기록하면서 하루를 보냈다. 그와 통화하는 동안 메모하지 않았기에 세부적인 것들까지 기억하려 애쓰면서, 단어 하나 따옴표 하나 놓치지 않고 단 한 줄의 '삭제'도 없이, 이렇게까지 모조리 기록해야 하는 건지 몇 번이고 스스로에게 되물으면서.

그 모든 사건에 비하면 그리 중요하지 않은 문제일 수 있으나, 아무튼 나는 모로가 대통령 가까이의 밀실에서 그토록 기탄없이 이야기할 수 있었다는 것이 놀라웠다. 하지만 이런 생각을 모로에게 전하지는 않았다. 그의 이야기의 맥을 끊고 싶지 않았고, 무엇보다 그의 판단을 믿었기 때문이다. 평소 그는 변호사로서, 대통령의 자문관으로서, 매우 신중했다. 하지만 그도 더러는 친구를 상대로 생각을 정리하고 추론에 열중하느라, 주위에 나쁜 귀가 쫑긋거리고 있다는 걸 잊을 수 있을 터. 결국 이야기 끝에 그는 자신이 '무언가를 숨겨야 할 유일한 사람들이 죄다 알게 된 마당인 만큼', 기밀 유지 개념이 더는 의미가 없다고 말함으로써 내가 물을 필요도 없이 대답을 한 셈이었다.

해서 나는 그의 이야기를 단 한 줄도 거르지 않고서 옮겨 적으려고 노력했다. 와중에 한 가지 의문이 머릿속을 맴돌았다. 언뜻 엉뚱하고 우스꽝스러운 생각 같아서 모로에게 차마 이야기하지 못했으나, 밤이 되자 반드시 그에게 귀띔해야 한다는 확신이 들었다.

내용은 이렇다. 친구가 데모스테네스를 묘사했을 때 나는 곧바로 아가멤논을 떠올렸다. 둘 다 고대 그리스인의 이름인데다, 외모가 전혀 그리스인 같지 않다니 의문스러웠다. 당연히 의아할 수밖에 없는 우연이 아닌가.

처음엔 우스워질 것이 두려워 망설였다. 그도 그럴 것이 '그 사람들'—어쩔 수 없이 이 모호한 표현을 사용한다—이 세계 최고의 권력을 가진 국가원수에게 특사를 보낸 건 쉽사리 수긍된다. 하지만 대체 왜 케이론 제도의 안타키아 섬과 대서양 항구를 연결하는 이 접합 지점에 대리인을 보내 살게 한단 말인가? 비합리적이고, 그렇다, 우스운 생각이었다. 그럼에도 나는 혼란스러웠고, 확실해지고 싶었다. 자정이 넘었을 때 다시 모로에게 전화를 걸었다.

"물어볼 게 하나 더 있어. 그 데모스테네스라는 자는 어떻게 생겼어?"

"장신에 어깨는 떡 벌어지고, 얼굴은 보통 사람보다 좀 넓어. 머리색은 형용하기 쉽지 않은데, 올리브오일색이라고 해야 하나. 광대는 돌출됐고. 꼭 아메리카 인디언처럼 말이야. 벌써 그리는 중인 거야?"

"곧 그릴 거긴 한데, 내가 외모를 물은 건 다른 이유에서야. 여기도 그런 자가 있거든……"

나는 아가멤논에 대해 이야기했다. 그리스 이름과 코만치 족의 외모. 출신지를 가늠할 수 없는 것까지.

모로는 한동안 침묵했다. 그가 손톱을 물어뜯은 굵은 손가락으로 머리를 긁적거리는 모습이 상상되었다.

"알렉, 방금 그 얘기는 우리한테 일어난 사건과 아무 관련이 없을 수도 있지만, 한편으로는 관련이 있을 수도 있어. 현 상황에선 어떤 작은 단서라도 간과하면 안 돼. 그 사람들이 세계 각지로 흩어져 있다면, 각자 있는 곳에서 우리한테 의미심장한 어떤 단서들을 던질 것 같거든. 알다시피 우린 지금 캄캄한 암흑 속에서 헤매고 있어. 그들은 우리 머리 꼭대기 어딘가에 있고. 거기서 우릴 지켜보고, 우리의 말을 듣고, 우리의 일거수일투족을 감시하면서, 자기들 뜻대로 우리에게 이런 건 금지하고 저런 건 허용하는 거지. 우린 그들의 동의 없이 더는 어떤 행동도 하지 못해, 그런데도 그들에 대해 아무것도 모르고 있고. 그들이 누구인지, 어디서 왔는지, 어떻게 작동하는지, 그들의 진짜 목적이 무엇인지 아무것도. 네가 아가멤논을 만나봐. 거두절미하고 물어봐, 시간이 없으니 곧장 본론으로 들어가라고. 데모스테네스 이름을 던져봐, 내 이름도 얘기하고 대통령도 이용해! 테이블에 모든 패를 던져서, 무슨 말이라도 끌어내봐. 네가 주워들은 모든 게 소중하니까."

나는 다음 날로 아가멤논을 만난 뒤 곧바로 결과를 이야기해주겠노라고 약속했다.

2권 | 광명

"빛은 소중하지만
그 대가로 두 눈이 멀어야 한다면
전혀 그렇지 않기에."

루이 아라공, <프랑스의 기상나팔>

11월 12일 금요일

나는 모로에 대한 정신적 부채감을 안고서 이 하루를 시작했다. 그는 어제 내게 장시간에 걸쳐 그간 일어난 일을 더할 수 없이 자세하게 이야기함으로써 깊은 우정을 표시했다. 그의 우정과 신뢰 덕분에 나는 세상과 동떨어진 이 작은 민둥섬에 살면서도 역사적인 사건의 중심에 있는 듯한 환상을 가질 수 있었다.

그 보답으로 날이 밝는 대로 '나의' 아가멤논이 '그의' 데모스테네스와 어떤 관련이 있는지 확인하러 가기로 마음먹었다.

방금 언급한 '날이 밝는 대로'는 아침을 뜻하는 것이 아니다. 나는 새벽녘에 잠이 들었기에 정오 무렵이 되어서야 눈을 떴다. 일어나자마자 조수 간만 차트를 확인했다. 바다가 높아 르 구웨 통행이 불가했고, 따라서 사공 집에도 갈 수 없었다. 하지만 전화가 있었다.

두 번째 신호음이 울린 뒤 그가 평소와 다름없는 쾌활한 목소리로 전화를 받았다. 정황상 나는 평소보다 심각한 어조로 말했다.

"내가 알게 된 사실이 좀 있거든. 당신이랑 몇 가지 이야기할 게 있는데, 오늘 만날 수 있을까?"

"급한 거면 내가 모터보트로 건너갈게."

"그럼 고맙지."

"준비하고 갈게."

30분 남짓 뒤, 밖에서 모터 돌아가는 소리가 들렸다. 사공이 정원 쪽으로 배를 대더니 기둥에 밧줄을 감고는 내 집 유리문 앞에 와 섰다. 그리고 야구 모자를 손에 들고서 고개를 한 옆으로 기울였다. 예의의 표시? 겸손? 어쩌면 약간의 간계?

나는 들어와 앉으라고 권한 뒤, 에두르지 않고서 곧장 본론으로 들어갔다.

"혹시 데모스테네스라는 사람 알아?"

침묵. 아가멤논이 나를 뚫어져라 바라보았다. 긍정해야 할지 부정해야 할지 가늠하는 눈치였다. 한참 만에 그가 내뱉었다.

"우리 일원 이름이잖아."

모호한 대답. 모호한 미소. 나는 할 수 있는 한 가장 단호한 표정을 지으려 했으나, 캑캑 목이 메었다. 여유로워 보이고 싶었다. 나는 소파 테이블에서 작은 여송연을 집어 불을 붙였다.

"나는 화요일에 칠레 산티아고에 나타나, 미국 대통령한테 메시지를 전한 남자 얘기를 하는 거야…"

사공이 다시 나를 뚫어져라 바라보았다. 마지막으로 망설이는 것이리라. 이윽고 그의 눈에 결연한 빛이 어렸다. 그가 말했다.

"알아들었어. 우리 일원 맞아."

다소 당혹스러웠다. 회피적인 대답에 이어 미로 속을 오래도록 쫓고 쫓기는 그림을 예상했었다. 너무 이른 자백이었다. 이제 공은 내 쪽으로 넘어왔고, 나는 그 공을 지체 없이 되넘겨야 했다.

"삶의 우연이 내 학창 시절 친구 중의 하나를 미국 대통령 측근으로 만들었거든. 어제 통화가 됐고 그 친구 버전으로 사건에 대한 이야기를 들었어."

나는 사공에게 모로가 전달한 내용을 대체로 충실하게 전달했다. 사르다로프 기지 소탕 작전, 사르다로프의 위협적인 언사, 하워드 밀턴의 공격 개시 명령, 돌연한 강제 명령 차단, 그리고 데모스테네스라는 자의 라 모네다 칠레 대통령 관저 등장까지.

사공은 내 말을 끊거나 질문하지 않은 채 잠자코 경청했다. 마침내 내가 입을 다물자, 그가 평소의 쾌활한 어조를 되찾으며 말했다.

"그러게, 내가 대참사가 벌어지진 않을 거라며 미리 울상 지을 필요 없다고 했어, 안 했어!" 나는 예의상 미소로 화답했으나, 그의 재담이 성에 차지 않았다. 나는 그를 채근했다.

"혹시 내 얘기에서 당신이 아직 모르고 있는 사실이 있었어?"

그는 주저하는 기색이었다. 적절한 대답을 찾는 것 같았다고 할까.

"당신 얘기로 내가 알고 있던 사실이 확인되고 완성됐다고 할까."

나는 그에게 시선을 고정하고서 노골적인 침묵을 택함으로써 다음 얘기를 기다린다는 뜻을 전했다. 아가멤논이 내가 한 얘기를 되짚으며 자신의 견해를 덧붙였다.

"어느 모로 보나 사르다로프 장군이 정말로 전 세계 여러

도시에 핵무기를 투하할 거라는 게 확실시됐었지. 그걸 막기 위해 미국 대통령이 코카서스의 군사기지 폭파 명령을 내렸고. 그 이중 참사를……"

그가 문장을 끝맺지 않았다. 나는 기다렸다. 그는 더는 아무 말도 덧붙이지 않았고, 결국 내가 문장을 완성했다.

"당신 표현대로 그 이중 참사를 막아야만 했고, 그렇지?"

"응, 아주 정확해."

"그래서 '당신네'가 그걸 막기 위해 개입했다는 거지, 맞아?"

"맞아."

"그렇다면 막기 위한 수단이 있었다는 건데."

나의 대화 상대가 고개를 끄덕이는 것으로 인정했다. 나는 천천히 말을 이었다.

"그러니까 사르다로프가 그의 군대에 명령을 전달하는 걸 차단하고 밀턴이 펜타곤과 교신하는 걸 막기 위해, 양 교전국을 마비시키기 위해, 전 세계 정보통신망을 일거에 끊어버릴 능력이 있었다는 거지."

그가 재차 인정했다.

"당신네가 그런 능력이……"

그가 자기네의 놀라운 능력을 인정하는 데는 겸손한 동작이 수반되어야 한다는 듯이 고개를 왼쪽으로 살짝 기울이며 말했다.

"그래, 우리가 그런 능력이 있다는 걸 믿어줘."

대화가 진행되면서 내 목소리가 차츰 높아졌다. 다음의 질문을 할 땐 고함을 치지 않기 위해 자제해야 했다.

"대체 당신들 누구야?"

어쩌면 차라리 이 질문부터 시작하는 편이 나았으리라. 그랬더라면 그가 데모스테네스라는 자가 자기들 일원이라는 걸 인정하면서 내 임무를 더 수월하게 만들어주지 않았을까? 이제 이 질문은 그를 놀라게 하지 않았다. 분명 대답이 준비됐을 터였다. 그럼에도 그는 당황스러워했다. 밀턴 대통령에게 똑같은 질문을 받았던 그의 '동포'처럼 그도 시간을 벌려 했다.

"오늘은 내가 마음이 있어도 모든 걸 터놓고 말하기 힘들어. 우리가 처한 이 민감한 시기에 진행 중인 협상을 그르칠 수도 있을 사안을 여기 이 섬에서, 친구한테 사적으로 얘기할 순 없거든. 다만 우리가 어떤 국가나 권력단체의 이익을 위해 움직이는 게 아니고, 우리가 바라는 건 오직 이 지구촌의 재앙을 막는 것뿐이라는 것만 우선 알아주면 좋겠어. 위험이 사라지면 우린 그 즉시 다시 관객이었던 원래 우리의 역할로 되돌아갈 거니까."

"그럼 당신, 당신도 '안타키아 사공'으로 되돌아가는 건가……"

"난 한 번도 그렇지 않았던 적이 없어."

쌍방의 형식적인 미소가 오갔다. 그리고 침묵. 결국 내가
다소 울컥하여 내뱉었다.

"정말 나한테 그 이상 더 얘기하지 않을 거야?"

아가멤논이 대답하려는데 문 두드리는 소리가 들렸다. 다
른 곳에서는 흔한 일일 것이나, 이곳 섬에서는 별난 일이었
다. 더구나 우리의 대화 단계상, 상당히 부적절했다. 하지만
문을 열어야 했다. 에브였다. 르 구웨는 통행이 불가한 시간
이었고 소설가는 이 섬에서 나 이외의 유일한 주민이었기에
당연한 결과였지만, 아무튼 에브가 날 방문한 건 이번이 처
음이었다. 게다가 그의 생활습관에 비추어 새벽 방문이라
할 수 있었다. 아직 오후 2시도 되지 않았기 때문이다.

내가 혼자가 아닌 걸 발견한 에브가 어색하게 나중에 다
시 오겠다고 말했다. 나는 전혀 방해되지 않는다고 예의바르
게 안심시켰다.

사실 내가 에브의 출현에 난처했는지, 아니면 안심했는지
모르겠다. 한편으로는 아가멤논이 제3자 앞에서는 이제까지
와 같은 방식으로 자신을 드러낼 준비가 되지 않았으리라
생각했고, 다른 한편으로는 그와의 독대가 거북해서 내 이
웃의 개입이 싫지 않았다.

사공은 이 뜻밖의 개입에 반색하는 눈치였다. 심지어 그가 바라고 있었다는 기분마저 들었다. 돌연 그가 수다스러워졌다. 에브를 상대로.

"제가 지난번에 댁에 갔었잖아요, 생질 작가님. 그때 작가님의 아름다운 소설의 한 구절을 읊어드렸죠. 작가님은 그 구절을 외우지 못하시겠지만, 저는 잊지 못해요."

아가멤논이 이야기하는 동안 나는 내 이웃을 살폈다. 전혀 으쓱해하는 것 같지 않았고, 차라리 멍하거나 듣고 있는 것 같지 않았다. 나는 그가 자기의 소설이 언급되면 지나치게 언짢아한다는 걸 진즉에 파악했다. 그는 단 한 권의 유명한 작품을 쓴 뒤 평생토록 그 책을 뛰어넘고 발전하기 위해 노력하지만 성공하지 못하고서 끝내 그 책이 마치 자신의 감옥 천장인 양 증오하는 작가들 중 하나였다. 그런 점에서 내 이웃은 살아 있는 전형적인 캐릭터다. 소설가는 사공이 자신의 책을 언급하자마자 고개를 돌려버렸다. 그리고는 책꽂이에서 아무 책이나, 두툼한 전시회 화보집을 빼들어 보란 듯이 책장을 넘기며 몰두한 척, 주변의 어떤 말도 들리지 않는 척했다. 상대는 굴하지 않고서 말을 이었다.

"이렇게 쓰셨죠. <우리는 삶의 길목에서 역사 속의 거추장스러운 시체들과 끊임없이 부딪친다. 하지만 어느 날, 과거와 씨름하느라 지친 인류가 미래를 만난다면 과연 인류는 그것

을 알아볼 것인가? 미래 속의 자신을 알아보고 그 힘차고 뜨거운 육신에 지친 손을 얹을 것인가?> 작가님, 이 말씀이 예언이었다면 사실로 입증됐습니다. 소원이었다면 이루어졌고요."

내가 아가멤논 쪽을 돌아보며 내 이웃의 무례에 양해를 구하는 동작을 해보였을 때, 돌연 소설가가 화보집을 던지더니—문자 그대로 땅바닥에!—사뭇 달라진 표정으로 사공을 돌아보았다. 그리고는 기적이라도 영접한 듯 환한 얼굴로 그에게 다가갔다. 금방이라도 그의 품에 안기거나, 발 앞에 무릎이라도 꿇을 기세였다. 하지만 소설가는 사공과 몇 발자국 떨어진 곳에서 멈추고는 그를 응시하며 물었다.

"당신들은 누구죠?"

질문은 하나다. 지난 며칠 동안 벌어진 일련의 사건이 전 인류에게 묻게 하는 질문. 하워드 밀턴이 데모스테네스에게 물었고 나 자신도 아가멤논에게 물었으나 대답을 얻지 못한 질문. 이번엔 사공이 진심으로 곤혹스러워했다. 그가 내게 여송연을 피워도 되는지 묻고는 성냥을 긋더니 불꽃이 피어오르는 걸 잠시 바라보다가 여송연 끝으로 가져갔다. 그의 손가락이 떨리는 걸 보았다고 느꼈다. 그를 왜 이 말도 안 되는 장소에 이렇게 잠복시켜 놓았는지 퍼뜩 이해되었다. 당연히 에브 때문이었다! 에브를 지켜주기 위해서! 그 사람들이 에브에게 애정을, 나아가 경의를 느끼는 것이 역력했다.

이제 나는 내 이웃의 개입이 전혀 애석하지 않았다. 덕분에 난처한 처지가 뒤바뀌었거나, 적어도 고르게 분배되었다.

"어디서부터 시작해야 할까?"

아가멤논이 중얼거렸다. 이번 망설임은 가장이 아닌 듯했다.

에브가 단호하게 제안했다.

"당신 이름부터요. 그 고대 그리스인 이름이 의미하는 바부터."

"그러죠, 좋은 접근법이에요. 거기서부터 시작합시다! 우리 이름이 그리스인 이름인 건 우연이 아니에요. 우리는 이 문명을 표방하거든요. 그중에서도 일부 역사학자들이 '아테네의 기적'이라고 불렀던 문명을 숭배하죠. 연극, 철학, 의술, 역사, 조각, 건축과 함께 민주주의까지 '발명'되었고, 인간의 정신이 전 영역에서 동시에 만개했던 그 위대한 순간 말입니다. 그 모든 것이 불과 몇십 년 만에 극소수의 사람들에 의해 이루어졌죠. 인간의 창의력이 그토록 왕성했던 세기는 그 이전에도 이후에도 없었습니다. 비록 예기치 못하게 만개했다가 그만큼 갑작스럽게 힘을 잃었지만요. 이후엔 비슷한 르네상스를 겪기까지 이천 년의 세월이 흘러야 했죠.

만일 인류가 기나긴 중세의 어둠에 빠지는 대신, 그리스의 기적이 축복하는 시기처럼 계속해서 발전해왔더라면 어땠을까요? 예술과 과학과 철학은 어찌 되었을까요? 문명이 전 영역에서 그 시대와 같은 속도로 계속해서 꽃피워왔다면 인간의 정신은 과연 어떤 수준까지 올라갔을까요? 그 모든 질문을 바로 작가님이 작가님의 소설에서 명명백백하게 던지고 계시죠. 우리에게 소크라테스며 플라톤, 에우리피데스, 헤로도토스, 히포크라테스, 페이디아스, 아리스토텔레스 등을 선사했던 비할 바 없이 눈부신 그 시기에 대한 향수를 표현하셨잖아요.

이제부터는 역사책들은 잠시 한편에 제쳐놓고서, 한 아름다운 이야기에 집중해보기로 하죠. 바로 내 부모님이 들려주신 아마도 내 먼 조상들이 겪고, 꿈꾸고, 상상했을 이야기입니다.

기적의 불꽃이 위태로이 흔들리기 시작했을 때, 다른 이들보다 담대한 몇몇 사람들이 행동하기로 결심했어요. 몇 명이나 되었을까요? 한 손에 꼽을 정도였죠. 그들은 자신들의 문명이 표류할 것이고, 이 문명의 이상을 기필코 보존해야 한다는 걸 깨달았죠. 해서 떠났습니다. 전해지는 말로 '그들의 영혼의 알맹이'와 함께 아르크토스, 보이오티아, 테살로니키, 혹은 펠로폰네소스를 떠났죠. 그렇게 우리들의 도전이 시작된 겁니다.

당시엔 망명이 형벌이나 자해, 거의 자살처럼 여겨졌어요.

아마도 그 때문에 화산 분화구에 스스로 몸을 던져 사라진 인물로 묘사되기도 하는 걸 겁니다."

에브가 엄숙하게 말했다.

"아그리젠토의 엠페도클레스."

"그렇습니다. 내 조상들은 자신들을 '엠페도클레스의 친구들'이라고 불렀고, 그것이 바로 우리의 이름입니다."

나는 그들의 이름을 알게 된 것이 만족스러웠다. 이제 그들을 가리켜 매우 무례하고 모호한 '그 사람들'이라는 단어를 사용하지 않아도 된 것이 아닌가……

내 이웃이 물었다.

"다른 이들, 당신들 이외의 다른 이들은 뭐라고 부르죠?"

"다양한 호칭이 있습니다, 작가님. 말씀하신 것처럼 더러 '다른 이들'이라고도 하고, '그들'이라고도 하고, '시민들', '대중', 또……"

"대중! 대중!"

에브가 자신의 의견을 알리려는 듯, 리듬감을 살린 목소리로 재차 말했다. 사공이 나열을 중단했다. 이번엔 내가 물었다.

"당신네 나라는, 아감? 뭐라고 불러?"

"우린 그냥 '엠페도클레스'라고 해…… 하지만 지도에는 안 나와!"

그가 미소 지었다. 나는 그 문제에 대해선 그가 우리에게 이 이상 더 이야기하지 않으리라는 걸 깨달았고, 바로 이전 주제로 되돌아갔다.

"당신네 조상의 그 그리스 대탈주 이야기는 신화야, 아니면 역사적 사실이야?"

아가멤논이 빙긋 웃으며 대답했다.

"역사적 사실이야, 우리가 믿으니까. 어쨌든 부모님이 우리 선조의 진짜 이야기라면서 들려줬고, 그 이야기를 통해 나도 살아가는 내내 내가 누구인지, 어디서 왔는지, 어디로 나아가는지, 내 존재의 의미는 무엇인지 아는 거니까."

그는 진실하려고 애썼으나, 그럼에도 모호함이 가시지 않았다.

"그 고대 그리스의 생존자들은 대체 어떻게 그런 엄청난 힘을 갖게 된 건가요?"

에브가 묻자 아가멤논이 대답했다.

"아마도 그게 바로 최근 벌어진 일련의 사건들에서 가장 궁금하고 중요한 질문이겠죠. 곧 답변하겠다고 약속드릴게요. 하지만 아직은 아닙니다. 제 마음처럼 허심탄회하게 전부 털어놓기엔 지금 너무 민감한 상황이거든요. 별 탈 없으면 며칠 후에는 두 분의 궁금증을 해소시켜 드릴 수 있을 겁니다."

그가 말을 끝맺기도 전에 그의 휴대폰이 울리기 시작했다.

그는 자리에서 일어나 양해를 구하는 동작을 해 보이고는 방에서 나갔다. 잠시 뒤 그가 다시 돌아와 말했다.

"죄송하지만 가봐야겠어요. 나중에 모든 걸 다시 길게 이야기하기로 하죠."

그가 옛 시대처럼 내 이웃에게 몸을 굽혀 손키스를 하고는 떠났다. 기이하고 수수께끼 같은 말로 목을 축여줬으나 여전히 갈증 상태인 우리 둘을 남겨둔 채로.

*

나는 내 안에서 요동치는 이 모든 것에 대한 대답이 될 어떤 해석을 기대하며 에브를 돌아보았다. 하지만 에브의 시선에선 촛불의 반사광만이 일렁였다. 나는 그의 명상과 명백한 내적 기쁨을 존중하며 더는 아무 말도 하지 않았다. 적어도 겉으로는 말이었다. 왜냐하면 나 역시 속으로 방금 들은 말들을 단어 하나하나 되새겼기 때문이다. 모든 걸 오류 없이 기록하기 위해 하나도 놓친 것이 없는지 확인하고 싶었다.

아가멤논이 단순한 단어들로 우리에게 전한 건, 계시라고 해야 할 것이다. 그렇다, 그 이후와 이전으로 나뉘는 계시. 계시 이후에는 인류도, 지구도, 역사도, 우리의 일상도 더는 전과 같지 않을 터였다.

내 이웃이 불쑥 말했다.

"밖으로 나가서 바닷가를 좀 걸어야 할 것 같아. 같이 가겠어?"

우리는 이곳에서 '연보랏빛 사장'이라고 부르는—밀물 때 같은 빛깔 해초가 떠밀려오기 때문이다—해안 쪽으로 걸어갔다. 이 부근의 경사는 완만해서 우리는 바다에 제법 가까이 다가갈 수 있었다. 에브는 몽유병자처럼 줄곧 말이 없이 멍한 시선으로 걸었으나, 발걸음은 경쾌했고 더러는 폴짝폴짝 뛰어오르기도 했다. 일반적으로 인간이 바다 공기 이외의 다른 물질을 흡입했을 때 이르는 일종의 도취 상태라고 할까……

내 이웃은 물가에 이르러서도 똑같은 표정과 동작으로 계속해서 걸어갔다. 나는 그의 팔을 붙들어 단호히 뒤로 잡아끌었다. 그는 저항하지 않고서 순순히 몸을 내맡겼다. 자살할 의도는 아니었다. 다만 도취감에 젖었을 뿐. 하지만 대양은 그의 정신상태 따위 아랑곳하지 않고서 모든 걸 삼켜버릴 터였다. 케이론 제도의 모든 해변엔 경솔한 자들과 오만한 자들이 줄줄이 잠들어 있었다. 흔 곳 항해사 술집에 모인 늙은 선원들은 그들의 이름과 정황을 지칠 줄 모르고 읊어댔다.

나는 그의 두 손을 잡아 뒤로 더 멀리, 산뽕나무와 나무고사리들 사이의 오솔길 쪽으로 이끌었다. 이제 그는 꽃무늬 원피스를 입은 소녀처럼 빙그르 돌며 휘우뚱거렸다. 나는 한 손으로 그를 단단히 붙들고서 놓지 않았다. 그도 내 손에서 벗어날 생각이 없어 보였다. 그는 내 손을 그러쥔 채 간간이 고개를 돌려 내 어깨에 시선을 얹었다. 그의 머리칼이 내 눈 가로 흩날렸다.

그의 집에 이르자 그가 당연한 듯 들어오라고 권했다. 그리고는 내 대답도 듣지 않고서 안으로 들어가 집 안의 불이란 불을 죄다 켜기 시작했다.

"좀 앉아. 이런 날 밤을 그냥 보낼 순 없어. 샴페인 가져올게."

대체 뭘 축하하려고? 오늘 알게 된 것으로 얻은 건 명상이지 기쁨은 아닐 것이다. 내 미래와 우리 모두의 미래, 이 세계 속에서 우리의 위치에 대해 조용히 숙고할 필요가 있었다.

분명 나로서는 전혀 모르는 새로운 시대가 열리려 하고 있다. 마치 내 의사와 관계없이 존재조차 몰랐던 대륙으로 이동당하는 기분이다. 거기서 과연 무얼 발견하게 될 것인가? 아무리 생각해봐도 깜깜절벽이다! 박수쳐야 하는지, 비탄에 잠겨야 하는지도 아직 알지 못한다.

그럼에도 오늘 밤, 나는 내 이웃의 흥에 무감하지 않았다. 나는 그를 다정하고 호의어린 시선으로 바라보았다. 그에겐 극히 드문 일인 기쁨에 찬물을 끼얹고 싶지 않았다. 나는 잔을 들어올렸다. 어쨌든 축하할 일이 적어도 한 가지는 있었다. 나는 가장할 수 있는 한 최선을 다해 명랑하게 말했다.

"우리가 살아남은 걸 위하여! 만일 그 어리석은 전쟁이 일어났더라면 오늘밤 우리 둘은 물론 다른 수백만 명이 죽을 수도 있었어!"

에브는 거품이 가장자리까지 보글거리는 샴페인 잔을 이미 들어 올리고 있었다. 그런데 잔을 입으로 가져가지 않았다. 내가 그의 기쁨에 장단을 맞췄다고 생각했는데 결과는 실패였다. 그의 팔이 축 늘어지더니 표정이 어두워졌다. 그는 깜부기불이 아직 빨갛게 남은 벽난로 쪽으로 고개를 돌렸다. 그리고는 다시 샴페인 잔을 들어 올렸는데, 내 쪽이 아니라 자신의 머리 위로 향했다. 혼자 건배한 것이다.

"난 다른 걸 위해서 마시는 거야. 인류가 무사해서 마시는 게 아니라, 그 광기에도 불구하고 다시 한번 위기를 모면해서 마시는 거라고. 인류가 마침내 지도자를 찾아낸 걸 기뻐하는 거야! 엠페도클레스의 친구들을 위하여! 인간의 모든 오만이 땅에 떨어지기를!"

그는 맨발로 소파테이블 위로 올라가 샴페인 잔을 마이크처럼 입으로 가져갔다. 상상의 대중을 향해 연설을 하려는 것이었다.

"우리는 우리가 우주의 중심이라고 생각했습니다. 만물의 영장, 만물의 에베레스트. 우리 인간, 우리의 영광스러운 과거, 눈부신 과학기술, 우리의 거룩한 종교……"

그가 잔을 단숨에 비우더니 말을 이었다.

"우리의 문명이 쇠락했을 때조차 우리는 당당하고 오만했습니다! 우리가 역사를 완성했노라고 굳게 믿었죠. 우린 선사시대에서조차 벗어나지 못했는데도 말입니다!"

그가 나를 향해 샴페인 잔을 내밀었다. 다시 채우라는 뜻이었다. 나는 잠자코 그와 함께 두 번째 잔을 비웠다.

"저들이 우리보다 힘이 세어야 우리도 기분이 덜 상할 겁니다. 그런데 저들은 센 정도가 아니라 막강합니다! 최고 중의 최고란 말입니다! 보다 자유롭고, 보다 정직하며, 보다 순수하죠!"

그가 저들에 대해 무얼 안단 말인가?

"우리의 종교요? 전통이요? 학문과 기술? 저들에겐 아마 우리가 원시부족의 의식을 몰래 비웃듯, 웃음거리일 겁니다!"

나는 말을 내뱉고야 말았다.

"친애하는 이웃 주민분, 어떻게 그렇게 잘 아십니까?"

그가 끔찍하고 놀랍다는 표정으로 나를 돌아보았다. 마치 내가 이 세상에서 유일하게 아무것도 모르고 이해하지 못한 사람이라는 듯이. 그는 사공이 우리에게 들려주었던 전설을 자신의 방식으로 내게 다시 들려주었다.

"아주 오래 전 어느 날, 인류가 둘로 나뉘었어. 인류의 일부가 떠난 거야. 신도시를 건설하러 가는 이민자들처럼. 나머지는 남았어. 이후로 두 인류는 평행한 삶을 살았지. 한쪽은 빛 속에서 살았지만 어둠을 품고 있었어. 다른 쪽은 어둠 속에서 살았지만 빛을 품었고. 각자 자신의 속도로 자신의 길을 나아갔지……"

나의 소설가 이웃에 의해 풀이되고 윤색되고 재구성된 똑같은 전설, 똑같은 계시. 하지만 에브는 안 읽은 사람이 나 하나뿐인 책에도 구술된 그것을 실제 사건인 양 이야기했다.

사실일 수도 있으리라…… 나로서는 회의적이더라도 말이다. 그 다른 인류는 누구란 말인가? 어디서 살고, 그들의 집이며 공장이며 연구소는 어디에 있는가? 이 2000년대 이전엔 왜 그들의 존재를 조금도 의심하지 못했는가? 소설가의 이야기에 동조할 수 없으나 그렇다고 반박할 논리도 없는 나는 침묵을 택했다. 내 이웃은 내친 김에 말을 쏟아냈다.

"엠페도클레스의 친구들은 우리의 분쟁에 아랑곳없이, 우리의 어리석은 신앙에 휘둘리지 않고서, 그들의 길을 꿋꿋이 나아갔습니다. 오늘날 그들은 지식이며 행복의 기술 등 모든 영역에서 우리를 훌쩍 앞섰습니다…… 그러니 저는 그들을 위해 건배하겠습니다! 우리의 되찾은 형제를 위하여!"

논쟁에 지친 나는 그와 함께 잠자코 샴페인을 마셨다. 우리는 한 병에 이어서 다른 두 병까지 비웠다. 비록 내가 마신 건 각 병의 4분의 1 분량이었지만. 절망에 빠진 여자가 그토록 많은 샴페인을 쟁였을 줄이야!

"엠페도클레스를 위해 마십시다!"

그토록 흥겹고 활달해진 이웃을 보는 것이 나쁘지 않았다. 나는 그가 원하는 대로 건배해주었다. 그럼에도 생각이 여러 갈래로 흩어졌다. 더러 에브의 말에 설득당했고 동의했으며 어떤 건 내가 나서서 하고 싶은 말이기도 했다. 어쨌든 내가 섬에 은둔하며 살기를 택했다면 작금의 세상에 대한 불신 때문이 아닌가. 하지만 다음 순간 생각이 변했다. 아가멤논과 데모스테네스의 '동포'들은 정말 그들과 같을까? 정말 전능하고 완벽하고 인간보다 월등한 존재들일까? 그렇다면 나와 우리 동족들은 어찌 되는 것일까? 가시철망을 두른 보호구역에 갇힌 호전적인 원주민? 미래에 고고학자며 고생물학자며 이국주의 연구자들이 관심을 기울일 인종의 마지막 표본, 열등한 존재? 그렇다면 우리의 과학, 언어, 종교, 신화, 영웅 등 우리가 자랑스러워하는 그 모든 것들, 우리의 기억 속에 생생한 그 모든 것들은 어찌 되는 것인가? 우리가 우리 자신을 더는 자랑스러워할 수 없다면 어떻게 계속해서 살아나갈 것인가? 우리는 결점이 있고 심지어 많은 경우 참을 수 없으며 범죄자이고 야만적이다. 하지만 그게 우리 아닌가!

그저께 내가 했던 비유를 다시 적용하여 만일 내가 아스테카의 풍자 만화가이고 내 친구 중 하나가 몬테수마의 최측근이었다면 나는 스페인의 진격에, 그리고 그들의 유능한 군대와 정복자의 노련함에 환호했을까?

에브에게는 이런 생각에 대해 함구했다. 그는 내 얘기를 듣기엔 너무 들떠 있었고 막판엔 너무 취했다. 거기에 내가 오랜 세월 은둔해 있으면서 논쟁에 대한 모든 습관과 욕구를 잃은 것 또한 사실이었다. 나는 머릿속으로만 논쟁했고, 내가 울부짖고 환호하고 반박하는 건 오직 그림을 통해서였다.

*

나는 이웃의 집에 머무는 동안 잠시 욕실로 빠져나가 모로에게 가능한 한 빨리 내게 연락하라는 메시지를 전송했다. 내가 알게 된 것을 이야기해주기 위해서였다.

모로는 자정이 다 되어서야 내게 전화했고, 온종일 비행했다며 사과했다.

"우리의 도량 넓은 후원자들이 산티아고를 떠나 워싱턴으로 돌아가도 좋다고 허락했지 뭐야." 그가 웃으려고 애쓰며 설명했다. 모욕적이었지만 그는 안도했다.

"하워드가 외국에 있는 걸 못 견뎌했어. 네가 눈치 챘는지 몰라도 수요일 담화에서 그가 연설하고 있는 곳이 칠레라는 걸 의도적으로 생략했거든. 그 사실을 알면 미국인들이 심하게 동요할 거라고 생각한 거야. 게다가 건강 상태도 일상적 관리가 필요한데 백악관에서 더 적절하게 진행될 거고."

"그럼 그전까지는 '그들'이 이동을 막았다는 거야?"

"노골적으로 그러진 않았지. 하지만 대통령 전용기가 뜨려면 공항과의 교신이 확보되어야 하잖아. 어제 데모스테네스한테 비행에 아무 문제가 없으리라는 걸 보장하겠느냐고 했더니, 자기도 함께 탑승하겠다고만 하더라고. 그거야말로 가장 확실한 보장 아니겠어?"

"그래서 그자도 함께 비행기를 탔어?"

"응, 얘기할게…… 그 전에 너부터. 네가 알게 된 걸 먼저 얘기해봐."

나는 아무것도 놓치지 않으려 애쓰면서 사공과 나눈 대화를 전달했다. 모로는 잠자코 끝까지 듣고만 있었으나, 나는 그의 숨소리로 그가 강한 인상을 받았다는 걸 느꼈다. 내가 말을 맺자 그가 미국인 식의 우렁찬 "와우!"를 내뱉으며 감탄했다.

"네가 한 그 모든 말들은 지금껏 전혀 들어본 적 없는 것들이야, 알렉. 데모스테네스와는 전술이며 핵무기며 무력화에 대해서만 얘기했거든. 우리 중 누구도 그의 기원에 대해 묻지 않았고, 그도 아무 말도 하지 않았어. 그의 입을 통해서는 얘기 중에 어쩌다 엠페도클레스의 이름을 한 번 들은 게 다야.

비행기 안에선 초반에 간신히 오 분간 그의 옆에 앉을 수 있었어. 설명할 필요도 없이 참모들 대부분이 그의 옆에 앉을 기회를 호시탐탐 노렸으니까. 내가 대화를 시작하기 위해서 조금은 예의상으로, 조금은 그의 반응도 볼 겸, 이 위기 상황이 끝나면 그의 나라에 가보고 싶다고 했더니, 그가 웃으면서 왜 안 되겠어요? 아주 먼 거리 여행을 좋아하십니까? 라고 묻더라고. 네, 겁나지 않습니다, 대답했더니 그렇다면 극도로 짧은 여행도요?라고 묻는 거야. 악의 없이 날 놀리는 거라는 생각이 들었지만 어쨌든 대답했어. 그 또한 싫지 않습니다,라고. 그렇다면 엠페도클레스의 나라에 오시는 걸 환영합니다!라기에 물었지. 시칠리아 말씀입니까? 그랬더니 웃으며 대답하더군. 우리의 영토는 나처럼 시칠리아에 있습니다, 나는 그리스인이고요. 그리고는 서로 악수했지. 영부인 신시아가 우리 바로 옆 복도에 서 있었는데 초조한 기색이 역력해서 그쯤에서 물러나지 않을 수 없었어. 내가 일어나니까 신시아가 바로 와서 내 자리에 앉더라고."

모로는 평소처럼 유머를 섞어 우아하게 말했지만, 당황스러워하는 것이 역력했다.

*

이 긴 하루의 끝에 내가 기록한 것을, 그 모든 신기한 말들을 다시 읽어보았다. 생각이 정리되지 않는다. 아름다운 이야기, 지나치게 아름다운 이야기를 들었다. 어쩌면 전설일지도 모를…… 세상이 절망적이다 보니, 내 안에서 꿈틀거리는 이성의 목소리를 억누르고서라도 그것을 믿어보고 싶기도 하다.

그러니까 인류가 둘로 나뉘었을 수 있었다…… 지구는 두 개의 연극이 동시에 상연되는 무대다. 하나는 명백히 드러나 있고, 다른 하나는 숨겨졌다. 하나는 부지불식간에 특징지어지는 우리의 세상이고, 다른 하나는 지혜와 구원의 근원이지만, 우리에겐 동시에 몰락의 근원이기도 하다. 나도 내 이웃을 따라 샴페인으로 축배를 들어야 할까? 그보다는 상복을 입어야 하는 건 아닐까?

지금으로서는 판단을 유보한다.

11월 13일 토요일

안타키아 섬에서는 밤새도록 비가 내리다가 아침이 되어서야 구름이 걷히는 날들이 드물지 않다. 구름이 흩어지고 나면 광명이 비친다. 대서양 하늘의 예의라고 할까.

간밤엔 비가 늦게 내리기 시작해서 오전까지 그치지 않았다. 그래도 11시 무렵엔 해가 비쳤고, 따사롭진 않았으나 회벽을 환히 밝히고 물웅덩이들을 반짝거리게 했다.

전화벨 소리에 깨어났다. 대녀 아드리엔이었다. 내가 응답기에 남긴 메시지를 듣고서 연락한 것이다. 아드리엔은 전화가 늦은 걸 사과하며 사흘 밤 사흘 낮을 병원에서 정신없이 보냈노라고 설명했다. 지난 화요일부터 아드리엔의 담당 구역에서 8명의 사망자가 발생했다. 통신이 두절되어 적시에 구조가 이루어지지 않았기 때문이다. 아드리엔의 반려자이자 같은 응급실 의사인 샤를이 복수심에 불탄 반면, 아드리엔은 너그럽고 철학적이다. "그래도 그런 일이 일어나서 핵폭발의 악몽을 피할 수 있었다면, 그 불운한 이들의 죽음이 헛된 건 아닐 거예요!"라는 식.

나는 전화를 끊고서 침대에서 나와 바지를 꿰입었다. 이어서 보온병에 커피를 담은 뒤 그림 작업대에 앉았다. 지난 나흘 동안 단 한 줄의 선도 그리지 않았다. 빈둥거리는 습관을 만들고 싶지 않았다. 시간은 멈춘 것이 아니라 유예된 것일 뿐이다. 조만간 신문이며 잡지들이 온오프라인으로 다시 발행될 것이고, 나도 이전처럼 자양분을 공급해야 하리라. 하얀 스케치북의 첫 페이지를 펼친 뒤, 스케치 연필을 손에 쥐었다. 나는 늘 연필로부터 번득이는 영감을 얻는다. 연필의 은색 뚜껑이 피뢰침처럼 나를 끌어당긴다.

돌연 정적이 감돌았다. 이미 고요한 상태긴 했으나 더한층 두툼한 겹겹의 정적이 내려앉았다. 이 정적이 평소와 어떻게 다른지는 설명할 길이 없다. 나는 라디오의 버튼을 눌렀다. 또 다시 들려오는 규칙적인 신호음……

망할! 또 시작이군!

나는 깊게 생각하지 않고서 차고로 달려가 자전거에 올라

타고서 르 구웨이를 향해 전속력으로 질주하기 시작했다. 사공을 만나 내 분노를 표출해야 했다. 무엇보다 왜 우리가 또 다시 '벌 받는' 것인지 그의 입으로 이유를 들어야 했다.

바다 위에서 페달을 밟기란 얼마나 도취적인지! 도취경에 빠지는 동시에 한없이 평온해진다. 그 빛깔! 해조류 냄새! 바로 코앞에 펼쳐진 광활함! 철썩거리는 바닷물의 화음! 지상의 모든 근심이 잦아들고 희미해지다가 이윽고 사라져버린다. 나는 바다를 달리며 분노가 가라앉지 않도록 마음을 다잡아야 했다.

아가멤논은 집에 없었다. 그의 모터보트도 평소 그가 매어두는 자리에 없었다. 초인종을 누르고, 문을 두드렸다. 손잡이를 돌리니 문이 열렸다. 나는 문을 밀고 안으로 들어가 외쳤다. "아감!" 어느새 나는 의도하지 않은 채로 그의 집을 탐색하고 있었다. 선반들, 벽장들, 서랍들, 상자들. 탁자와 침대 밑이며 옷장 위까지 샅샅이 뒤졌다. 무엇을 찾아서? 엠페도클레스국(國) 표시가 있는 어떤 물건들. 전자기기, 그림, 책, 엽서, 조각품 등등. 이런 짓은 난생 처음이었다. 사실 이런 종류의 근본적인 불안감을 느껴보기도 난생 처음이었다.

사공의 집에선 아무것도 발견하지 못했다. 그의 '조국'을 드러낼 어떤 것도. 심지어 미래지향적 외관의 라디오 두 대마저 확인한 결과 둘 다 '우리'가 제조한 것이었다. 그렇게 표현할 수 있다면 말이다. 한 대는 덴마크산이고 다른 한 대는 한국산이었기 때문이다.

나는 대서양 항구 쪽을 둘러보았다. 별다른 점은 없었다. 혼 곳 항해사는 평소처럼 만원이었다. 단골들—고티에 연로한 앙토냉과 그 밖의 사람들—로 북적거렸다. 다만 평소보다 약간 덜 소란스럽고 덜 웅성거렸다고 할까. 내가 들어서자 그들이 예상 가능한 질문을 한 무더기 쏟아냈다. 답이 전혀 없는 질문들.

몇 가지 소문이 나지막한 목소리로 술집 안을 떠다녔지만 굳이 전하진 않겠다. 무슨 소용이겠는가? 곧바로 확인된 사실을 듣게 될 터인데. 그래도 수염이 꺼칠한 한 젊은 수부가 했던 말은 특기할 만하다. 나는 그의 이름도 모르는데 내게 반말을 하고 더러 와서 악수도 청하는 자인데, 내 앞에 다가와서는 담배를 입에 문 채로 혹시 나도 자기처럼 '우리의 사공'이 수상한 인물로 생각되는지 묻는 게 아닌가. 주변 사람들도 우리 쪽으로 귀를 쫑긋했다. 나는 아가멤논은 내게 늘 정직하고 싹싹했노라고 조심스럽게 의견을 내놓았다. 내가 그 이상 더 말이 없자 젊은 수부는 가버렸고, 다른 이들도 그 이상 더 가타부타하지 않았다. 분위기가 점점 무거워지는 듯했다. 나는 서둘러 술집을 빠져나왔다.

*

늦은 오후, 이웃집으로 향했다. 에브도 나처럼 지구상에 오늘 더 심각한 일이 벌어졌다고 생각했으나, 그게 무슨 일인지는 나 이상으로 알지 못했다. 그는 걱정스러워 보이지 않았고, 여전히 복수에 성공한 피해자의 미소 또는 만기 전에 출소한 복역자의 미소를 지었다.

에브가 내게 저녁을 들고 가라고 고집을 피웠다. 아무것도 준비하지 않을 것이고 아주 간단하게 먹을 거라고 안심시키면서. 실제로 그는 섬의 특산물인 참치 통조림과 엉트르두메르 와인 병을 열었을 뿐이었다. 내가 식탁에 앉자 그가 차려 자세로 명령을 전달하는 병사처럼 천진하게 외쳤다.

"촛불 아래 해군 식사 실시!"

결핍이 특권이 된다면……

에브의 식탁에서 저녁을 드는 건 오늘이 처음이지만, 그와 똑같은 식사를 하는 건 처음이 아니다.

나는 요리할 여유가 없는 매우 빈번한 경우, 케이론 제도의 유일한 식료품점인 라 도라드 코리펜에 전화한다. 라 도라드 코리펜은 늘 일고여덟 가지 종류의 요리를 준비해놓는다. 간판이 요란스럽긴 하지만, 탓하고 싶지 않다. 이곳의 모든 요리가 더할 수 없이 신선하고 맛있기 때문이다. 여북하면 주문할 때마다 망설이게 될까. "농어구이로 하실래요, 아니면 흰콩을 곁들인 양고기찜이요?" 요리사인 주인장 아내가 유혹하는 목소리로 제안한다. 내가 선택하려는 찰나, 그가 덧붙인다. "아니면 토마토크림소스 대하는 어때요······" 나는 선택 장애에서 벗어나고자 묻는다. "내 이웃은 뭘 주문했나요?" 그리고 셋에 두 번은 이웃과 같은 선택을 한다. 우리의 식사는 썰물 때 같은 배달부에 의해 전달되고, 우리는 각자의 식탁에서 똑같은 요리를 음미한다······

이렇게 말해놓고 나니 내 존재가 음울해 보일 수 있겠다. 하지만 나처럼 거의 무인도인 섬에 와서 살며 그림을 그릴 정도로 침묵과 고독을 숭배하는 사람에게는, 이런 일상이 하등 슬프거나 후회스럽거나 씁쓸하지 않다.

말이 났으니 얘기지만 인간에게 정말 필요한 게 무엇이겠는가? 사실 건강과 인터넷망만 확보된다면 나머지는 크게 중요하지 않다. 실존주의자들처럼 타인은 지옥이라고까지는 하지 않으련다. 허나 타인은 천국 또한 아니다.

그래도 에브와 함께 이 저녁을 보내는 것이 진심으로 즐거웠다. 비록 요리 수준은 우리의 공동의 요리사가 정성껏 준비하는 우리의 평소 메뉴에는 미치지 못했을지언정……

우리의 식사 대화는 작금의 상황과 사건에 국한되지 않았다. 나는 에브에게 장시간에 걸쳐 내 부모며 출신과 내가 몬트리올을 떠나 안타키아 섬에 와서 살게 된 연유에 대해 이야기했다. 에브도 자신과 자신이 이 장소에 오게 된 연유를 이야기했다. 그의 모친은 아일랜드인과 자메이카인의 피를 절반씩 물려받은 성악가로 한때 제법 유명했으나 오랜 시간 우울증을 앓고 병원에 갇혀 지냈다. 그의 부친은 툴루즈 출신의 항공기 조종사로 당연히 여행을 많이 했고 기항지마다 애인이 있었던 것 같았다. 에브는 유년 시절을 늘 아빠를 기다리며 보냈다. 그는 이 말을 하며 30년이 지난 지금까지도 타격이라는 듯, 무거운 한숨을 내쉬었다.

에브의 부친 생질 기장은 유럽에서 미국으로 날아갈 때마다 우리의 섬 위를 통과했고, '해안과 은색 실로 연결된 그 분홍빛 돌멩이' 얘기를 수시로 꺼내며 탐내곤 했다. 그는 언젠가 그 섬에 발을 내리겠노라 결심했으나 꿈을 이루지 못했고, 이 이루지 못한 꿈은 딸에게 상속되었다. 조금은 나와 내 아버지의 관계 같았다고 할까…… 경우는 다르지만 두 아버지의 '꿈의 전수'로 에브와 나의 길이 정해졌다는 측면에서, 어떤 유사성이 있었다.

　이 밤, 내 이웃은 수년 동안 잊고 지냈던 평온을 드러냈다. '엠페도클레스의 친구들'의 난입이 그를 그의 과거와, 아직까지는 유일한 그의 소설과 화해하게 했다. 그는 자신의 소설을 오래도록 혐오했으나, 아가멤논이 그것을 경배하며 암송하는 것을 들은 이후로 다시 애정을 갖기 시작했다.

　게다가 현재 벌어지고 있는 사건들에 대한 그의 반응은 하루하루 나의 태도에 영향을 끼치고, 내가 '우리의 관리 감독관들'과 화해하고 심지어 그들을 이해하게 만들었다. 비록 그가 말하는 모든 것에 동의하는 것은 아니고, 이따금 그를 나무란다든지 지적하고 놀리기는 해도, 그가 다시 명랑해진 것만으로 나는 저들을 덜 불신하게 되었다. 아마 혼자였더라면 절대 그럴 수 없었으리라.

　대모 같은 그가 없었더라면, 내가 어찌 우리의 역사가 소멸되고 우리의 문명이 사라지려는 이 판국에 샴페인 잔을 손에 들고서 희열을 느낄 수 있었겠는가?

＊

　깜빡 졸았던 듯하다. 나는 깨어나 다시 촛불을 켜고서 이 일기장을 다시 폈다. 실은 함구했던 주제가 있었는데, 지금 문득 지체 없이 기록해야 할 필요가 느껴졌기 때문이다. 오늘 밤, 나는 에브와 함께 밤을 보내고 싶은 마음이 강렬했다. 에브 또한 같은 마음이었으리라. 저녁 내내 그런 시선과 행동과 암시를 보였기 때문이다……

일련의 사건이 벌어진 첫날부터, 내가 전기도 들어오지 않는 그의 냉골이 된 집에 무작정 발을 들였던 그 첫날밤 이후로, 하루하루 그와 가까워진 기분이 되었음에는 의심의 여지가 없다. 내 태도의 변화는 이 일기장을 통해서도 드러났을 것이고, 내 실제 감정도 그와 다르지 않을 것이다. 초반엔 내 이웃을 묘사하며 그리 호의적이지 않았고 심지어 매우 무례한 적도 있었을 것이나, 지금 그를 바라보는 내 시선은 완전히 달라졌다. 그렇다고 앞으로 돌아가 문장 전체를 들어낸다든지, '일찍 시들'었다는 표현이나 내가 그에 대해 사용했을 수 있는 다른 몹쓸 단어들을 삭제하지는 않을 것이다. 그건 구차한 위선에 다름 아닐 것이다. 나의 잘못된 평가를 수정하는 유일하게 정직한 방식은 내가 더는 전과 같은 시선으로 바라보지 않는 내 이웃에 대해 바로 오늘부터, 본 대로 쓰는 것이리라. 그의 주름이 사라진 것인지는 모르겠으나 내 눈엔 더는 보이지 않았고, 더는 하등 중요하지 않다. 아가멤논에게 우리가 함께 받은 계시가 에브 생질을 문자 그대로 '변모'시켰다. 그에 대한 내 시선까지. 나는 이제 그의 의견에 동의하지 않을 때에도 그를 부드럽고 다정한 시선으로 응시한다. 그러니 당연히 오늘 밤, 그를 내 품에 끌어안고 싶었다.

그런데 왜 자제했을까? 내 안의 목소리가 끊임없이 훈계를 늘어놓았기 때문이다. 만일 내 삶에 이 섬의 유일한 다른 주민을 들어오게 한다면, 나의 호사스런 평온은 끝장나버리는 거야! 혹여 관계가 조금이라도 틀어지면 안타키아의 삶은 지옥이 되고, 우리 중 하나는 이곳을 떠날 수밖에 없어. 그건 아마 내가 될 텐데, 과연 내가 그런 위험을 무릅쓸 준비가 된 걸까?

순진하게 자백한 이 딜레마로 내가 계산적인 냉혈한에, 나의 동족들이 '사랑의 마법'이라고 즐겨 부르는 감정에 무감한 메마른 인간으로 보일 수도 있겠다. 나는 그런 사람이 아니다. 하지만 이 축복받은 영토, 나의 고독을 지키기 위해서는 모든 고통과 희생을 치를 준비가 된 것 또한 사실이다.

11월 14일 일요일

어제는 세상 밖 사건에 대해 들은 것이 많지 않아 이 일기장의 내용이 나의 소소한 이동과 촛불 아래의 저녁식사 메뉴, 그리고 늙은 독신자로서의 소회로 축소된 경향이 있다. 오늘은 몇 가지 소식을 주워듣긴 했으나 가뭄에 콩 나는 듯한 수준이었다. 이제는 전기통신망 두절이 불규칙적이고 간헐적으로 불시에 발생했기 때문이다. 가령 라디오가 15분 동안 작동하다가 한 시간 동안 끊어지고, 이어서 다시 작동하는 식이었다. 전화와 인터넷 상황은 더 열악했다. 통신망이 2분마다 한 번씩 끊겼다고 해야 할까. 이 정도면 세상에서 가장 차분한 사용자라도 미치게 만들 수 있으리라.

'우리의 보호자들'이 우리를 징벌하기 위해 고안해낸 교묘한 고문인 것인가? 그보다는 우리를 압도하고, 위축시키고, 굴복시키기 위해 자신들의 막강한 힘을 보여주려는 것으로 짐작된다. 자신들이 구미대로 징벌의 수위를 조절할 능력이 있음을 우리에게 보여주고 싶은 것이다. 마치 광대한 천체도가 있어서 여기선 불을 껐다가 저기선 다시 켜고, 여기선 대화를 중단시켰다가 저기선 다시 허용하면서 즐기는 것만 같았다……

실제로 나는 압도당했다. 무엇하러 부인하겠는가? 하지만 무엇보다 모욕당한 기분이다. 가슴 속에 이제껏 느껴보지 못했던 원한이 쌓인다.

이런 불안정한 상황에서 낙관적인, 지나치리만치 낙관적인 연설을 어떻게 받아들여야 할지 정말 모르겠다. 하워드 밀턴 대통령이 오늘 발표한 담화문 얘기다. 사건 발생 이후 그의 두 번째 개입이었다. 이번엔 '백악관에서'를 명백히 밝힌 간략한 소개에 뒤이어 대통령의 가냘픈 목소리가 들려왔다.

"존경하는 국민 여러분,

지난 수요일, 저는 국민 여러분께 우리가 처한 새로운 상황에 대해 말씀드렸습니다. 이후로 우리 정부는 개입 세력의 대표들과 대화를 나누었습니다. 협상 과정은 쉽지 않았으나,

우리는 솔직하고 서로를 존중하는 품위 있는 자세로 이 난관을 극복할 수 있었습니다. 지금 이 순간, 제게는 하늘의 먹구름이 많이 걷힌 것 같이 보입니다.

이 협상 기간 동안 우리는 핵무기와 핵분열성 물질이 축적되어 온 우려스런 상황에 대해 장시간 논의했습니다. 이 위험 요소들은 현재 효과적으로 무력화될 수 없습니다. 우리의 전문가들은 이것들이 비제한적 시간 동안 불안정한 상태로 비축되어 있다고 추정합니다. 미국의 여러 장소에 극도로 위험한 물건들이 대량으로 쌓여 있는 것입니다. 행여 악의를 가진 개인이나 광신도 집단, 정신이상자, 탐욕스런 자들이 그와 같은 장소에서 살상무기를 폭파시키는 것은 아닌지 참으로 걱정스럽습니다. 게다가 국외, 특히 옛 소비에트 연방의 영토에도 무기들과 방사성 물질이 우려스런 환경 속에 쌓여 있고, 다른 위험한 제품들도 무책임한 자들의 손아귀에 들어가 있는 실정입니다.

우리는 개입 세력과의 협상 과정에서, 그들은 우리의 적이 아니며 오히려 우리나라와 우리의 헌법, 우리의 생활양식에 대하여 경의만을 느낄 뿐이고 세계 여러 국가 속에서 우리나라의 지배적인 위치를 인정한다는 것을 확신하게 되었습니다. 우리는 또한 그들이 방사성 물질을 효과적인 방식으로 인간과 환경에 무해하게 만들 수 있는 평화적인 기술을 확보하고 있다는 것 또한 확신하게 되었습니다.

존경하는 국민 여러분,

우리의 역사 속에서 핵무기의 발달은 한 시기 동안 필요악이었습니다. 그것은 무모하고 잠재적으로 해로운 자원이었으나 제2차 세계대전을 종식시키고, 그 뒤의 새로운 위협, 다시 말해 공산주의에 대응하는 데 필요했습니다. 그런데 오늘날, 우리 문명의 가장 두려운 위협은 바로 이 핵무기의 증대에 있습니다. 안타깝게도 이제 핵무기는 최근에 증명된 바와 같이 범죄자의 손에 들어갈 수도 있습니다. 이 길들일 수 없는 야수가 도망쳤고, 우리는 그 야수를 속히 다시 우리 속에 영영 가두어두어야 할 것입니다.

신께서 우리의 길로 인도한 친구들이 며칠 내로 그 임무를 완수하겠다고 약속했습니다. 그들은 미국 정부의 동의를 얻어 우리의 헌법을 존중하면서, 우리의 지구에서 인류의 생존을 위협하는 모든 종류의 무기와 물질을 제거함으로써 총체적 정화 작업을 착수해 나아갈 것입니다.

저는 이 자리에서 우리의 모든 군대, 특히 미묘한 위치에 주둔한 군대 및 우리 국민 모두, 그리고 세계 곳곳의 의식 있는 모든 남녀 시민들에게, 우리의 친구들이 우리 정부가 동의한 이 복잡하고 까다로운 작업을 완수하게 해달라고 엄숙히 요구하는 바입니다.

이제 며칠이 지나면 우리는 이 험난한 시기를 극복하고서, 바라건대 보다 안전하고 평화롭고 안정된 세상과 건전한 자연환경을 되찾게 될 것입니다.

저는 그것을 확신하고, 모든 국민 여러분께도 확신하실 것을 요청합니다. 우리의 위대한 국가를 믿고, 우리의 선조들이 이룩했던 것과 똑같은 눈부신 성과를 이루어낼 수 있는 우리의 능력을 믿으십시오. 우리의 친구들을 믿으십시오. 우리의 미래를 믿으십시오.

국민 여러분께 신의 가호가 있기를!

미국에 신의 가호가 있기를!"

나는 밀턴 대통령의 담화를 듣는 동시에 녹음했고, 이어서 다시 들었다. 그는 지난번처럼 국민을 안심시키려 했으나, 그의 말에 암시된 것은 나를 전혀 안심시키지 못했다. 그의 말에서 어떻게 무기력의 자백을 보지 않을 수 있겠는가? 그가 통치하는 나라뿐만 아니라 지구인인 우리 모두 하루아침에 새로운 봉건 군주의 신하가 되어버린 형국이었다.

모로의 견해가 절실했다. 나는 그와 통화를 시도했으나 실패했다. 내 전화기는 작동하는데, 그의 전화기가 불통이었다.

만일 내 의견을 내 평소 방식대로 표출한다면, 요컨대 나의 분신인 알렉 장데르의 펜을 통해서 세 칸짜리 만화를 그릴 수 있을 것이다. 첫 칸엔 옛날식 마이크 앞에 선 수척한 얼굴의 미국 대통령을 전면에 그려 넣는다. 보다 커진 둘째 칸에서는, 대통령의 팔이 보이는데 이 팔에 링거와 연결된 관이 꽂혀 있다. 셋째 칸은 둘째 칸보다 훨씬 더 크고, 건강이 몹시 위중한 작은 남자가 그에게 자신들의 무기를 가리켜 보이는 사나운 군사 무리에 둘러싸여 있다. 밀턴이 강압에 못 이겨 연설하고 낙관적인 태도를 보인 것이 명백하기 때문이다.

그렇다 해도 모로의 친구를 탓할 생각은 전혀 없다. 외려 그에게 동조하고, 나아가 어떤 의미로는 존경한다. 국가와 문명의 붕괴를 희망의 동기로 포장하는 데는 용기와 기술이 필요하다.

*

저녁엔 기고가와 일기 쓰는 사람으로서의 내 의무를 성실하게 수행하고서, 스케치 연필로 앞서 설명한 만화의 초안을 그린 뒤, 내 이웃과 함께 미국 대통령의 담화문에 대해 논평하고자 그의 집으로 건너갔다. 그는 집에 없었다. 문이 아직 자물쇠로 잠겨 있고, 집 안은 어두웠다. 오직 바깥 전등 하나만 켜져 있었다. 귀가 길을 밝히기 위함이리라. 다시 한번 초인종을 누르고 문손잡이를 돌려보았으나 허사였다. 나는 그저께 우리가 함께 산책하며 웃었던 장소에서 그와 마주치려는 희망 속에서 연보랏빛 사장으로 걸어갔다. 아무도 없었다!

달이 구름에 엷게 가려졌으나 보름달이어서, 해안과 바다의 표면을 하얗게 비췄다. 나는 에브와 나에 대해 곰곰 생각하며 해변을 떠돌았다. 우리를 이어주고 가르는 것에 대해, 우리의 만남과 망설임에 대해, 그다지 자랑스럽지 못한 나의 딜레마와 어긋난 감정에 대해.

확실한 건, 그가 끊임없이 보고 싶고, 그의 목소리를 듣고 싶고, 머릿속에 오가는 수천 가지 생각을 그에게 털어놓고 싶다는 거였다. 나는 혼자 있을 때조차 머릿속으로 그에게 말을 건네며, 소스라친다든지 열광적이 된다든지 입을 삐죽거리는 그의 모습을 상상했다.

오늘밤, 그를 만나지 못한 것이 울적했다. 분명 내일도 그를 만나지 못한다면 고통스러우리라. 수년의 섬 생활 동안 나는 철저히 고독한 인간이 되었고, 내 이웃도 동일한 경우라는 걸 모르지 않았다. 해서 나는 우리 사이에 지속적인 애정, 혹은 사랑과 흡사한 어떤 것이 있을 수 있다고 생각하지 못했다.

이런 글을 쓰고 보니, 부끄럽다. 긴 세월 동안의 안온한 생활이 만든 내 자신이 부끄럽다. 내게 아직 '지속적인 애정'이나 '사랑과 흡사한 어떤 것'이 가능한 것일까? 아직 만남을 온전히 이어가는 것이, 그 만남이 얼마 못 가 내가 기고하는 만화의 주제로 전락하지 않고서 이어지는 것이 가능할까?

솔직하자면 대답은 '아니다'이다. 아니, 나는 더는 사랑하는 것이 가능하지 않다. 더 슬픈 건 내가 그것에 슬픔을 느끼지조차 않는다는 것이다. 내 가슴엔 심장 대신 뚱상한 고슴도치가 들었다. 그건 에브도 어쩌지 못한다.

*

에브에 대한 이야기가 봇물처럼 쏟아지지만, 한 가지 더 밝혀야겠다. 나는 해변에서 헛되이 에브를 찾아다닌 끝에 집으로 돌아와 책장에서 그의 소설을 찾느라 남은 저녁 시간을 온통 허비했지만, 결국 찾아내지 못했다.

몹시 부끄럽게도 내가 소설 〈미래는 더는 이 주소에 살지 않는다〉를 읽지 않았다는 것은 이미 수차례 이야기한 바 있다. 사실 나는 약 오륙 년 전, 소설가가 이 섬에 와서 살 계획이라는 것을 알게 된 날에 서둘러 그의 소설을 주문했고, 미래의 내 이웃에 대한 지식을 쌓고자 서둘러 읽기로 마음먹었다. 그런데 그의 집을 처음으로 방문했을 때 문전박대를 당하고 나니 어찌나 분노가 치밀던지, 그만 그의 책을 펼치려던 마음을 접고 말았다. 심지어 포장조차 끄르기 싫었다. 그때 어느 책탑 무더기에 묻어두었는지 여전히 알 길이 없다. 분명 서재의 책무더기 속 어딘가에 있을 터. 책꽂이며 책탑 밑이며 서랍 속을 다시 뒤져보아야겠다.

당시 나는 소설가에게 불만이었던 것처럼 소설에도 불만이어서, 돼먹지 못한 소설가를 벌하고 싶었던 나머지 소설을 '벌하였'다. 이제 '낳은 이'에 대해 전혀 생각이 달라진 마당이니 '자식'에게도 같은 대우를 해야 하리라.

그리하여 오늘이 에브의 책을 읽을 적절한 때이다. 그렇다고 해도 비단 에브와 나의 관계 변화만이 이유는 아니다. 무엇보다 그의 책은 그것을 읽은 '엠페도클레스의 친구들'의 감탄을 불러일으켰다. 사공에 따르면 그들에게 그의 소설은 예언적이고 묵시록적이었다. 우리의 보호자들이 극찬했다는 것이 알려지는 그 즉시 인류 전체가 이 책에 달려들리라. 몇 개의 열쇠와, 대답과, 희망을 가질 이유를 찾기 위해서. 내가 잘 이해했다면 이 소설에선 무엇보다 평행 세계가 언급되고, 그와 함께 우리의 만남은 우리 자신의 미래와의 만남이 될 터였다……

내일 환한 태양 빛 속에서 서재를 다시 뒤져 반드시 찾아
내리라….

11월 15일 월요일

아침부터 내내 소란스럽다, 또한 그만큼 적요하다. 전자기기들은 고장이고, 전화기는 먹통이다. 전파에 굳게 '재갈이 물렸'다.

그 모든 것이 놀랍지 않다. 매년 이 계절이 우리에게 겪게 하는 것과 동일한 악천후도, 이론상 지구 전역에 해당될 블랙아웃도. 밀턴이 이야기했던 '총체적 정화 작업'이 진행 중이고, 핵물질 야수를 우리에 가둬놓기 위한 복잡 미묘한 작전이 무수한 군사 기지에서 시행되고 있으리라 짐작된다.

어떤 공지나 뉴스도 전할 수 없는 것이 이해된다. 그래도 라디오를 켰다가 미국의 시민과 군인들이 '개입 세력'의 임무를 지지하게 하기 위해 몇 번째인지도 모르게 틀어대는 미국 대통령의 담화 재방송이나 고장 안내방송이 나오면, 반사적으로 구시렁거리게 되는 것은 어쩔 수 없다.

신이 보우하사, 에브가 있다! 어제 아무리 찾아도 없더니, 돌아왔다. 그는 어디에 있었는지 말하지 않았고, 나도 묻는 것을 자제했다. 그냥 아무도 만나고 싶지 않아서 집에 틀어박혀 있었을 수도 있었다.

아무튼 에브의 기분은 내가 사흘 전에 기록했던 그 은총의 순간, 사공이 우리에게 계시에 대해 이야기하고 에브가 건성으로 훑던 두툼한 화보집을 땅에 던지며 표정이 돌변했던 그 순간 이후로 손톱만큼도 달라지지 않았다. 그 순간 불이 켜진 그의 시선은 더는 꺼지지 않았다. 나도 그를 추동하는 몽상에 동의하지 않을지언정 그의 시선에 어린 빛이 꺼지는 걸 원치 않았다.

오늘 밤, 내가 에브의 집에 갔을 때 그는 '엠페도클레스의 친구들'을 무한히 신뢰한다고 재차 말했다. 나의 본능은 내게 신중해야 한다고 충고했으나, 이것이 내가 그의 태도를 거부한다는 의미는 아닐 것이다. 심지어 내 안의 모든 것이 그가 옳다는 쪽으로 기울었다.

에브의 세계관은 더러 나의 그것과 상반되기도 한다. 내 이웃은 인간을 혐오했기에 인간에게서 도망쳤고, 나는 '인간을 더 잘 포용하고자' 인간에게서 도망쳤다. 지금은 이 구분이 더는 그리 합당하게 여겨지지 않는다. 사실 우리 둘은 각자의 기질에 따라 각자의 언어로 표현하고 있지만, 세상에 대한 우리의 평가는 결국 비슷하다.

그와 나의 차이점은 정작 다른 데 있었다. 여성이고 무엇보다 부분적으로 자메이카인인 에브는 수천 년의 세월 동안 '자매'들에게 겪은 온갖 부당함이 뼛속 깊이 사무쳤고, 최근까지 세상을 지배했던 자들에 대해 어떤 충성심도 느끼지 않는다. 그는 그들에게 아무것도 빚지지 않았고, 자신에게 그들보다 '엠페도클레스의 친구들'을 택할 완벽한 권리가 있다고 생각한다.

나로서는 충격적인 태도는 아니나, 같은 입장일 수는 없었다. 나는 에브처럼 절대로 '인간들'을 격렬히 비난할 수는 없었다. 나도 인간들에게 지극히 비판적이고 인간들의 결함을 충분히 인식하고 있으나, 나 또한 그들의 일원이고 그들의 역사가 곧 나의 역사임을 인정해야 하지 않겠는가. 인간의 잘못은 나를 부끄럽게 하고, 인간의 성취는 나를 자랑스럽게 하며, 인간의 실패는 나를 실의에 빠뜨린다. 나는 인간이 격하되는 것을 목도하면서 즐거울 수 없었다. 그렇다, 이 사태의 발단부터 지금껏 진행되어온 과정이 바로 정확히 그것이었다.

과연 나의 동족들이 이런 치욕을 당할 만했는가? 그럴 것이다. 이 점에서는 에브의 손을 들어주고 싶다. 다만 우리의 차이점은 에브는 그것에 환호하고, 나는 안타까워한다는 것이다.

　그럼에도 우리는 오늘밤도 함께 샴페인을 마시며 잔을 높이 들어 올려 건배했다. 에브는 엠페도클레스의 친구들과 그들이 벌이고 있는 한바탕 소동을 위하여, 나는 고대 그리스의 기적과 기억을 엄숙하게 기리고 그것이 우리의 길을 환히 밝혀주면서도 그만큼 우리의 눈을 멀게 하지는 않기를 바라며.

　나는 내 이웃과 세상의 대혼란을 함께 관찰하기 시작한 순간부터 우리의 이 상반된 감수성을 의식했고, 이것을 늘 염두에 두었다. 더러는 우리의 접점을, 더러는 우리의 분기점을 강조하기 위해 그의 반응과 내 반응을 끊임없이 비교해왔다. 이제 오늘은 더 자신 있게 말할 수 있다. 서재 한구석에서 마침내 그의 책을 찾아냈기 때문이다. 나는 즉시 읽기 시작했고, 이 책은 이제껏 내게 모호하거나 두루뭉술하게 보였던 것들을 환히 밝혀주었다.

11월 16일 화요일

오늘 아침 10시 무렵, 날이 잠시 갠 틈을 타서 내가 좋아하는 오솔길 중의 하나로 산책을 나갔다. 이 길은 내 침실에서 두 발자국 거리부터 시작되어, 나무고사리들 사이로 구불구불 이어지다가 평평한 바위가 있는 곳에서 끝난다. 나는 날이 청명하고 건조하면 이따금 이 바위에 앉곤 한다. 오늘은 모든 것이 젖었다. 오솔길, 식물들, 돌멩이들. 하지만 비가 그쳤고, 바람이 잦아들었으며, 수줍은 태양은 구름 사이로 자신의 길을 트려한다. 꿀맛 같은 산책이 예고되었다.

별안간, 자전거 벨소리가 들린 것 같았다. 내 섬에선 매우 생소한 소리다. 사실 이곳에서는 자전거가 최고의 교통수단이긴 하나—나부터도 지난 12년 동안 자전거 이외에 다른 교통수단을 이용해본 적이 없다—자전거가 행인이나 자동차와 마주치는 일 따위는 결코 없고, 따라서 경보음을 울릴 필요가 전혀 없기 때문이다.

나는 평평한 바위에 올라서서 르 구웨 쪽으로 시선을 돌렸다. 멀리서 제복을 입은 인물이 보였다. 언뜻 경찰인 줄 알았으나, 삼림감시원이었다. 그는 '안타키아 주민'에게 당면한 위험을 알리기 위해 섬 당국에서 나왔다. 이 근방에서 방사성 구름이 탐지되었다. 자전거를 탄 공무원은 그 이상의 세부사항은 전달하지 않고서, 내게 방이며 창문들을 모두 닫고 집에 있으라고 당부했다. 특히 비가 내리거나 안개가 끼었을 때는 절대 외출하지 말고 시 당국의 지시를 기다리라며, 한 줌의 요오드 정제가 든 특별할 것 없는 봉투를 건네고는 당장 한 알 삼키라고 명령하더니, 치명적 피폭 예방을 위해 저녁마다 한 알씩 복용하라고 설명했다.

그러니까 길들여서 우리로 데려가야 할 문제의 '야수'가 아직 탈주 중이었다. 게다가 안타키아 해안을 어슬렁거리고 있었다니!

전령사가 멀어지는 동안, 이상하게 질식할 것만 같은 기분이 들었다. 좀 전까지만 해도 폐활량이 원활했는데, 돌연 공기가 유독가스로 꽉 찬 듯 호흡이 가빠왔다. 비합리적인 걸 알면서도 어쩔 수 없이 사로잡히는 황망함. 허나 이대로 무너질 순 없었다. 삼림감시원의 방문은 나의 혼란과 불안을 가중시켰을 뿐이었다.

여드레 전으로 되돌아간 것만 같았다. 내가 아직 전 세계적 핵폭발의 대재앙을 두려워하던 초기의 공포심으로. 그 점에 관해서는 이후에 일어난 일들로 안심했건만, 이제 다시 땅이 발밑으로 꺼지려 하고 있었다. 이 구름은 어디서 온 것일까? 어떻게 형성된 것일까? 게다가 '방사성 구름'이란 정확히 무엇인가? 하늘을 올려다보면 온통 겹겹이 쌓인 구름층뿐이었다. 무리지어 있는 저 구름 중 '하나'가 수상한 구름인 것인가? 아니면 단지 표현일 뿐인가? 우리 시대에 '구름'이란 표현은 입맛대로 이것저것 다 끌어다 붙일 수 있는 편리한 개념이 아니던가?

생각이 꼬리를 무는데, 비가 떨어지기 시작했다. 이 지극히 평범한 현상이 내게는 문득 경고처럼, 포위망처럼 생각되었다. 나는 서둘러 집으로 돌아와, 더는 외출하지 않았다.

이 글을 쓰고 있는 지금 이 순간도 비가 내린다. 지독하고 심술궂게. 하늘에서 물을 흩뿌리는 것이 아니라, 철철 떨어뜨리고 있다.

*

　나의 비이성적인 공포를 누그러뜨리고자 에브의 책에 몰
두했다.

　나는 이제 이 책을 출간 당시에 읽었을 수 있을 방식으로
읽지 못한다. 내가 아직 내 이웃을 알지 못하고 그의 목소리
를 가까이에서 들어보지 못했을 때의 시선으로, 무엇보다 그
의 신비한 찬미자들에 대해 아무것도 몰랐을 때의 시선으로
읽지 못한다. 한 가지 생각이 머릿속을 떠나지 않는다. 대체
어떤 연유로 이 책이 그토록 '엠페도클레스의 친구들'을 매
혹한 것일까? 왜냐하면 며칠 전에 내가 상정했던 가정이 마
음속에서 점차 확신으로 변했기 때문이다. 아가멤논의 동포
들이 그를 이 이 작은 도서 벽지로 보낸 것은 오로지 에브
의 존재 때문이었다. 에브를 보살피고, 세상의 격동으로부터
보호하기 위해서였다.

　소설에 대해 이야기하자면 이제껏 읽은 것으로는 기대보다
덜 '예언적'으로 보인다. 평행 인류 이야기도 예고되지 않았
고, 지난 여드레 동안 일어난 사건에 대해서도 아무 언급이
없다. 다만 소설가가 '인간들'이 길을 잃었다고 확신하고, 그
것에 대해 한탄하기보다는 반색한다는 것만은 행간으로 짐

작할 수 있다. 작가는 제목에서도 드러내 듯, '미래'는 '더는 이 주소에 살지 않'기에 어느 날 다른 누군가가 인계해주기를 바란다. 어떤 누군가일까? 당연히 에브는 책을 집필할 당시엔 알지 못했다. 그럼에도 그는 끊임없이 고대 그리스를 참조하고, 심지어 애정 어린 목소리로 엠페도클레스라는 인물에 대해 언급한다. 현 상황에서는 놀라워 보일 수 있는 대목이지만, 확신컨대 출간 당시에는 눈에 띄지 않았을 터였다. 아그리젠토의 철학자의 '친구들'은 그렇지 않았을 테지만.

소설의 원천에 대해 이야기하자면 명명백백한 자전소설이고, 에브 또한 이 사실을 숨기지 않는다. 그는 소설의 화자에게 릴리스라는 이름을 붙였다. 일부 전설에 따르면 릴리스는 아담의 첫 부인이자 다갈색 머리를 한 미녀의 이름으로, 그는 아담의 갈비뼈에서 탄생하지 않고 아담과 동시에 탄생했다. 하여 아담에게 복종할 필요를 느끼지 않는다.

투덜대거나 애처롭거나 징징거리는 것이 아니라, 차분하고 자신만만하며 당당하고 단호한 목소리로 평등을 요구하는 본질적이고 상징적으로 저항적인 여성. 두말할 것도 없이 에브 생질이 투사하는 자신의 모습이다. 그가 행복한 유년 시절을 보낸 것과도 무관하지 않으리라. 그의 부친은 비록 집을 자주 비웠으나 그를 애지중지했고, 그의 모친도 그를 아끼고 사랑했다. 때로 모녀 관계가 뒤바뀌어, 애정이 결핍된 어른이 딸의 품에 안겨 아이 놀이를 즐겼을지언정 말이다. 에브―릴리스―는 부모가 차린 제단에 올라가, 그들을 응시하고 포옹하고 때로는 꾸짖었다. 마치 그는 성숙한 여인이고 부모는 산만한 어린아이들―한 명은 변덕스럽고, 다른 한 명은 무기력했다―이라는 듯.

소설 속 화자는 가족의 떠받들림 속에서 사랑받는 사람으로 자라났다. 적어도 오래도록 그렇게 믿었다. 인류사의 태동이래로 여성들이 그토록 덜 억압받고 덜 순종적이었던 시대는 결코 없었다. 그 시대 여성들은 태어나면서부터 여성에게 전통적으로 부과되었던 육체적, 사회적 코르셋에서 해방되어야 한다는 요청을 결코 받은 적이 없었다. 그들은 또한모든 하늘 아래서 자유롭지 않았을까? 그들의 권리의 획득은 어디서든 이미 완성된 것은 아니었을까? 적어도 에브―릴리스―는 자신의 야망과 욕망과 심지어 기상천외한 생각까지도 원하는 대로 실현할 수 있을 것 같은 기분이었다. 젊은날에 파리, 더블린, 킹스턴, 샌프란시스코 등지를 오가며 그는 합법적이든 금지되었든, 순조롭든 위험하든, 그 어떤 즐거움도 포기하지 않았다. 에브는 자신의 소설 속 여주인공에게온갖 종류의 모험을 감행하게 했다. 그중엔 판타지도 있었을것이나 대부분은 지극히 현실적이었다.

그러니 그가 자신의 시대를 혐오하거나 불신할 어떤 이

유도 없었다. 그가 자라난 세상은 남성이든 여성이든 무수한 그의 동시대인들에게 이전 세대는 꿈도 꾸지 못했을 감각적, 지적 만족감을 제공했다. 지구 끝까지 여행을 가고, 거리감을 없애버린 통신수단이 발명되고, 일상을 단순화시켜 줄 가전제품이 개발되고, 원하는 모든 종류의 음악이며 책이며 고고학적 보물과 예술품—요컨대 인류가 태초부터 축적해온 지식과 작품들의 총체—에 접근이 가능했다. 새로운 발명품 덕분에 전 세계가 방대한 도서관이 되었고, 우리는 집을 나설 필요도 없이 잠옷 차림으로 소파에 앉아 언제든 원하는 시간에 그 도서관에 들어갈 수 있었다. 야행성에 흥청거리기 좋아하고 느슨한 성격이지만 지식에 대한 욕구만은 해갈될 줄 몰랐던 젊은 에브—릴리스—에게는 한마디로 천국이었다.

그렇다면 왜 소설가는 작금의 문명에 비극적이고 임박한 종말을 예언한 것일까? 내가 이 글을 쓰고 있는 현재는 전혀 놀랍지 않은 비전이다. 나아가 지난 며칠 동안 벌어진 사건으로 미루어 이 예언이 이미 확인되었다고도 할 수 있으리라. 그렇다, 안타깝게도 우리의 문명은 스펙터클한 발전에도 불구하고 문명을 일거에 붕괴시킬 수 있는 교묘한 악의 위협 속에서 고통 받았던 듯하다. 이 사실은 〈미래는 더는 이 주소에 살지 않는다〉가 출간되었던 12년 전에는 육안으로 보이지 않았다. 어쩌면 바로 그것이 이 책이 선풍적인 인기를 끌었던 이유이리라.

대체 어떤 악이기에? 그토록 역동적이고 창의적인 문명이 어느 날 미래도 없이 소멸될 위기에 처하게 만든 것일까? 에브는 명시적인 답을 제시하지 않았다. 적어도 지금까지 내가 읽은 250 페이지—대략 소설의 3분의 2 분량이다—에서는. 에브도 인류사가 어떤 암초에 부딪쳐 부서질는지는 몰랐던 듯하다. 허나 그는 주변의 풍요로움에 속지 않고서 재앙을 예견했다. 자정 무렵, 나는 바로 다음의 문장을 끝으로 책을 덮었다. <내가 만개하는 동안, 인류는 시들어갔다……>

내일 마저 읽으리라.

11월 17일 수요일

오늘은 모로의 전화로 새벽에 깨어났다. 모로는 그답지 않게 허둥댔고 나아가 안절부절못했다. 섬은 새벽 6시 반이고, 미국은 자정을 넘어 12시 반이었다. 그는 백악관에서 늦게까지 장시간에 걸쳐 열린 회의를 마치고 나온 참이었다.

"열다섯 명이 모여서 각각 의견을 개진했어. 다들 논리적이고 설득력 있고 종종 탁월했지만, 내가 개진했던 의견을 포함해서 그 어떤 것도 확실하게 와 닿진 않았어.

대통령이 우리를 모아놓고서 똑같이 이 불가피한 질문을 던졌거든. <저들이 대체 어디서 온 것 같습니까?> 난 너한테서 들은 전설 얘기를 했어. 소위 '개입 세력'이 우리의 경

계심을 잠재우기 위해 공식적으로 내세우는 버전인 것 같아
서. 하지만 난 거의 끝부분에 발언했어. 회의가 고대 그리스
로 흐르는 건 원치 않았거든. 다른 사람들 의견이 궁금했지."

정보기관장들, 몇몇 장성들, 몇몇 국회의원들, 그리고 모로
가 자신을 즐겨 지칭하듯 '프리 옵션' 두세 명이 회의 참석
자들이었다.

"다들 각자의 강박과 관점으로 대통령의 타원형 방에 모
였어. 대부분은 데모스테네스와 그의 친구들의 배후는 다
른 세계의 신령한 힘 따위가 아니라, 우리 중의 어떤 정치세
력일 거라는 생각이었지. 중국인이나 러시아인, 인도인, 이란
인, 아니면 라틴 계열이나 유럽인 중에 있을 거라고. 네가 섬
에서 만난 자가 자기네는 하등 그런 세력이 아니라고 주장했
다는 건 알아. 하지만 그런 극구 부인이야말로 의심만 깊어
지게 할 뿐이지."

나는 아직 잠에 겨운 목소리로 친구에게 말하지 않을 수
없었다.

"아가멤논을 변호하고 싶은 생각은 없어. 그 친구가 날 조
종하고 있다는 의심을 배제하지도 않고…… 다만 네 말대로
'우리 중의' 어떤 세력이 저들이 우리에게 보여준 고도로 발
전된 기술을 보유하고 있는 거라면, 왜 군이 그런 식의 연극
을 꾸미는 걸까? 아무 의미도 없는 그런 짓을!"

"아니, 잘못 생각하는 거야, 의미가 있을 수 있어. 만일 중국인들이나 러시아인들이 미국에 당신들 군사기지 좀 조사하겠다,고 했어봐, 당연히 일언지하에 거절당했겠지. 그런데 세계열강 간의 충돌을 초월해서 중립적이라고 주장하는 저 세력은 미국 대통령한테 언제고 임의대로 개입해도 좋다는 동의를 얻어냈잖아. 그 점에서 난 자네만큼 이 '트로이의 목마'론을 믿진 않아. 우리의 경쟁 세력은 대체 어떻게 그렇게 우리 정보국이 아무것도 모르도록, 우수한 기술을 습득하고 정교한 군장비를 발전시키고 인구 전체를 요원으로 훈련시킬 수 있었을까? 도저히 있을 수 없는 일이야. 문제는 다른 가정들은 더 있을 수 없는 일이라는 거지만. 가령 저들이 우주에서 왔다든가 하는…… 오늘밤 하워드를 포함해서 네 사람이 이 우주 가정을 언급했어. 하지만 이 또한 말도 안 되는 소리지.

너도 알다시피 내가 고민도 안 해보고 어떤 가정을 밀쳐놓는 사람은 아니잖아. 심지어 난 미래의 언젠가는 우리 종이 엄청나게 똑똑한 다른 종과 만날 거라고 믿는 쪽이야. 이 광활한 우주에 우리 인간만이 살고 있다는 생각은 터무니없으니까. 하지만 그런 만남이 발생하는 날이 온다면, 그 충격은 즉각적이고, 엄청나게 폭력적일 거야. 먼저 침략한 쪽이 상대의 공격력을 해제하기 위해 일단 초토화시키는 것부터 시작할 테니까. 그렇게 제압한 뒤 나중에야 상대의 예술, 역사, 종교, 문명에 애정 어린 시선으로 관심을 기울이겠지. 그러니 다른 세계에서 온 사람들이 우리가 존재를 알아차리기도 전에 우리의 삶 속에 스며들어 살고 있고, 그들이 어쨌든 우리의 역사, 그러니까 아테네의 기적과 아그리젠토의 엠페도클레스를 숭배한다는 생각은, 내가 보기엔 완벽한 망상이야. 철학자의 상상에서 탄생한 목가적인 꿈이나 진배없다고."

"그러니까 넌 '로컬'론에 기운다는 거구나……."

"오늘 참석한 대다수의 의견이기도 해. 그 가정이 가장 현실적이라고 보는 거지. '변태 인형조종사' 후보로는 익숙한 주적들, 그러니까 러시아나 중국이 거론됐고…… 다른 가능성도 제기되기는 했어. 비밀단체나 이단, 아니면 역사의 외곽에서 살아남은 그동안 전혀 알려지지 않았던 민족이라든가."

"그게 바로 아가멤논이 얘기한 '그리스' 전설이잖아……"

"그래, 어느 면으로는. 그 인류의 한 분파가 수세기를 거치는 동안 전혀 노출되지 않은 채 흔적도 없이, 어디서, 어떻게 살아남은 건지를 아는 게 관건이겠지. 넌 정말 그 사람들이 알 수 없는 어딘가의 동굴이나 지하에서 진보된 기술과 정교한 군장비를 발전시켰다는 걸 믿어?"

"사실 믿기 쉽진 않아…… 하지만 아니라면 그들은 대체 누구야? 어디서 왔고?"

"나도 너랑 똑같이 모르지, 알렉. 현재로선 어떤 설명도 확신이 들지 않지만, 우리가 뭔가 잘못 생각하고 있는 건 확실해. 저들이 명백히 존재하니까! 우린 아직 그들이 누구인지, 어떻게 해서 수세기 동안 살아남을 수 있었는지, 왜 그 오랜 세월 동안 잠잠하다가 오늘에야 세계무대에 등장한 것인지도 모르는데, 저들은 우리 앞에 버젓이 나타나 전지전능한 힘을 과시하고 있어. 저들이 대체 우리한테 무슨 짓을 하려는 건지 속히 알아내야만 해!"

*

대화 중에 나는 친구에게 케이론 제도에서 문제시되고 있는 방사성 구름에 대해 이야기했다. 심드렁한 반응으로 미루어, 그는 크게 개의치 않는 것 같았다.

"여기도 그런 얘기가 돌고 있긴 한데, 여러 모로 근거 없는 소문 같아. 우리가 지난 이틀 동안 신고된 사건들 중에서 가장 심각해 보이는 것들을 조사해봤는데 정상 수준 이상의 방사능이 검출된 사례는 단 한 건도 없었어!

지금 세간에 퍼지고 있는 건 유해 물질이 아니라 불안 심리인 것 같아, 알렉. 하워드가 '우리의 보호자들'이 다수의 기지들을 조사한다고 발표했을 때, 많은 군인들이 노발대발했지만 속수무책이었지. 지휘관한테 불복종할 순 없지만 그렇다고 복종하고 싶지도 않았으니까. 그 좌절감을 어떻게 표출했을까? 귀를 내주는 사람들마다 붙잡고서 방사성 물질 '수거' 작전이 어긋날 것이고, 제2의 체르노빌을 피하는 게 아니라 최악의 상황이 유발될 거라고 되뇌는 거지. 그렇게 세뇌당한 숱한 사람들이 비슷하게 불안한 심리 상태일 테니 소문이 퍼지고, 확산된 거야. 미국은 물론 전 세계로."

"그럼 그 소위 '수거' 작전은 착오 없이 진행된 거야?"

모로가 난처해하며 대답했다.

"사실, 우리 중 아무도 몰라! 저들이 뭘 어떻게 했는지 전혀…… 내가 알기로는 조사가 반드시 핵물질에 국한돼서 진행된 것 같진 않아. 심지어 그 모든 일련의 이야기들이 연막일 수도 있고. 지구를 초토화시킬 핵무기 전쟁이 벌어지기 일보 직전이었고, '우리의 보호자들'의 거룩한 개입이 재앙을 막았다는 그 모든 것들이 기만일 수도 있어."

"무엇 때문에?"

"지금의 내 느낌으로는 저들이 어떤 '정화'를 위해 개입했는데, 그게 핵무기가 아니라 다른 분야인 것 같아. 데모스테네스는 우리한테 위험에 대해 얘기할 때마다 핵물질, 나쁜 손에 들어간 핵무기, 처치 곤란의 핵폐기물, 그러니까 핵, 핵, 핵을 강조했거든…… 그와 그의 무리들한테 중요한 건 분명 다른 걸 거야.

그자는 만일 연구가 끝까지 계속된다면 멸망을 초래할 거라는 말을 몇 번이고 되풀이했어. 멸망이라는 단어가 그자의 입을 떠나지 않았지. 인류의 멸망, 멸망의 위험, 멸망 도구들. 냉전시대 이후로 우리는 원자력을 멸망의 위협과 연결시키는데 익숙했으니까 바로 속아 넘어간 거야…… 대통령이 담화에서 무서운 '야수'만 되뇔 정도로."

"그럼 지금은 그 사람들이 정말 염두에 둔 게 뭔지 안다는 거야?"

"확실하진 않아. 몇 가지 짐작만 할뿐이지 아무 확신이 없어. 내가 알기론 지난 며칠 동안 그들이 대략 전 세계에 분포된 이 백여 곳의 군사 기지 및 각종 연구소에 개입한 것 같아. 그중의 절반은 미국 시설들이고. 세균학, 생화학, 인공지능, 물리학, 탄도학 등의 연구소들을 중심으로. 그 끝도 없는 연구소 목록엔 다소 의외의 장소들도 끼어 있었어. 농학, 천체관측 연구소, 다수의 대학도서관들, 해저 다큐멘터리 전문 프로덕션, 심지어 켄터키의 오래된 수도원까지. 대체 무슨 꿍꿍이인지!"

"그런 데들에서 뭘 했는데?"

"내가 경위를 자세히 들은 건, 한 군데뿐이야. 볼티모어 근방에 있는, 친구 딸이 근무하는 연구소. 월요일 오전에 못

보던 여자 두 명이 안내소로 왔더래. 외모며 행동거지며 모든 면에서 '엠페도클레스의 친구들' 일원이었지. 한순간, 건물 안의 모두가 강한 충격 속에 그대로 마비돼버렸어. 가스총이라도 맞은 것처럼. 물론 가스총은 없었어. 어쩌면 비슷한 효과를 내는 광선을 쏘았을까. 모르겠어. 아무튼 '조사관'들이 꼼꼼하고 차분하게 조사를 벌였어. 관측기구들을 고장 내고서 그 안에 모래알이나 그 비슷한 걸 집어넣었지. 수많은 자료를 파기하고 그중 일부는 자기들이 가져갔고, 연구소 안의 디지털 자료들을 죄다 삭제했어. 40년 동안 쌓아온 자료들이 흔적도 없이 싹 다 없어진 거야! 현장에서도, 온라인상에서도!"

"무슨 연구소였는데?"

"직원이 천 명 이상이나 되는 업체야. 온갖 종류의 연구를 하는 곳인데, 보통 십여 개의 프로젝트가 한꺼번에 진행된다고 하더라고. 조사관들이 염두에 둔 건 그중 하나 정도일 텐데 그냥 죄다 삭제해버린 거지. 아마 자기들이 뭘 찾는 건지 알리고 싶지 않아서겠지."

"피해자는 없었어?"

"사망자도, 중상자도 없었어. 어떤 충돌도 발생하지 않았지. 두 여자는 아무 방해도 받지 않고 유유히 일을 끝내고서, 몇 시간 뒤 가버렸어. 전 직원이 고이 잠들어 있는 동안.

직원들은 대부분 깨어난 뒤로 사지가 심하게 마비돼 움직이지도 못하나봐. 의식이 돌아오고 통증도 없지만, 손발이 말을 듣지 않는 거지. 이 비정형 마비 증상에 의사들이 벌써 이름까지 붙였다는군. 볼티모어 증후군이라고."

"그러니까 단 두 명이서 그 모든 일을 벌였다고?"

"그래, 그것도 거의 맨손으로! 어쨌든 아무 무기도 없었어. 그게 그들의 작업 방식인 거지. 그들은 수적 우세나 거창한 설비를 추구하지 않아. 외려 놀라운 경제적 수단으로 상대를 제압하는 거야. 그들이 미국 대통령과 담판을 짓기 위해 우리한테 단 한 명만 보냈다는 사실을 잊지 말라고! 그러고도 자기들이 원하는 모든 걸 잘만 얻어냈잖아!

네가 그들의 대표인 데모스테네스를 봤어야 하는데! 칠레에서 돌아와 대통령실에서 협상이 계속됐을 때도 그는 하워드가 지정해준 자리에 얌전히 앉아서 꼼짝도 하지 않았어. 우리는 일고여덟 명쯤 되었는데 그는 꿋꿋이 혼자였지. 간간이 우리 중 누군가가 잠깐씩 나가서 허리도 펴고, 샌드위치로 출출함도 달래고, 다른 용무도 봤어. 어떤 때는 둘이나 셋씩 나가서 의견을 주고받기도 했고. 그러는 동안에도 그자는 무표정으로 우리를 관조하기만 했어. 어떤 욕구도, 용무도, 주거나 받을 조언도 없는 것 같아 보였지."

"비행기에서 짧게 얘기한 것 말고는, 또 단둘이 얘기할 기회는 없었어?"

"전혀. 그저 멀리서 관찰한 게 다야. 그것도 제법 유익했어, 간간이 재밌기도 했고. 그중엔 잊을 수 없는 순간들도 있었지. 가령 금요일 밤 같은 경우. 데모스테네스가 이번 기회에 세상에 존재하는 모든 '멸망 도구들'을 완전히 끝장내야 한다며 자기 친구들이 그것들을 제거할 준비가 됐다고 설명하더니, 그러려면 대통령이 정화 작업이 필요한 기지에 자기 친구들이 개입하는 걸 허가해야 한다고 말했어. <어떤 기지들이요?> 하워드가 순진하게 물었더니 <대통령님, 불행히도 그건 말씀드릴 수 없습니다>, 하지 않겠어? <지금 나더러 정확히 어딘지도 모르면서 미국 땅의 예민한 기지들을 조사하는 걸 승인하라는 말입니까?> 하워드의 항변에도 데모스테네스는 완강하게 버텼어. <혹여 조금의 정보라도 누출되는 날엔 작전이 수포로 돌아갈 겁니다. 받아들이기 쉽지 않은 요구라는 건 완벽하게 인식하고 있으나, 멸망의 위험에 종지부를 찍으려면 그런 식으로 접근할 수밖에 다른 방법은 없습니다.>

하워드가 주변의 모두에게 시선으로 물었지. 우리 모두 차례로 고개를 저어서 '안 된다'는 뜻을 전했어. 일고의 가치도 없는 요구였지. 자기들이 우리의 시설들을 마음대로 휘젓고 다니도록 전권을 달라니, 어불성설이었어. 대통령이 정중

하면서도 단호하게 말했지. <그 요구에는 부득이하게 부정적으로 답할 수밖에 없군요. 당신이 내 위치였더라도 똑같은 결정을 내렸으리라 확신합니다.>

잠시 뒤, 노크 소리가 들렸어. 보안 요원이 들어와서 또 다시 정보통신망이 모조리 끊겼다고 보고했지. 대통령이 바로 대응했어. <이런 식의 강압에 의한 협상을 계속하는 건 거부하겠소.> 하워드가 의자 팔걸이에 의지하여 힘겹게 몸을 일으키며 말하자, 데모스테네스가 대답했어. <이해합니다, 대통령님. 일단 대화를 중단하고, 머리를 식히면서 생각할 시간을 갖도록 하시죠.> 하워드가 항의했어. 그의 서글픈 표정은 꾸민 게 아니었지. <당신들은 우리를 모욕하려 하는군요. 협박과 힘의 과시가 점점 늘어가요. 과연 전능해 보입니다. 그렇다면 굳이 우리와 합의할 필요도 없지 않겠어요? 원하는 게 있으면 그냥 하세요, 이 이상 더 무슨 얘기가 필요합니까!>

밀사가 잠시 생각하는 듯 말이 없더니 입을 뗐어. <그렇게 말씀하시니 얘기지만, 대통령님의 동의 없이 우리가 움직여야만 할지도 모르겠습니다. 만일 그렇게 된다면 저로서는 유감스러울 겁니다. 저는 우리가 상호신뢰관계를 구축할 수 있다고 믿었거든요. 제 대부분의 친구들은 저와 생각이 다릅니다. 미국을 비롯한 지구상의 모든 국가들에 대해 뿌리 깊

은 편견을 가지고 있죠. 당신네들이 걸어온 그간의 여정 속에서 오직 탐욕과 극악무도함과 살의만을 보고, 당신들이 당신들의 힘을 지배와 군림 이외의 다른 용도로는 사용할 능력이 없다고 생각합니다. 당신들이 내세우는 원칙이나 내거는 약속을 조금도 신뢰하지 않고요. 저에 대해서는 순진하고 쉽게 속아 넘어가는 위인이라고 생각하죠. 그러니 이제 대통령님이 어떤 협상도 더는 불가하다 하시면 저는 당장 물러가겠습니다. 이제 저 같이 경험이 부족하고 서툰 협상가를 상대할 일도 더는 없으실 겁니다.>

목소리도 높이지 않고 정중하게 말했지만, 작정한 비난 겸 최후통첩이었어. 그자가 일어나더니 문 쪽을 향했지. 하워드가 그자를 붙드는 동작을 하면서, 지쳤지만 누그러진 목소리로 달랬어. <도로 와서 앉아요, 친구여, 우리는 강제로라도 사이가 좋아야 하니 말이요.>

데모스테네스가 대통령한테 다가가더니 어깨에 손을 얹었어. <그렇게 말씀해주시니 기쁩니다. 이제 협의가 가능하다고 계속해서 믿을 수 있게 됐어요. 허나 지금은 우리 모두 지치고 신경이 날카로워졌으니, 오늘밤은 이만 쉬고 내일 아침에 다시 뵙기로 하죠.> 하워드는 속으로 부글거렸을지라도 겉으로는 냉정을 유지했어. 한술 더 떠서 밀사한테 백악관에서 묵으라고 권했지. 우리 모두 그가 사양할 거라고 생각했는데, 웬걸, 기쁘고 영광이라면서 수락하더라고. 그렇게 갑자기 국가원수급 대접을 받게 됐지. 링컨 방으로 안내되고, 경호원도 세 명이나 붙었어. 그자가 우리랑 한 건물에서 밤을 보내게 된 거야. 내가 '잤다'고 하지 않고 '밤을 보냈다'고 한 걸 유념해. 저들도 우리처럼 잠이 필요한 인물들인지 잘 모르겠거든……"

모로는 또 다른 잊지 못할 장면이 이튿날인 토요일 오후에 벌어졌다고 말했다.

"하워드가 밤새 아팠어. 대통령 주치의인 아벨 박사가 내내 곁에 붙어 있었지. 정치적으로도 문제였어. 우린 다들 태연한 표정이었지만, 아무 전략도 없었거든. 저들은 자기들이 우리한테 개입한 첫 번째 목적이기도 한 '총체적 정화'를 절대 포기하지 않을 텐데, 우린 저들을 견제할 어떤 수단도 없으니. 하워드가 씁쓸해하며 농담처럼 말하더군. <나는 이제 서류상으로만 총사령관이요. 폭격기 한 대도 날아오르게 할 수 없고, 공격 대상 하나 정할 수도 없으니 말이오. 이럴 바엔 차라리 저들이 우리한테 내세우는 우정에 기대어 사정이라도 해보는 게 낫겠어요. 저들이 그렇게도 우리의 동의를 얻고 싶다니, 우리도 몇 가지 양해를 구해보잔 말이오. 가령 몇몇 상징적인 장소들은 조사 대상에서 제외시켜 달라든가

하는. 백악관, 국회의사당, 펜타곤, 국무부, CIA나 FBI 본부 등등……>

우리는 기나긴 목록을 작성했고, 데모스테네스는 순순히 받아들였어. 연극적인 동작으로 목록에 수결을 하더니, 대통령한테 가서 엄숙하게 확인시키고는 악수를 청했지. <우리는 대통령님이 생각하시는 것보다 더 대통령님이 필요합니다. 모든 작업이 충돌 없이 원만히 진행되도록, 우리와 당신네들 사이에 불신과 원한이 싹트지 않도록, 대통령님이 군대, 공무원들, 연구자들, 미국민들, 나아가 나머지 국가의 모든 국민들에게 이 정화 작업이 그들과 그들의 자손들의 미래를 지키는 길이라고 말씀해주셔야 합니다. 대통령님이 먼저 확신을 갖고, 사람들에게도 확신을 심어주십시오! 우리는 대통령님을 엄청나게 의지하고 있고, 대통령님의 확실하고 전폭적인 지원이 필요합니다.>

하워드는 비교적 안도했어. 현 상황에서 그가 들을 수 있는 최선의 얘기였으니까. 동의의 뜻으로 문장마다 고개를 끄덕끄덕했지. 그런 마당인데 지난 사흘 내내 말 한 마디 없던 부통령 개리 볼더가 잘하는 짓인 줄 알고서 끼어들어서는 밀사한테, 그 대신 당신네들은 우리한테 무얼 주겠느냐고 물었으니…… 화가 날 만도 하지. 데모스테네스가 갑자기 신랄해져서 대꾸하더라고. <뭐 대신 말입니까? 우리가 당신네들

몸에서 독소를 빼내줬는데, 그 독소 대신 뭔가를 달라는 겁니까?> 그가 하워드를 돌아보더니 다시 어조가 차분해져서는 다소 연극적으로 말했어. <그렇다면 대통령님, 우리가 작별할 때 제가 대통령님께 융숭한 대접을 받은데 대한 감사의 표시로 상징적인 선물을 드리도록 하겠습니다. 제가 병을 고쳐드리죠.>

대통령실에 장례식장 같은 침묵이 흘렀어! 그래, 장례식장. 새 생명을 주겠다는 말을 하고 있는데 말이야. 하워드가 얼굴이 한층 더 창백해지더니 더듬거리면서, 나를 위해서는 아무것도 원치 않는다고 들릴락 말락 말하니까 데모스테네스가 대답했어. <협상의 테두리 안에서 드리는 말씀이 아닙니다. 그저 우정의 표시예요, 하워드. 하워드라고 부르는 걸 허락해주시겠습니까? 저는 이틀 동안이나 댁에 머물며 대접을 받았어요. 대통령님이 저에 대해 너무 나쁜 기억을 갖지 않으셨으면 합니다. 저도 다른 사람들처럼 대통령님의 병이 말기이고, 의사들도 더는 손쓸 수 없다는 것을 알고 있습니다. 하지만 우리의 의사들은 오전 동안에 병이 낫게 해드릴 수 있습니다.>

그의 약속에 하워드는 안도하기는커녕 황망해했어. 머뭇거리다가 결국, 그 약속은 미국 대통령으로서 자신이 하는 결정에 아무 영향도 끼치지 않을 거라는 걸 명심하라고 대답했지. 우리 모두 극도로 거북해하는데, 그자가 한술 더 떴어.
<대통령님은 세계 최고 강국의 수반이시고, 우리가 대통령
님을 찾아온 것도 그런 이유에서였어요. 하지만 어제 대통령
님은 친절하게도 저를 친구라고 불러주셨습니다, 이제 친구
가 친구한테 치료를 선물하는 겁니다, 하워드. 우리가 요구
하는 정화 작업에 대해 어떤 결정을 내리시든 상관없어요.>
　데모스테네스가 우리에게 목례하더니 말을 이었어.
　<저는 이제 할 말을 다한 것 같습니다. 허락하신다면 이쯤
에서 여러분을 해방시켜 드리고, 제 방으로 돌아가겠습니다.
대통령님, 짐작건대 국민들에게 결정하신 바를 알리고 싶으
실 테죠. 담화문이 준비되는 대로 전 세계가 연설을 들을 수
있도록 제 친구들이 통신망을 복구할 겁니다. 마지막으로
한 가지 더. 제가 영부인께 제 감사와 영광을 표하러 가는
걸 허락해주시겠습니까? 감사 인사도 드리지 않은 채 댁에
서 이 모든 시간을 보내다니 저를 천하에 무례한 놈으로 여
기실 것 같아서 말입니다.>
　전지전능한 자가 나가자 대통령이 분명히 해둘 필요가 있
겠다고 느꼈는지 여전히 떨리는 목소리로 말했어. <혹여 저
인물이 내 병을 고치겠다는 약속을 빌미로 내게 영향을 끼
치려는 것일지라도, 그의 약속은 내가 내릴 결정과 아무 상
관이 없으리라는 것을 다들 아셨으면 합니다.> 모두들 예의

바르고 공손하게 고개를 끄덕였어. 물론 철저한 위장이었지. 우리는 가면을 쓴 미소와 함께 곁눈질로 시선을 교환했어. 순간 전지전능한 자가 왜 굳이 영부인을 만나겠다는 건지 깨달은 거지."

모로는 내가 이해했는지 아닌지 확신이 없었던지, 외치듯 설명을 덧붙였다.

"밀사한테 하워드의 암을 완치시켜줄 수 있다는 말을 듣는다면, 신시아 밀턴의 기분이 어떨지 상상해보라고!"

"그게 정말 가능한 일일까?"

"데모스테네스는 확신하는 것 같았고, 나도 그렇게 믿어져. 그의 친구들은 이미 그들의 능력을 충분히 보여줬고, 그가 거짓말을 하거나 허풍을 떨었을 것 같진 않거든."

나는 잠시 침묵했다가 어느 정도 탄복하며 말했다.

"정치적인 면을 차치하고서 그자를 개인으로서만 보자면 정말 놀라운데?"

"물론 놀라워, 하지만 그런 만큼 두렵기도 해. 당장 우리한테 어마어마한 영향을 끼치고 있잖아. 문자 그대로 우리를 휩쓸고 있어. 넌 상상조차 못 할 거야!"

11월 18일 목요일

오늘 이른 아침, 대서양 항구에서 온 손님들이 내 집 문을 두드렸다. 나는 옷도 갖춰 입지 않고 면도도 하지 않은 채, 목욕가운 차림으로 그들을 맞았다. 그들은 세 명이었고, 그보다 더 제각각일 수 없으리만치 각양각색이었으나, 같은 목적의 대표단을 형성하고 있었다.

우선 내가 앞서 짧게 언급했던 연로한 앙토냉. 나는 그와 혼 곳 항해사에서 수시로 마주치지만, 결코 긴 대화를 나눠본 적은 없었다. 그는 단음절로 말하는 경향이 있었다. 그럼에도 나는 술집에 갈 때마다 자동으로 그의 옆자리에 앉는다. 다른 자리로 가 앉겠다는 생각 자체를 아예 떠올리지 않는다. 그 옛날 이방인이었던 내게 처음으로 술을 사준 이가 그였기 때문이다.

다음으로는 그의 손녀가 그와 동행했다. 이름은 가브리엘이고 열아홉 살이거나 그보다 좀 더 많을 것이다. 예쁘지만 본인은 거의 의식하지 못하는 것 같고, 얌전하지만 눈빛은 단호하다. 이 아이가 할아버지를 내 집까지 이끈 것임이 확연하다.

역시 가브리엘에게 이끌려 함께 왔을, 수염이 꺼칠한 젊은 수부는 토요일에 혼 곳 항해사에서 내게 다가와 아가멤논에 대해 물었던 자였다. 오늘도 수염을 제대로 깎지 않았으나, 나도 피장파장이다. 대화 중에 그가 앙토냉의 조카손자라는 것과 별명이 '고리'—'귀고리'의 줄임말—라는 것을 알게 되었다. 그의 왼쪽 귀에 걸린 닻 모양의 고리에서 착안되었으리라. 그가 작은 트럭을 운전해서 내 섬까지 왔다. 담대한 장비가 아닐 수 없다! 이런 규모의 차량이 르 구웨를 건넜던 게 언제인지 까마득하다.

노인이 손녀한테 그들이 방문한 이유를 설명하라고 말했다. 동요한 가브리엘의 목소리가 어찌나 덜덜거렸던지 내용까지 불분명했다. 내가 그럭저럭 알아들을 수 있었던 내용은 대략 이러하다. 가브리엘은 약혼했고, 약혼자는 에르완이라는 이름의 포르 케이론 기지 대위인데, 그가 어제 전화를 걸어 주말에 오겠다는 약속을 못 지킨다고 했다는 것이었다. 부대에 전원 대기 명령이 떨어졌다. 기지 근방을 떠도는 모터보트가 포착됐고 배에 탄 남자가 체포되었다. 누구였을까? 사공이었어요! 일명 고리가 득의양양한 어조로 외치고는, 내 얼굴을 노골적으로 훑으며 반응을 살폈다. 나는 아무 내색도 하지 않으려고 애썼다.

그날 저녁, 가브리엘은 어부들에게 기지에서 난투가 벌어졌다는 소식을 들었다. 여러 명의 병사가 상해를 입었다. 그는 약혼자에게 수차례 통화를 시도했으나 응답이 없었다.

고리가 내게 말했다.

"선생이 뭔가 해봐야죠. 사공 친구잖아요, 안 그래요?"

"물론 그를 잘 압니다. 우리 모두 그를 알듯이."

젊은 수부는 물러서지 않았다.

"나랑은 안녕하세요, 안녕히 가세요,가 전부였어요. 선생은 얘기를 훨씬 더 많이 했잖아요."

비난조였다. 앙토냉이 마뜩잖아했다. 그가 역력한 보호 태세로 내 손을 잡았다. 이 빠진 그의 입이 돌연 웅변적이 되었다.

"알렉상드르, 우리가 알고 지낸 지 12년이야. 난 60년 전에 자네 아버지도 뵀었던 사람이야, 안 그래?"

나는 고개를 주억거렸다.

"자네는 캐나다에서 왔고, 자네 선조들은 이곳, 섬 출신이 잖아, 안 그래?"

나는 다시 한번 긍정했다.

그러자 이제껏 예의를 종용하기 위해 다혈질 조카에게 고 정돼 있던 늙직한 수부의 시선이 나를 향했다.

"하지만 그자는, 사공 말일세, 그자는 어디서 왔는지 아무 도 몰라. 자네가 안다면 우리한테 얘기해줘!"

무슨 말을 해야 할까. 아가멤논이 이 자리에 있었더라면 자신의 정체를 숨기지 않았으리라. 더욱이 그는 내게 비밀을 지켜달라고 말한 적 없었다. 그럼에도 내가 이 손님들에게 그에 대해 내가 알고 있는 것을 밝히는 것은 그를 밀고하는 것처럼 느껴졌다.

앙토냉이 채근했다.

"혹시 사공이 그 사람들 일원일까?"

내가 여기서 더 회피할 수 있을까? 내 침묵과 뚜렷한 당황 스러운 표정이 이미 내 심중을 배반하고 있었다. 대답해야 했다.

"요즘 같아서는 놀랄 일이 더는 아무것도 없는 것 같아요!"

대단히 모호한 대답이었음에도, 나의 세 손님은 명명백백 한 '예스'로 들었다. 그들이 어두운 시선을 교환하는 것이 보 였다. 난처했다. 보다 불확실한 형식을 찾지 못한 스스로를 자책했다. 하지만 그 이상 어떤 말도 덧붙이지 않도록 자제하는 데는 성공했다. 한 마디라도 덧붙였다간 내친 김에 아는 것이 우르르 쏟아질까 두려웠다.

얼마간 두꺼운 침묵이 흐르고 난 뒤, 앙토넹이 무겁게 입을 뗐다.

"짐작은 했지만 확신하진 못했지."

가브리엘이 하얗게 질렸다. 아이의 공포와 사랑에 빠진 여인의 두려움이 동시에 느껴졌다. 그가 더듬거렸다.

"사공이 군사들을 해칠 것 같나요?"

무슨 대답을 할까? 기이한 상황이 아닌가? 해군 기지 근처에 단독으로 접근한 인물이 체포되었다. 아마도 그는 자신을 겨누는 무기들에 에워싸여 수갑이 채워지고, 두툼한 시멘트 벽 감방에 갇혀 '구워 삶아졌'으리라. 그런데 여기 모인 우리는 어떤 의문을 떠올리고 있는가? 이제 그는 어찌 될 것인가?가 아닌, 그가 그들을 해치지는 않을까?라니. 포로인 그가 자신을 에워싼 수십 명의 군인들을 해친다고? 감히 말하건대 더 황당한 건, 우리가 눈썹 하나 까딱하지 않고서 당연한 듯 그런 의문을 가졌다는 것이다. 단 며칠 만에 우리는 이와 같은 부조리에 익숙해졌고, 이 부조리는 이미 우리의 일상적인 현실이 되었다.

나는 혼란을 가라앉히고서 나의 아름다운 손님을 안심시

키고자 말했다.

"약혼자분은 위험하지 않을 겁니다. 제가 사공이 자신을 체포한 사람들에게 어떻게 대응했을지 알 수 있을 만큼 그에 대해 잘 알진 못해도, 분명 거친 친구는 아니에요. 그 반대죠. 섬 주민들에게 해를 끼칠 일은 절대 하지 않을 거예요. 에르완은 무사하고, 그의 상황이 허락하는 대로 바로 전화할 겁니다."

이번엔 내 대답이 제법 만족스러웠다. 내 생각을 매우 정확히 말하면서도 실추된 친구의 명예를 조금은 복원시켰고, 가브리엘도 안심시켰다.

최근 들어 부쩍 아가멤논과 대화할 기회가 잦아지면서, 아가멤논이나 그의 친구들이 변태적이라거나 유혈을 좋아할 거라는 생각과는 더욱 거리가 멀어졌다. 차라리 그들이 우리보다 덜 야만스럽고, 더 신뢰할 만하며, 약자를 더 존중하는 것이 아닌가 하는 생각이 든다. 내가 보기에 진짜 문제는 그들이 너무도 막강해서 그들의 의도와 상관없이 우리로서는 그들이 두려울 수밖에 없다는 것이다.

이 생각을 뒷받침하는 비유 하나가 언뜻 떠오른다. 밤에 안타키아의 오솔길을 산책하노라면 때로 발밑에서 달팽이 껍질이 으스러지는 마찰음이 들린다. 나는 감수성이 여린 사람인 바, 그 짐승들을 측은히 여기면 여겼지 절대 고의로 짓

밟진 않지만 불행히도 나의 선의로는 내가 지나는 길에 붙어 있는 달팽이들을 구하기에는 역부족이다. 나의 무심한 밤 산책이 달팽이들한테는 치명적인 원정이고, 무해한 내 신발은 살상무기가 되는 것이다. 이것이 바로 약한 존재가 그보다 지나치게 강한 존재와 마주치는 길목에서 발생하는 일인 것이다.

나는 이 각성을 어여쁜 가브리엘과 그의 동행들에게 전하지 않은 채, 혼자서만 간직했다. 그저 내가 아는 한, 사공의 친구들은 이제껏 어떤 범죄나 살상도 저지르지 않았다는 말만 전했다. 하지만 그들이 마음만 먹는다면 우리가 그들을 막을 방도는 없을 터다.

젊은 여자가 안심하는 눈치였고, 그 보답으로 내게 돌아온 건 앙토넹의 감사의 윙크였다. 참으로 어진 분! 손녀딸의 극히 미세한 떨림 하나도 살피는 그의 눈길은 어찌나 따사로운지! 할아버지와 손녀를 나란히 바라보자니 문득 대서양 항구에서 들었던 이야기가 떠올랐다. 지금은 이 이야기를 할 계제는 아닐 것이나, 당시 감동을 받았기에 잠시 여담을 꺼내놓는다.

*

앙토냉은 아내와 불화했고 헤어지기로 결심했다. 이야기는 50년 세월을 거슬러 올라간다. 그들에겐 두 명의 어린 아들들이 있었다. 남편은 끝도 없는 다툼을 벌이느니 차라리 아내한테 집을 비롯한 전 재산을 내어주는 것이 현명하다고 판단했다. 이 지역 전설에 따르면 그는 걸치고 있는 의복 외에는 아무것도 가져가지 않았다. 이어진 그의 삶은 이 어선 저 어선, 이 고기잡이 저 고기잡이를 전전하는 것이었다. 그는 될 수 있는 대로 섬에 들르기를 피했고, 예전에 자신의 소유였던 집에는 절대 발도 들이지 않았다. 그의 전 부인은 재혼했고, 두 아들은 새 남편을 아버지처럼 여겼다.

앙토냉은 소심하고, 책임감이 부족하며, 생각이 짧은 사람이었을까? 아니면 반대로 도량 넓은 사람이었을까? 그는 자유롭게 살기 위해 아내와 자식들을 희생시킨 것일까, 아니면 그들의 존재를 망치지 않기 위해서 자신을 희생한 것일까? 그는 예순이 넘어서야 대서양 항구로 돌아와 정착했다. 자식들에게는 이방인이 되었다. 아니, 섬에서는 이방인을 마주치면 목례라도 하는 바, 이방인만도 못했다. 그의 자식들은 그가 있는 방향으로는 아예 고개도 돌리지 않았기 때문이다.

그는 해안에 소박한 오두막집을 자기 손으로 짓고서, 고기잡이—달라지지 않기 위해서!—와 혼 곳 항해사 출근으로 나날을 보냈다. 술집엔 친구들이 있었고, 그들과 술잔을 부딮치는가 하면 카드를 치기도 했다. 그는 늘 사람들에게 둘러싸였으나, 이따금 창밖을 바라보다가 아들들 중 하나, 혹은 예닐곱 명의 손자녀 중 하나가 지나는 것을 발견하기라도 하면 말을 잃었다. 그럴 때면 아무리 말을 붙여봐야 다음 날이 되기까지는 절대 입을 떼지 않았다.

2년 전 문제의 그날 이전까지는, 가브리엘이 등장하기 전까지는 말이었다. 혼 곳 항해사에 나타난 앙토냉은 '그의 자리'로 가기 전에 입구에 서서 몇몇 친구들과 담소 중이었다. 그때였다. 어디서 나타났는지 모를 손녀가 홀연히 모습을 드러내더니 곧장 그에게 다가갔다. 마치 난투라도 벌이려는 듯, 발걸음은 단호했고 시선은 꼿꼿했으며 턱은 굳어 있었다. 앙토냉도, 현장의 목격자들도, 무슨 일이 벌어지고 있는 건지 알지 못했다. 길가에서도 더는 누구도 움직이지 않았다. 사람들은 동작만큼이나 말도 자제한 채, 터지려는 탄성을 입안에 가두었다.

가브리엘이 두 팔을 벌려 노인을 끌어안았다. 머리칼이 노인의 어깨에서 물결치도록 내버려둔 채 오래도록 그를 부둥켜안았다. 늙은 수부는 미동도 하지 않았다. 먼저 자신을 끌어안은 손녀를 따라서 안아주지도 않았다. 그는 전신이 마비된 채로 감은 두 눈으로 눈물만 흘렸다.

근처를 지나던 그의 아들이자 가브리엘의 부친이 곧장 딸

에게 달려가 부둥켜안은 두 사람을 떼어놓으려 했다. 사랑,
불복종, 배신 혹은 충절이 뒤얽힌 기이한 장면. 남자는 비난
과 야유를 쏟아내는 사람들 무리가 바짝 가까워졌을 때에
야 비로소 흥분을 가라앉혔다. 문득 스스로가 우스워진 그
가 으르렁거리며 떠나버렸다. 열흘 뒤, 남자와 그의 형제가
교회에 갈 때처럼 차려입고서 오두막집으로 아버지를 만나
러 왔다…… 가브리엘이 그들 모두를 강제로 화해시켰다.

이후로 당연하게도 가브리엘은 그를 애지중지하는 앙토냉
의 가슴속뿐만 아니라, 어린 나이에도 불구하고 그를 존경
하는 모든 섬 주민들의 가슴속에 특별한 한 자리를 차지하
고 있다.

이미 이야기했듯, 안타키아의 내 집에 '원정'오는 것도 분명
가브리엘이 솔선했을 터였다. 마찬가지로 자리에서 일어나는
것으로, 돌아가자는 신호를 보낸 것도 가브리엘이었다.

나는 가브리엘이 연인과 안전하고 무사하게 다시 만날 수
있기를, 사공이 그에 대한 나의 여전한 높은 평가를 저버리
는 일이 없기를, 하늘에 기도했다.

11월 19일 금요일

오늘 아침, 커져가는 불안을 지워버리고자 일어나면 라디오며 전화기며 텔레비전을 일절 켜지 않고서 곧장 작업대로 가기로 마음먹었다. 마치 나머지 세상은 접근 불가능한 행성인 것처럼 그림만 그리기로. 내가 아는 한 이보다 더 나은 처방은 없었다.

과연 먹물로 구불구불한 선을 그리고 있자니 마음이 다시 차분해졌다. 그렇게 나는 죽음에 대한 공포를 물리칠 수 있었고, 감히 말한다면 나의 분신인 '방구석 세계여행가 그룹' 이외의 어떤 동행도 없이 나의 온실 속에 안주할 수 있었다. 게다가 오늘은 에피소드를 3회분이나 만들어냈다.

그렇게 몇 시간째 작업대에 앉아 있는데, 사공이 집으로 들이닥쳤다. 바깥의 하늘은 어두운 잿빛이었고, 여전히 비가 퍼붓고 있었다. 그는 소리도 없이 들어왔고, 나는 일찌감치 내려앉은 어둠으로 인해 까만 거울이 된 유리창에 비친 그의 얼굴을 보고서야 그의 존재를 깨달았다. 그가 거기 잠자코, 미동도 없이 서 있었다. 나는 몇 초간 뜸을 들였다가 천천히 그를 돌아보았다. 그에 대한 나의 당혹감과 비난을 의미하는 몇 초였다.

　이제까지는 나는 그를 늘 따뜻하게 맞았다. 그는 호감 가는 인물이었다. 그에 대해서는 예의 바르고, 사려 깊고, 신중하고, 박식하고, 우아하고, 함께 있는 것이 즐겁고 등등 수천 가지 미사여구를 늘어놓을 수 있었다. 나의 이 호감은 우리가 우리의 것이라고 믿었던 이 세계에 그의 '동포'들이 난입한 이후로도 전혀 약해지지 않았다. 이 섬에서 아가멤논은 내게 존재만으로도 오직 그만이 유일한 안내자인 미지의 세계로 들어가는 문을 상징했다. 비록 지금까지는 소위 그 '문'의 틈이 거의 보이지 않았을지언정, 나는 곧 열리리라고 기대하며 그 문이 이토록 가까이 있는 것에 감사했다. 그런데 어제 이후로 그에 대해 더는 똑같은 태도를 견지할 수 없게 되었다. 내 집에 적의 스파이가 침투한 기분이었다.

　나는 이런 꺼림칙한 기분을 조금도 숨기지 않았다. 외려 그가 알아차리게 하고 싶었다. 이 솔직한 태도는 우리 사이에 여전히 우정과 신뢰가 남아 있다는 표시였다. 그래도 공격적이거나 무례하게 굴지는 않았다. 나는 내 집에 찾아온 이를 결코 쫓아내본 적이 없었다. 오늘만 해도 사공이 내미는 손을 잡지 않을 도리는 없었다. 다만 평소보다 건성으로 그의 손을 잡으며 짧은 미소를 흘렸을 뿐이다.

그가 사과했다.

"좀 늦은 시간인데 찾아왔지?"

묵묵부답.

"일하고 있었던 것 같은데 내가 방해했네……"

나는 회전의자에서 일어나 거실 소파에 가 앉는 것으로 대답을 대신했다. 그가 내 맞은편으로 와 앉았다. 나는 여전히 일언반구도 없이 땅바닥과 천장을 번갈아 힐끔거렸다. 얼마간 무거운 침묵이 흘렀다. 그가 벌써 떠나려는 태세로 소파에서 몸을 일으켰다.

"보아하니 내가 더는 반갑지 않은 것 같군."

별 수 없이 한숨을 내쉬며 말하지 않을 도리가 없었다.

"난 절대 친구한테 등을 돌리진 않아. 하지만 어제 들려온 난투극의 주인공은 내가 알던 친구랑 많이 다르더라고."

"친구의 변호도 들어보지 않고서 죄인으로 낙인찍는 건가?"

"그럼 해봐! 어디 설명해보라고!"

나는 팔짱을 꼈다.

그가 소파테이블에서 여송연을 집어 들고는 내게 허락을 구하는 공손한 시선을 던졌다. 나는 약해지지 말자고 다짐하며 채근했다.

"얘기하라니까."

그가 의식을 치르듯 담배 연기를 오른쪽으로 한 번, 이어서 왼쪽으로 한 번 내뿜고는, 포르 케이론에서 있었던 일을 자신의 버전으로 이야기하기 시작했다.

"수요일 아침에 군인 세 명이 내 집에 왔어. 기지 사령관이 내게 할 말이 있는데 전화가 안 된다면서, 그의 집까지 같이 갈 수 있겠느냐고. 당연히 가겠다고 했지. 베르트로 해군 소장과는 잘 아는 사이였으니까. 우리는 여러 번 만났고 그가 내 집에 온 적도 있었어. 그래서 아무 의심 없이 그들을 따라갔어. 그들은 자기들이 타고 왔던 배로 가고, 나는 내 배로 그들을 뒤따랐지. 그들 중 한 명은 내 배에 탔어. 이후 퍼진 소문에 의하면 그들이 군사 기지를 수상하게 배회하던 내 배를 저지했다는 거였지만. 그게 바로 당신이 들은 버전 아냐?"

"그래, 맞아." 나는 인정하고 나서 다시 중립적인 어조로 말했다. "그래서 사령관이 무슨 얘길 했는데?"

"못 만났어. 배가 뭍에 닿자 군인들이 따라오라더니 벽에 아무것도 없는 빈 방으로 날 데려가서 철제 의자에 앉히고는, 밖에서 자물쇠로 문을 잠가 가둬버렸어. 몇 분 뒤 그들이 다시 왔지. 내가 베르트로를 만나게 해달라고 했더니, 그는 지금 여기 없다며 그가 자기가 돌아올 때까지 날 여기서 지키고 있으라고 명령했다는 거야. 당신들 상관은 이제껏 날 늘 친구처럼 대했는데, 이런 대접은 정말 놀랍다고 항의했지. 그렇다면 난 일단 집으로 돌아갔다가 나중에 다시 오는 게 낫겠다고. 그들 중 제일 계급이 높아 보이는 자가 완벽한 저의를 담아 대답했어. 당신은 군사 기지에 불법적으로 침입했다, 당신이 뭘 하러 온 건지 자백하기 전에는 이곳에서 절대 나갈 수 없다, 라고. 어이없었지만 침착하게 대응했어. 난 아무 불법도 저지르지 않았고, 당신들 요청으로 이곳에 온 거라고. 물론 그들도 아는 사실이니 내가 알려줄 필요도 없었지만 말해야 했지. 지금 바깥세상에서 어떤 일이 벌어지고 있는 건지 알고 싶어서 날 잡아들인 것 같더라고. 다만 그들은 당신이 며칠 전에 내게 질문했던 것처럼 문화적인 방식 대신 강압적인 방식을 택했던 거지."

아가멤논은 이 말과 함께 빙긋 미소를 지었다. 나도 따라 미소를 보였다. 그가 지금까지 한 얘기가 진실임에는 의심의 여지가 없었기에, 다소 누그러진 태도로 그를 대할 필요가 있었다. 하지만 내가 가장 우려하는 사건은 아직 나오지 않았다. 나는 그가 이야기를 잇도록 침묵을 고수했다.

"그들이 그야말로 심문을 시작했어. 누구냐, 어디서 왔느냐, 사공 자리는 어떻게 꿰찼느냐, 당신의 진짜 임무는 무엇이냐, 여기서 '두 다리로 걸어서 나가고' 싶거들랑 '죄다 자백'해라. 나한테서 내가 개입 세력의 일원이라는 말을 끌어내고 싶었던 거야. 지난주부터 벌어지고 있는 일들이 미국인, 또는 러시아인, 중국인 등 알 만한 반란 세력들의 농간이라고 믿고 싶은 것 같았지. 내가 굳이 그들을 눈뜨게 해주고 싶진 않았어. 어차피 진실은 밝혀져, 안 그래? 해서 나도 당신들과 똑같이 아는 게 없다, 나한테 이러는 건 당신들한테도 시간 낭비, 나한테도 시간 낭비다, 날 그냥 조용히 보내주는 게 좋을 거다, 라고 했지.

내 대답이 마음에 들지 않는 것 같았어. 일어나라더니 등뒤로 수갑을 채우더라고. 이제부터는 폭력을 행사하리라는 직감이 들었지, 그런 식으로 난폭한 취급을 받고 싶진 않았어. 그래서 말했지. <난 나사렛의 예수가 아닙니다!> 그들 중의 우두머리가 무슨 뜻이냐고 묻더군. 대답했어. <당신들이 내 오른뺨을 친다면 나는 왼뺨을 내밀진 않을 거란 뜻입니다>

그들이 곁눈으로 시선을 교환하는가 싶더니 집단으로 발작적인 웃음을 터뜨렸지. 우두머리가 다가오더니 내 뺨을 있는 힘껏 갈겼어. 그 즉시 포르 케이론의 모든 전기가 끊어지고 통신망이 두절됐지. 내 친구들이 그 모든 대화를 듣고 있었거든. 내가 신호를 보내거나 비상상황이 발생하면 바로 대응할 준비를 하고 있다가, 내가 구타당하자 그 즉시 날 해방시키기 위해 개입한 거야."

"어떻게?"

아가멤논의 대답은 뻔했다.

"그들의 방식으로……"

그는 그 부분에 대해서는 이 이상 말하지 않겠다는 뜻으로 알 수 없는 미소를 지어 보였다. 하지만 이번엔 나도 그가 허용하는 대답으로 만족하지 않겠다고 결심했다. 나는 아직 어제 가브리엘과 그의 조부와 사촌이 방문했던 때의 감정 그대로였다. 포르 케이론에서 일어났던 일의 진상을 상세히 알아야 했다. 나는 아가멤논의 말을 극도로 차갑게 되뇌었다.

"그들의 방식으로……"

그 이상 더 말하지 않았지만, 내 손님이 나의 합당한 과민반응에 보다 성의 있게 대응해야 한다는 걸 깨닫게 하기에는 충분했다.

"꼭 알아야겠다면 얘기할게."

아마도 그는 내가 상징적인 승리에 만족하길 바랐을 것이나, 오늘만큼은 그럴 수 없었다.

"응, 꼭 알아야겠어."

내 의사는 분명했다. 나는 대답에 이어서 곧바로 시가에 불을 붙여, 그에게 충분한 시간을 주겠다는 뜻을 표했다.

그는 헛기침을 하며 목을 가다듬었다.

"알아들었어. 어제 해군기지에서 일어났던 일부터 시작할게. 우선 내 동료들이 무기를 사용했는지, 아니면 어제부터 섬 당국이 주민들한테 귀에 딱지가 앉게 떠드는 것처럼 방사능 비율이 높아진 원인이 된 물질을 사용했는지 알고 싶겠지. 대답은 둘 다 노(no)야. 절대 그렇지 않아."

모로한테 들어 알고 있던 사실이었으나 내색하지 않았다. 나는 인정한다는 의미로 그저 고개만 끄덕이는 것으로 아가멤논이 다음 말을 이어가도록 북돋았다.

"내 친구들이 사용한 기술은 전파 방출이야. 빛이 눈에 보이지 않고 멀리까지 쏠 수 있는 투광기라고 할까. 이 일종의 투광기가 표적을 쏘면, 영구적인 손상을 일으키지 않으면서 신경시스템을 일시적으로 마비시키게 돼. 설명이 됐나?"

설명이 되었다. 물론 그와 같은 일을 가능하게 하는 기술까지는 내게 미지수였을지언정.

"당신이 왜 붙들려갔는지는 알아? 당신 말고 다른 동료들도 똑같은 불상사를 겪었어?"

"나한테 일어났던 일은 그들이 독단적으로 벌인 일이었던 것 같아. 몇몇 다혈질들이 임의대로 나선 거지. 아무래도 방사성 물질이 다량으로 검출되었다는 루머가 불분명한 방식으로 전 세계에 퍼진 것 같아. 이곳과 마찬가지로 헛소문인데. 터무니없는 헛소문. 어느 모로 보나 우리를 음해하려는 목적으로 설계된 선전이지 싶어."

그 또한 모로에게 들어 알고 있는 내용이었으나 나는 그가 말을 더 잇도록 북돋기 위해 놀라는 척했다. 사실 사공은 워싱턴에 있는 내 친구처럼, 소위 '정화' 작업이 실패하길 바라는 모든 세력들 간의 접점, 또는 나아가 어쩌면 합의에 대해 이야기하고 있었다.

그것이 사실이라면? 이번 한 번만큼은 수세기 동안 서로를 불신했던 지구촌의 모든 국가가 경쟁심을 버리고서 우리를 굴복시키고 무장 해제시키려는 저 '봉건영주'들에 맞서하나가 된다면? 그렇게 우리에게 닥친 이 재앙이 불행 속에서도 위로가 될 수 있다면? 물론 나는 아가멤논한테는 이모든 생각을 감춘 채, 고백건대 다분히 저의를 갖고서 대꾸했다.

"당신은 정말로 전 세계 시민과 군대가 합심해서 단체로 똑같은 음모를 꾸며낼 수 있다고 믿는 거야?"

"내 가정이 당신한테는 어처구니없는 억지처럼 보일 수 있다고 생각해. 그래도 한번 같이 생각해보자! 전 세계 수많은 지도자들이 우리의 개입에 위협을 느끼는 마당이잖아! 우리가 보기보다 덜 막강하고 덜 유능하며, 지구에 잘못을 저지르고 해나 끼치고 있다는 걸 보여주고 싶지 않겠어? 우리가 작전에 실패하고서 하루라도 속히 꼬리를 내리고 도망치기를 바라지 않겠느냐고."

나는 침묵 속에 틀어박혔다. 그들도 그들의 개입을 정당화하기 위해 기만적인 핵폭발의 대재앙으로 우리를 위협하지 않았느냐고, 결국 우리나 그들이나 유사한 방식의 기만술에 기댄 것 아니냐고 대꾸하고 싶은 것을 꾹 참았다.

사공과 나, 우리는 그가 여기 왔을 때보다는 더 다정한 악수를 교환하고서 헤어졌다. 다행이었다. 나는 설사 내게 타당한 이유가 있을지라도, 누군가와 대립하는 것이 몹시 불편했다.

오늘이 바로 그 경우였다. 그와 그의 친구들이 우리를 비난하고, 우리는 그들을 비난한다. 그들은 우리를 마비시키고, 우리는 그들을 마비시킨다. 하지만 이 평행론은 기만적이다. 고통스러운 건 단지 우리뿐이기 때문이다. 그들은 약속한 대로 때가 되면 이곳에 왔을 때처럼 언젠가 홀연히 떠날 것이다. 어쩌면 우리와의 이 짧은 접촉이 그들의 영혼에 상흔을 남길 수도 있으나, 어쨌든 그들의 육체는 말짱할 것이다.

그들, 우리의 초대받지 않은 형제들은 우리와 거의 닮지 않았다! 그들과 우리 사이엔 우리와 구석기인들 사이의 유사성만 있을 뿐이다. 만일 우리가 구석기인들의 아스카 동굴에 난입한다면? 우리가 그들이 동굴 벽에 멧돼지를 그리고 있을 때, 포클레인과 최루탄과 투광기를 들이대며 난입한다면 그 가련한 선조들은 과연 어찌 될 것인가? 돌멩이나 몇 번 던지며 저주를 퍼붓다가 질식하며 쓰러지지 않겠는가. 우리는 그들의 동굴이 불결하고 그들이 짐승들에게, 또한 서로에게 잔인하게 굴기 때문에 우리가 그들의 운명에 개입하겠다고 결정한 것이었을 뿐인데 말이다. 무타티스 무탄디스(Mutatis mutandis), 즉 몇 가지 필요한 변경만 가한다면, 바로 이것이 오늘날 우리에게 일어난 일일 것이다……

우리의 구원자들에게 저주를!

11월 20일 토요일

정오엔 재라도 마신 듯 입 안이 매캐하더니, 밤에는 입 안에 고소한 마지팬 과자 맛과 오렌지꽃 향이 감돈다. 그렇다고 섬 주민들이나 그 밖의 인류에 대한 두려움이 가신 것은 아니나, 한결 느긋한 기분이 되었다. 어쨌든 미래엔 죽음을 피할 수 없고, 과거도 그러하며, 오직 현재만이 삶을 웅변한다. 마치 태양과 도취감을 품은 포도 알처럼.

이런, 나도 내 소설가 이웃처럼 글을 쓰기 시작했다! 길을 잃었다…… 엄정한 사실에 의거해서만 써야 하리라. 극적인 것으로 정신을 분산시키기엔 현실이 충분히 극적이지 않은가! 효과적인 문체와 과일 비유 같은 수사학에 눈 돌리지 않아도 충분히 스펙터클한 현실이란 말이다!

그러니까 정오 무렵, 나는 시 당국의 주의에도 불구하고 대서양 항구로 향했다. 구매할 물품들이 있었다. 며칠간이든 몇 주간이든 상황이 악화될 것에 대비해 저장식품 및 신선한 식품들을 확보해두어야 했다.

르 구웨를 절반쯤 달리는데 함성이 들려왔다. 세상에서 가장 겸손한 자전거 주자라도 곡예사의 자부심을 느끼는, 하늘과 바다 사이에 매달린 이 장소에서, 갈매기의 끼룩거림과 안개주의보를 발령하는 고동 소리를 제외한 그 모든 함성이란 생뚱맞은 것이었다. 바다 건너편에 가까워지자 위로 번쩍 들어 올린 팔들이며 상기된 얼굴들, 막대기들, 플래카드들이 보였다. 나는 행여 자전거에서 중심을 잃을세라 플래카드의 빨간색 글자들을 읽지 않았다. 혹여 내가 통로에서 미끄러져 바다에 빠진다 해도 아무도 날 구하러 올 것 같지 않았다.

대체 몇 명이나 모인 것일까? 예순 명 언저리인 듯했다. 하지만 섬에서 이 11월에 예순 명은, 게다가 함성소리까지 더해 대규모 군중으로 느껴졌다.

그들의 표적은 사공의 집이었다. 놀랐다면 거짓말이 되리라. 아가멤논이 포르 케이론 기지에서 체포되었다가 표면적으로 알려진 방식대로 빠져나왔다는 소문이 파다하게 퍼졌다. 비록 나는 이 낯선 현장에 전혀 가담하지 않았음에도 내겐 여전히 친구인 그에 대해 뼈아픈 죄책감이 드는 것을 어쩔 수 없었다. 그저께 내 집을 찾아왔던 손님들에게 간접적이었을지언정 그의 진짜 정체를 절대 확인시켜 주지 말았어야 했다!

나는 군중과 일정한 거리를 두고서 그들이 사공의 집 문과 창문들을 닥치는 대로 부수고 텃밭을 훼손하며 안으로 들어가서는, 집기들을 창문으로 던져 박수를 이끌어내는가 하면 전구를 부수고 전선을 끊어버리는 광경을 목도했다. 사실을 말하자면 나는 그들에게 혐오감 이상으로 연민을 느꼈다. 지난 열흘 남짓 우리 모두는 아직도 많은 것을 도통 이해하지 못하는 상황이고 그런 만큼 피로도가 높은 고난 속에 살고 있다. 그런데 죄인이 등장한 것이다! 모호한 피의자가 아니라 진짜 죄인, 확인된 죄인, '그 사람들'의 일원이. 우리가 결코 보지 못했던 그들 중에서 어쩌면 유일하게 보게 될 자가.

이런 관대한 생각의 와중에 어떤 의문이 퍼뜩 뇌리를 스쳤다. 나는 나처럼 눈을 휘둥그렇게 뜨고서 하릴 없이 폭도들을 구경 중인 한 여성에게 다가갔다. 확인하기 위해서였다. 혹시 누가 알겠는가?

"사공이 집에 있나요?"

"그럴 리가요! 집에 있으면 당해도 벌써 당했지!"

내가 알고 싶은 것은 그게 전부였다. 내가 지금 아가멤논과 미묘한 사이가 되었다 해도 그의 안부가 걱정되지 않는 것은 아니었다. 문득 더는 슈퍼에 가고 싶지 않아졌다. 어서 이 모든 폭동과 군중에서 멀어지고 싶었다. 어서 되돌아가고 싶었다. 어서 르 구웨 너머 작디작은 내 섬의 고즈넉함을 되찾고 싶었다.

그럼에도 서둘러 그 자리를 떠나지는 않았다. 몇몇 사람들이 언젠가부터 나를 뚫어져라 바라보고 있었다. 그들에게 도망친다는 인상을 주고 싶지 않았다. 나는 느긋해 보이기 위해 가장 가까이에 있던 이에게 말을 걸었다. 동조하는 미소를 짓는가 하면 진중한 늙은이처럼 입을 삐죽거려가며 이런저런 대화를 시도했다. 그 사이 고함소리가 더 한층 높아졌다. 시위대 중에서 보다 과격한 이들이 불운한 집에 불을 질렀고, 집은 기름이라도 부은 듯 삽시간에 타들어갔다. 시커먼 연기구름이 사방으로 피어올랐다. 나는 여전히 꼼짝도 하지 않았다. 활활 타오르는 불에 경도된 것일까? 언젠가 내가 '적'과 대화하는 걸 보았을 분노한 몇몇에게 뒤쫓길 것이 두려웠을까?

재와 뒤섞인 이 공기를 들이마시는 순간순간이 부끄러웠다. 천박한 이 광경이 부끄러웠다. 진정으로 지혜로운 동작

하나, 맹렬한 지탄의 말 한마디 없이, 겁에 질린 구경꾼이 되어 여기 이 자리에 못 박혀 있는 것이 부끄러웠다. 또한 나의 동족들이 부끄러웠다. 당연히 그들의 불안은 헤아릴 수 있고 절망은 이해할 수 있으나, 빈 집에 쏟아붓는 그 야비한 분노는 혐오스러웠다.

나는 분연히 자전거에 올라타 르 구웨로 향했다. 아무도 수고롭게 나를 뒤쫓지 않았다.

*

내가 즐겨 듣는 애틀랜틱 웨이브 채널의 방송에 따르면, 최근 며칠간 떠돌던 위협적인 소문이 사실로 확인되었다고 한다. 방송에 따르면 '정화' 작업이 진행 중이던 전 세계 곳곳의 다양한 시설들에서 심각한 사고가 발생해 인명과 재산 피해가 잇따르고 있으며, 이는 우리의 '보호자들'이 고의적으로 사고를 낸 뒤 이 사고를 핑계로 소위 '정화' 작업을 연장 및 확장하려는 의도로 보인다는 것이었다. 이쯤이면 문자 그대로 뉴스가 아니라 의견이었다. 하지만 청취자들은 이 방송을 믿을 것이고, 그들의 행동에도 영향을 끼치지 않겠는가. 어깨를 으쓱하며 한쪽으로 밀어두고서 나 몰라라 할 일이 아니었다. 어제 내가 내 집에서 200미터 남짓 떨어진 곳에서 목도했던 참담한 광경은 어제 이후로 곳곳에서 발생했을 숱한 분노의 표출 중 하나였을 뿐이리라.

반면 군도 근방 해역에 대해서는 방사능 비율이 '정상화'되었다고 보도했는데, 이는 오보에 대한 고백 없이 오보를 정정하는 방식이었다. 또한 앵커는 포르 케이론 기지의 수많은 병사들 중 다수가 '비정형 마비' 증세를 보이고 있다고 덧붙였다. 이 두 가지 소식은 내가 모로와 아가멤논에게 똑같이 들은 내용과 일치하는 바, 정확한 것으로 간주할 수 있었다.
그럼에도 의심과 불안이 가시질 않았다. 사공은 그의 친구들이 적을 일시적으로 제압하면서도 '회복 불가능한' 후유증을 남기지 않기 위해, '전파 방출'의 방법을 사용한다고 내게 말했다. 당시 나는 안도했지만 지금은 이 마비라는 것이 혹여 '회복 가능'하더라도 영구적인 것은 아닌지 의문스러웠다. 다음에 그를 만나면 보다 면밀히 물어보리라. 비록 집이 불탔을지라도 그는 이 근방에 머물러 있을 터였다……

*

이 이야기들은 덜 중요할 수 있다. 그렇지 않은가? 그렇다면 이보다 앞서 언급한 내 느긋한 기분은 어디서 연유하는

가? 아마도 내가 몇 잔째인지도 모르게 들이켠, 내가 쓰는 문장마다 기포가 부글거리게 하는 샴페인에 있지 않을까. 거기에 내가 샴페인을 함께 마신 사람의 웃음까지.

에브는 그토록 명랑했던 적이 결코 없었다. 나의 놀라운 이웃은 시대와 역행해서 살고 있었다. 그는 우리의 세상이 멸망하려는 이 순간 더할 수 없이 활기차 보였다. 확신컨대 세상이 이전의 일상을 되찾는다면 그는 과묵하고 침울해질 터였다. 그는 우리의 자칭 구원자들을 아직 증오하지 않는 유일한 인물이었다. 사람들이 그들 탓이라고 비난하는 사건들은? 그들이 마비시킨 가련한 병사들은? 나의 이웃은 어깨를 풀썩 추어올릴 뿐이었다.

사실 소위 '방사성 구름'이라고 하는 것에 대해서는 소설가가 옳았다. 나는 시 당국의 공지에 겁먹었고, 모로와 아가멤논이 진실에 눈뜨게 해주기 전까지 집에 틀어박혀 요오드 정제를 꼬박꼬박 복용했다. 반면에 내 이웃은 방사성 '감염' 위험 따위 아랑곳하지 않았다. 며칠 전, 그가 '순경으로 변장한 자전거족'으로 기억하는, 시에서 보낸 공무원이 찾아와 문을 두드렸을 때에도 열어주는 수고조차 하지 않았다. "지금 못 내려가요, 글 쓰는 중이거든요!" 그는 위층 창문에서 이렇게 외쳤다고 내게 말하며 웃어 제쳤다.

그의 말을 기꺼이 믿는다. 그에겐 최근에 벌어진 일들 중

유일하게 중요한 사건이기 때문이다.

"목요일에 일찍 깨어나서 글을 쓰기 시작했어. 어제도, 오늘 아침도 쉴 새 없이 달렸더니 벌써 오십 페이지나 썼어. 지난 12년 동안 세 장 연속으로 써본 적이 없었는데 말이야. 이 충격, 이 만남이 필요했었나봐. 이제 길이 보여, 이정표도 보이고. 감각을 되찾았어……"

"아마도 엠페도클레스의 친구들에 관한 소설이겠지……"

"그들 덕분에 내가 다시 살아났으니까. 나는 유폐돼 있었는데 이젠 자유야. 도약하고 싶어! 소리치고 싶어! 누가 내 잔에 기포가 넘쳐흐르도록 샴페인을 부어줬으면! 누가 내게 키스해줬으면!"

소설가는 '누가'라고만 했지, 그것이 누구인지는 명백히 밝히지 않았다. 하지만 이 상황에서 그 '누가'가 나일 수밖에 없다는 걸 모른 척할 수 없었다.

에브의 바람 중 어떤 걸 먼저 충족시켜야 할까? 키스? 샴페인? 나는 이 망설임을 감추기 위해 벌떡 일어나, 부엌으로 가서 시원한 샴페인 병의 마개를 열었다. 병마개가 벽난로의 잿더미 속으로 날아가 파묻혔다. 나는 찬장에서 화문이 정밀하게 조각된 크리스털 잔 두 개를 꺼내어, 각각 세 번에 걸쳐 샴페인을 채웠다. 나의 이웃은 안락의자에 앉아 습관대로 두 발을 모으고 있었다. 나는 그의 어깨로 몸을 기울여 그의 입술에 내 입술을 잠시 얹었다가 뗀 뒤, 건너편의 내 자리로 돌아왔다.

그는 내가 의자에 몸을 파묻기를 기다렸다가, 두 눈을 감으며 외쳤다.

"아니! 이것보다 더 성의 있게!"

나는 다시 몸을 일으켜 내 소파 옆 테이블에 샴페인 잔을 내려놓은 뒤, 돋을무늬가 들어간 벨벳을 씌운 그의 안락의자의 널따란 팔걸이에 걸터앉고는 그의 귀에 다정한 말인 양 속삭였다. "내 이웃!"

집 안에 조명이 너무 많았다. 나는 집 안 곳곳을 돌며 벽난로 불을 제외한 모든 조명을 꺼버렸다. 불꽃 없이 불그스름하게만 남은 벽난로 불빛에 반사된 에브의 피부가 반짝거렸다. 우리는 서로의 몸에 서둘러 달려들지 않았다. 우리는 우선 서로의 손에 손깍지를 끼면서 천천히, 따뜻하게, 나지막하게, 두 눈을 바짝 맞대고서 다정한 말들을 중얼거렸다. 나는 그의 목소리를, 숨결을, 차분한 웃음을, 늘어뜨린 두 팔을 들이마셨다. 손바닥으로 그의 옷을, 이리저리 뻗친 머리칼이라도 되는 듯 쓸어내렸다. 그의 심장이 움푹 팬 내 손바닥 안에서 파닥거렸다.

이따금 분별과 무분별, 일시적인 것과 영속적인 것, 이 이후에 대한 여전한 질문과 여전한 망설임이 머릿속을 훑고 갔다. 하지만 나는 이미 그 모든 것을 넘어섰다. 몸이 더는 말을 듣지 않았고, 머리는 제정신이 아니었다. 지금 이 순간을 어떤 현명한 생각과도 절대 바꾸고 싶지 않았다.

안락의자가 더는 안락하지 않았다. 나는 일어나서 소파테이블의 샴페인 병과 잔들을 집어 들었다. 에브는 맨발로 내 뒤를 따르며 내 허리띠를 꼭 붙들고 있었다. 얼핏 내가 그를 이끄는 형국이었으나, 수레를 운전하는 건 그였다. 먼저 계단으로, 이어서 침실로. 침실에서 그는 내가 가져간 유리병과 크리스털 잔들을 탁자에 내려놓게 한 뒤, 침대에서 내게 달려들었다.

그의 돌진에는 조급한 욕망뿐만 아니라 승리의 희열도 있었다. 며칠 전 밤에 나는 그에게 저항하며 그의 암시를 이해하지 못한 척했었다. 오늘 밤은 암시 정도가 아니라 긴급한 명령이었고, 수컷이 그것을 정중하게 받들고 있었다. 어쩌면 내일 나는 후회할지도 모르나, 오늘은 후회하지 않는다. 나는 공허로부터 몇 시간을 훔쳤고, 삶을 움켜쥐듯 내 공모자의 벗은 몸을 움켜잡았다. 나는 용감하게 헐떡거렸다.

이후에, 그는 머리를 내 어깨에 기댄 채 잠들었다. 나는 잠을 이룰 수 없었다. 아예 잠들 생각조차 들지 않았다. 샴페인과 사랑은 늘 내게 카페인과 똑같은 효과를 불러일으킨다.

정신이 말똥말똥해지고 생각으로 가득 차, 그림을 그리고 글을 쓰고 싶다는 강렬한 욕구가 솟구치는 것이다. 하지만 나는 움직이기를 자제했다. 어떤 값을 치르더라도 내 이웃을 깨우고 싶지 않았다. 내 이웃, 귀에 바짝 대고 중얼거리는 이 단어가 그토록 다정하고 친근할 수 있다니. 영어로는 교리적이고 성경적인 의미인데 말이다. 러브 다이 네이버(Love thy neigbour), 네 이웃을 사랑하라! 네 측근을, 이웃을, 형제자매를 사랑하라……

그러니까 나는 내 이웃을 깨우기 꺼림칙하다고 말했다. 그는 글을 다시 쓰기 시작한 이후로 생활 리듬이 바뀌었노라고 내게 말했다. 이제 그에게 다시 낮은 낮, 밤은 밤이 되었다. 무엇보다 우리가 함께 나눈 이 행복의 순간이 그에겐 최우선적인 또 다른 행복, 그러니까 되찾은 글쓰기 감각을 망치게 하고 싶지 않았다. 이대로 새벽이 될 때까지 머릿속으로만 생각을 되새기고 단어를 곱씹을지언정, 절대 움직이지 않을 터였다.

따라서 먼저 몸을 움직인 건 그였다. 한 시간이 지난 뒤에야 비로소. 그가 잠결에 베개를 다시 편히 베려고 몸을 뒤척였고, 나는 그 틈을 타서 더할 수 없이 천천히, 소리를 내지 않고서 침대를 빠져나왔다.

옷을 챙겨 입고서 집으로 돌아가 내 이불 속으로 들어가고 싶다는 생각이 언뜻 스쳤음을 부인하지 않겠다. 다음 순간, 에브를 배신하고, 내가 그에게 주어야 할 기쁨의 일부분을 훔치는 것 같은 기분이었다…… 이 하룻밤 사랑에 내일이 있건 없건 간에, 천박한 도둑질처럼 한 밤으로 끝내선 안 되었다. 나는 옷조차 입지 않고서, 그의 목욕가운으로 몸을 감싼 채 이 글을 쓰고 있다. 걸치고 보니 목욕가운이 제법 넉넉했다. 나는 탁자에서 백지 몇 장을 집어 들고 벽난로 옆으로 가 앉았다. 백지들은 나중에 수첩 속에 끼워 넣기 위해 반으로 두 번 접었다.

일기를 절대 다음 날로 미루지 않기로 결심—나날의 사건들이 중첩되거나, 일기의 본령이 손상될까 두려웠다—한 바, 나는 두 시간 남짓 동안 길었던 이 11월의 토요일을 애써 되짚었다. 사공의 집 앞에서 시작해, 폭동 한가운데서 함성과 검은 연기구름에 둘러싸였다가, 이곳, 섬의 또 다른 집에서, 영혼은 평온해지고 몸과 입술은 마음 가는 대로 내맡긴 채, 그렇다, 이 마지팬 과자 맛으로 끝난 하루를……

일기쓰기를 마쳤다. 이제 밖에 첫 태양빛이 비치면 커피를 내려 위층으로 갖고 올라가 커튼을 제치고서 덧문을 활짝 열 것이다. 그런 다음 침대 가에 앉아 키스로 에브를 깨우리라.

3권 | 정박

"수많은 군중이 내 뒤를 따르며
어떤 길로 가야 할지 조언을 구하네.
그들 중 어떤 이들은 내게 신탁을 듣길 원하고
갖가지 병고에 시달리는 다른 이들은
그들을 치료할 주문을 듣길 바라노니."

엠페도클레스, <정화>

11월 21일 일요일

　오전 7시가 조금 못 되어 겨우 눈을 붙인 뒤 오후를 훌쩍 넘기고서야 눈을 떴다. 나의 소중한 여인은 태양의 주기를 되찾았는데, 정작 나는 시차 적응을 못 하고 있었다. 마치 안타키아라는 이름의 이 작은 섬에서 주민 한 명은 늘 깨어 있기라도 해야 한다는 듯이.

　뒤바뀐 시간의 문제점은 잠에서 깨어나면 이미 어둑해지기 시작한다는 것이다. 오전 햇살의 하얀 광채에 육체와 정신을 더는 담그지 못하자 우울과 공포가 밀려왔다. 당장 내일부터 원래의 리듬과 호흡을 되찾도록 노력하리라.

오늘 이 어스름 때문에 가슴이 짓눌리고, 어제까지만 해도 희열로 넘실거리던 기분이 이토록 가라앉는 것일까? 아마 그럴지도. 하지만 주변의 세상사에서도 밝은 미래의 전망이 거의 보이지 않기는 매한가지다. 현재 내게 주어진 것을 누리고 즐긴다한들 근본적인 문제, 요컨대 나와 내 동족들이 문화적, 정신적으로 소멸하고 폐기될 운명에 처한 인류, 아니면 적어도 극한지대의 소외된 인류가 되리라는 사실을 외면할 수는 없다. 대신 우리는 어쩌면 우리의 주인에게 무언가를 얻어낼 수 있을지 모른다. 하지만 인간의 존엄성 상실을 대체 무엇으로 보상한단 말인가?

그리하여 잠에서 깨나니 오후 2시가 훌쩍 지났고, 아가멤논이 집에 와 있었다. 그는 소파에 앉아 소파테이블에 두 발을 올려놓았다. 무릎엔 라디오가 놓였다. 그가 나를 보자 벌떡 일어나더니 예절바르게 서둘러 야구 모자를 벗으며 목례하고는 말했다.

"피신 온 거야."

짐작건대 이 말을 하기 위해 그는 잠재된 배우 역량을 모조리 발휘해야 했으리라. 지난 2년간 소박한 '사공' 연기를 한 것으로 미루어 분명 소질이 있을 터였다. 아마 세상이 그토록 요동치지 않았더라면 들키지 않은 채 계속해서 연기하며 살아갈 수도 있었으리라. 나로서는 이제 그가 하는 모든 말을 곧이곧대로 믿기 힘들었다. 물론 내 두 눈으로 그의 집이 훼손되고 불타는 걸 목격한 만큼, 이론적으로는 성난 군중이 그에게 집단 폭행을 가하려 했고 도피처가 필요했다는 말은 신빙성 있고 정당해 보인다. 반면에 그는 군부대 전체와 홀로 맞설 수 있는 인물이고 그의 동포들 또한 우리를 가뿐히 제압할 수 있는 만큼, 내 보호 따위는 굳이 필요치 않을 터. 막상 복수에 굶주린 군중이 그를 뒤쫓는다면 내가 무슨 수로 군중의 분노한 손아귀에서 그를 빼내겠는가? 나 역시 그와 함께 집단 폭행을 당하지 않겠는가? 나는 그에게 에두르지 않고 이런 생각을 밝혔다.

그도 우회하지 않았다.

"미안, 용서해줘, 알렉! 피신 왔다는 건 농담이야. 노크도 없이 들어와서 내 집처럼 군 걸 양해받으려던 것이 그만. 그래도 내가 여기서 더는 상종 못할 위험인물이 된 건 사실이잖아. 오래 있진 않을게……"

"원한다면 얼마든지 머물러도 좋아. 당신이 여기 있다는 이유로 사람들이 내 집을 부수러 오진 않을 테니까. 그들은 단지 두려운 것뿐이야. 당신이 그 사람들 입장이 돼 봐! 포르 케이론 기지의 군인들이 다들 그 알 수 없는 마비증상을 보였다는데 어떻게 겁먹지 않을 수 있겠느냐고?"

"나도 바로 그 얘길 하려고 여기 온 거야."

"당신네들이 사용한 무기로는 회복 불가능한 손상을 입지 않는다며?"

"맞아, 얘기한 대로야. 그건 내가 다시 한번 장담해. 신경조직에 장애를 일으켜서 사지를 일시적으로 마비시키는 것일 뿐 주요 장기엔 아무 해도 끼치지 않고, 얼마간 시간이 지나면 모든 게 다시 정상으로 돌아와."

"그 얼마간이 언젠데? 두 시간? 48시간? 6주? 아니면 10년?"

"개인차가 있어. 용량에 따라서도 다르고. 포르 케이론 기지의 경우엔 아마 일주일 정도면……"

"그보다 더 앞당길 방법은 없고?"

"있어, 바로 그것 때문에 내가 당신을 찾아온 거야."

아가멤논이 입을 다물었다. 다음 말을 망설이는 눈치였다. 나는 그를 돕고 싶은 마음이 없었기에 잠자코 기다렸다. 그가 말을 이었다.

"우리 측에서 성의를 보이는 걸 고려 중이야."

"피해를 복구하겠다는 건가?"

"그런 셈이지."

"어떻게?"

"24시간 후에 얘기할게."

"난 더는 스무고개나 하고 있을 기분이 아니야, 아가멤논! 24시간 후에 얘기할 걸 왜 지금은 못한다는 거야?"

"곧 결정될 거라서 24시간 후라고 한 거야. 우리가 떠나든가, 아니면 여기 당신들 속에서 좀 더 머물든가."

"그걸 판가름하는 기준이 뭔데?"

"논의 중이야. 우리가 개입한 건 잘한 일이지만 이젠 사라질 때라는 의견들이 있는가 하면, 애초에 우리가 당신들과 연루된 걸 후회하면서 뒤로 돌아가기엔 이미 너무 늦었다는 의견들도 있어. 또 우리가 어떤 결정을 내리든 우리의 개입으로 유발된 피해를 당장 복구해야 한다는 의견들도 있고⋯⋯."

"당신은?"

"난 애초에 우리가 당신들한테 개입하지 않았어야 한다는 쪽이야. 내 의견이 받아들여졌더라면 지금쯤 난 어떤 물의도 일으키지 않은 채 조용히 사공 노릇이나 하면서 평화로운 수부들의 정경에 녹아들었겠지. 난 우리가 이 세계적인 분쟁에 끼어든 게 잘못이고, 지금이라도 당장 떠나야 한다고 생각해."

"그럼 당신도 동포들과 함께 떠나는 건가?"

나는 이미 답을 알고 있었지만 물어야 했다.

"이 모든 일이 벌어진 이상, 안타깝지만 섬을 떠날 수밖에.

벌써부터 섭섭하고 씁쓸해지네. 뭐, 어쩔 수 없지……"

나는 몇 초간 그에게 공감하고 나서 다시 물었다.

"당신이 얘기하는 그 '피해 복구'는 어떤 거야?"

"아직 몰라. 나도 지시가 떨어지기를 기다리는 중이야. 어쨌든 곧 무슨 일인가 벌어질 거라는 것만 알아둬. 에브와 당신 둘 다 조심해야 돼."

'조심'하라고? 어떻게 '조심'하란 말인가? 대체 뭘 어떻게?

그가 이미 밖으로 한 발을 내디뎠을 때 나는 과도하게 불안해 보이지 않으려 애쓰며 물었다.

"무슨 뜻이야, 나와 내 이웃이 위험해질 거라는 얘긴가, 그래?"

"어쩌면. 그래도 너무 걱정하지 마. 당신과 에브는 보호받을 테니까."

*

두 시간 뒤, 아가멤논이 다시 와서 내 집 문을 두드렸다. 그가 자꾸 귀찮게 해서 미안하다고 사과한 뒤 말했다.

"지금 에브 집에서 오는 길이야. 에브와 얘길 하다 보니 문득 내가 당신들을 필요 이상으로 불안하게 만들었다는 생각이 들더라고. 내 의도는 외려 안심시키려던 거였는데."

나는 미소지으며 팔짱을 꼈다.

"반가운 소리네, 그럼 어디 안심시켜 봐."

"에브가 당신한테 애정이 상당해 보였어."

내가 안심하고 싶은 종류의 주제는 아니었으나, 싫지 않은 말이었다.

"나 역시 에브한테 정말 좋은 감정을 갖고 있어."

내가 왜 이런 말을 하는 것일까? 사공한테 이런 종류의 고백을 할 하등의 이유가 없는데 말이다. 어쨌든 입에서 말이 절로 나왔고, 이 말을 한 것에 대해 후회는 없다.

아가멤논이 심각해졌다. 뭉클해하는 것 같았다.

"알겠지만 에브는 우리한테 중요한 사람이야. 벌써 수년 전부터."

하마터면 나도 에브가 나한테 단 며칠 전부터 중요한 사람이 되었노라고 말할 뻔했다. 하지만 이번엔 자제하고서 이렇게만 말했다.

"그래, 알고 있었어. 게다가 에브를 향한 당신과 당신 친구들의 시선이 에브를 변화시킨 것 같고."

그가 동의와 만족의 표시로 몇 번이나 고개를 크게 주억거리고는 덧붙였다.

"눈치 챘겠지만 내가 여기 와서 사공 노릇을 한 것도 에브 때문이었어. 가까이에서 몰래 지켜주기 위해서."

"그래, 그랬는데 이젠 당신이 여길 떠나면 에브는 어찌될지 걱정이겠지……"

"그건 크게 걱정 안 해."

아가멤논은 부정했으나, 어투는 정확히 그 반대라고 말하고 있었다.

과연 그는 내게 에브를 지키는 임무를 맡길 것인가? 이젠 내가 에브의 유일한 이웃이니까? 그는 단지 이 말만을 되풀이했을 뿐이다.

"에브는 우리한테 중요한 사람이야……"

그리고는 어두운 표정으로 덧붙였다.

"에브는 외로워하고, 연약하고, 여려."

나는 자칫 눈물겨운 양상으로 변하려는 우리의 위태로운 대화를 서둘러 다른 방향으로 돌렸다.

"내 이웃이 당신들한테 그토록 중요한 사람이라니, 분명 나한테는 말하지 않는 것들도 알려줬겠군."

그가 부인할 줄 알았는데 돌아온 대답은 비난으로 위장된 고백이었다.

"에브한테도 당신과 똑같이 묻는 말에 대답만 했어. 다만 당신네 두 사람의 질문이 달랐을 뿐이지."

"그럼 당신 생각엔, 내가 뭘 물었어야 하는데?"

그는 나의 노골적인 술책에 예의 바르게 웃고 나서, 벌떡 일어나 창문으로 가더니 하늘과 바다가 맞닿은 지평선을 오래도록 응시했다. 잠시 뒤 그는 나를 돌아보더니 팔짱을 끼며 벽에 기댔다. 수수께끼의 베일을 한 겹 들추기로 결심한 표정이었다. 다문 입술이 부르르 떨렸다. 말이 입 끝에서 맴도는 것이 느껴졌다. 하지만 침묵이 길어졌다. 나는 그가 알아서 질문과 대답을 완성하도록 내버려두리라 마음먹었으나, 상호 침묵이 무한정 연장되자 소리 없는 전쟁에 지레 지쳐 항복하고서 결국 묻고 말았다.

"어떻게 그 수년 세월 동안, 심지어 몇 세기가 지나는 동안 우리가 당신네의 존재를 모를 수 있었지?"

그는 의도적으로 생각하는 시늉을 했다. 그가 내 질문에 놀라지 않았을 뿐만 아니라 대답도 오래 전부터 준비되었다는 것이 느껴졌다. 마침내 그가 서두를 뗐다.

"우린 늘 인간들의 맹목적인 욕망을 과소평가하지. 인간은 알고 싶어 하지 않는 존재에 대해선, 살아가는 내내 코앞에서 마주치면서도 절대 보지 않는 능력이 있거든."

그는 바로 덧붙였다.

"에브와는 주로 엠페도클레스에 대한 이야기를 나눴어. 에브는 아주 오래 전부터 엠페도클레스한테 관심이 있었고, 심지어 그의 어떤 글들은 아예 외울 정도거든."

그는 내 질문에 대한 대답 겸 자신이 방금 한 말에 대한 증명으로써, 엠페도클레스의 글을 운율에 맞춰 암송하기 시작했다.

"폭풍우 몰아치는 밤에 밖으로 나가려던 사람이 바람을 피해 양초를 켰고, 그렇게 고대의 불은 동굴 속에서 움츠러들었으니……"

그는 잠시 말을 멈췄다가 다시 이었다. 그 막간 동안 고통과 자부심이 뒤얽힌 감정이 엿보였다.

"그럼에도 그 불은 이 땅의 하잘 것 없는 일부분이기보다는 이로운 불꽃이 되기에 이르렀도다."

"당신네들 얘긴가?"

내 손님이 고개를 저었다.

"아그리젠토의 엠페도클레스는 자신을 표방하고 따르는 사람들을 알지 못했어. 그래도 그의 운명은 우리의 운명을 예견한 것이었지. 그도 이 세상을 떠나고자 분화구에 몸을 던졌으니까. 우리처럼."

사공이 다시 입을 다물었다. 생각에 잠긴 듯했다. 수천 가지 질문이 떠올랐으나 이번에는 그가 홀로 침묵에서 빠져나오기를 기다렸다. 이윽고 그가 천천히 말을 골랐다.

"엠페도클레스는 현실과 신화의 세계를 오가는 매우 드문 인물이야. 그의 이름은 우리 친구들에게 추앙받고, 그의 희생은 끊임없이 회자되지. 그렇다고 우리가 그의 글들을 계시로 받든다고 생각한다면 오산이야! 우리는 그의 말을 수시로 인용하지만 그건 당신네들이 셰익스피어의 시구나, 니체 또는 아인슈타인의 경구들을 인용하는 것과 다르지 않아. 어쨌거나 엠페도클레스의 어떤 말들이 우리가 감행하고 있는 모험을 예고하고, 나아가 북돋는 건 사실이야."

그가 감동에 젖어 인용하기 시작했다.

"너희가 이 땅에서 맹위를 떨치는 지칠 줄 모르는 바람을, 문화를 절멸시키는 그 거센 기류를 멈추어라. 필요하다면 역풍을 동반하라, 인간들에게 이로운 가뭄을 가져다줄 검은 비를 동반하라. 하늘을 뒤덮는 나무들에게 넘치는 자양분이 될 찌는 듯한 가뭄을……"

그가 갑작스럽다싶게 말을 맺었다. 하지만 눈가의 우수 어린 빛은 여전히 사라지지 않고 형형했다. 속으로 낭독을 이어가고 있는 것처럼…… 나는 이 고대의 말들을 거의 그대로 기억하기에 급급해서 그에게 해석도 요구하지 않은 채, 그가 '차분히 착륙'하도록 내버려두었다. 그렇게 몇 초가 흘렀을까. 그가 근심스런 긴 한숨과 함께 말했다.

"당신네와 우리의 이 만남은 재회라기보다는 애석하게도, 충돌에 가까워. 이제 둘 중 누구도 다치지 않을 수 없을 거야. 우리의 개입에는 명분이 있었지만 이제껏 벌어진 사건들과 앞으로 며칠간, 나아가 몇 주간 벌어질 사건들을 생각하면 지금 당장 끝내는 게 맞아. 남은 건 고통을 최소화하는 방식으로 우리가 사라지는 것이고. 난 우리가 흔적도 없이 떠났으면 좋겠어. 우리가 하게 될 새로운 행동으로 우리는 더더욱 곤경에 빠질 거고, 새로운 약속으로 더 많은 원한을 사게 될 테니까. 그야말로 악순환이지!"

"도무지 무슨 말인지, 아감. 처음엔 당신네가 저지른 잘못에 대한 '복구'를 고려 중이라고 해놓고서, 이젠 또 당장 떠나고 싶다니."

"당장 떠나고 싶다는 건 내 개인적인 바람이야. 하지만 대다수의 내 친구들은 나와 의견이 달라. 그들은 우리의 방문에 대해 좋은 기억을 남기기 위해서 뭔가 행동을 취할 걸 고려 중이거든……"

"그러고 보니 워싱턴에 있는 친구한테도 얘기를 들었어. 데모스테네스가 밀턴 대통령의 병을 고쳐주겠다는 약속을 했다고……"

"맞아, 나도 들었지. 그들이 고려하는 행동이란 게 바로 그런 걸 거라고 예상했어. 역겨운 일이야!"

"역겹다고? 암환자한테서 암을 없애주는 게 역겨워?"

"당신이 생각하는 것 이상으로! 우린 지구에서 지구를 멸망시킬 수단들을 제거하려고 했어. 그런데 어떻게 됐지? 우리를 상대로 어떤 난동이 벌어졌는지 보라고!"

"그건 경우가 다르지. 힘의 수단을 빼앗기는데 좋아할 국가가 어디 있겠나. 하지만 암을 고치는 건 성격이 다른 일이야. 누구도 당신들을 탓하지 않을 거라고."

"모르는 소리! 곧 우릴 탓하게 될 거야! 당장 우리가 한 사람만 고치고, 나머지는 죽게 내버려둔다고 원망할 테지. 세상엔 다른 수백만의 사람들이 같은 병으로 고통받고 있는데, 왜 유독 밀턴 대통령만 병을 고쳐주는 거냐고?"

"그러게, 왜야?"

아가멤논이 미처 대답할 겨를도 없이 그의 휴대폰이 울렸다. 그가 전화기를 귀에 가져다대며 손짓으로 잠깐 밖에 나가겠다는 신호를 보냈다. 나는 내가 나가겠으니 소파에 앉으라는 신호를 보냈다. 아직 해가 조금이라도 남아 있을 때 섬의 오솔길을 좀 걷고 싶었다.

나는 가까운 해변으로 향하며 이제껏 아가멤논과 나누었던 대화를 머릿속으로 되짚었다. 정신을 차리고 보니 어느 순간, 나는 바위에 앉아 메모를 하고 있었다. 사공이 했던 모든 말들을 잊어버리기 전에 기록하기 위해서였다. 엠페도클레스 인용문부터……

이 고대 철학자의 생애에 대한 책들을 훑어보고, 그의 글들도 찾아보아야 하리라. 모든 것이 소실되지는 않았을 것이다. 또한 이 분야에 대해 분명 에브가 조언해줄 수 있을 터였다. 그리하면 이제 우리를 지배하는─적어도 지도하는─자들의 정신세계를 보다 확실하게 이해할 수 있지 않겠는가. 아가멤논의 말을 믿자면 그의 뜻과는 반대로 그의 친구들은 당장 떠날 생각이 없어 보이니 말이다.

*

집으로 돌아갔다. 손목시계를 확인하니 저녁 6시 5분 전이었다. 나는 침실의 전면 유리문으로 살금살금 들어가서 침대맡의 라디오를 켰다. 평소대로 애틀랜틱 웨이브 방송의 상세한 세상 소식을 듣기 위해서였다.

언젠가부터 얼마 전까지만 해도 뉴스의 헤드라인을 장식했던 모든 이슈들이 사라져버렸다는 이야기를 내가 이미 했었던가? 종교분쟁, 경제, 스포츠, 사회면 사건, 심지어 날씨까지 이 모든 것이 이제 더는 거의 언급되지 않는다. 모든 게 멈추고, 중단되었다. 오늘 이 30분짜리 뉴스에서 어떤 식으로든 아가멤논의 '동포'들에 대한 소식이 아닌 것은, 한 영국 장관이 심장마비로 별세했다는 소식뿐이었다. 나머지는 사공의 친구들이 파견된 전 세계의 기지들에서 연속적으로 벌어진 기이한 사건들과, 세간의 소문들과, 불분명한 진단들뿐이었다.

뉴스 중간에 거실을 힐끔 보니 사공은 아직 통화 중이었다. 나는 방문을 살살 닫고서 침대에 드러누워 라디오의 볼륨을 더한층 낮췄다. 한 귀는 앵커의 목소리에 열어둔 채로, 또 다시 아가멤논의 '동포'들과 관련된 수천 가지 질문을 떠올리지 않을 수 없었다. 아가멤논은 누구와 통화하는 것일까? 전화기 저편에 누가 있는 것일까? 아마 '엠페도클레스의 친구들'이겠지. 대체 엠페도클레스의 나라는 어디에 있단 말인가? 우리가 살고 있는 지구 어딘가에 숨어 있는 것일까, 아니면 다른 곳에? 저 통화는 예전 식대로 '국내 전화'일까, '국제 전화'일까? 어떤 언어로 통화하는 것일까? 해답 없는 숱한 의문들! 그 밖의 문자 그대로 끝나지 않을 목록을 여기서 또 다시 나열하지는 않겠다.

코만치족의 외모와 아트리드 아가멤논이라는 성명의 기이한 사공이 곧 영원히 떠날 거라면, 그에게 몇 가지 비밀을 더 캐물어야 하는 것은 아닐까? 사실상 오늘 그는 내게 많은 것을 알려주지 않았다. 분명 평소보다 입을 좀 더 열게 하긴 했으나, 그는 여전히 수수께끼만을, 알쏭달쏭한 몇몇 인용구만을 들려주었을 뿐이다. 내겐—아니 우리, 그러니까 나와 내 동족에겐—발견해야 할 세상이, 우리에게서 뻗은 한 줄기이나 우리와 같지 않은 세상이 존재하고 있고, '그 사람들'

에 관한 이야기는 내 일기장의 빈약한 몇 줄이 아니라 책 한 권, 나아가 백과사전이 되어야 했다. 하지만 속담에도 있듯이 너무 잘하려다가 일을 그르칠 수도 있는 법, 내 짧은 생애 동안 다만 기본적인 정보 몇 줄이라도 명문화한다면, 내 이름이 역사에 영원히 각인되기에 충분할 터였다. <우리는 '엠페도클레스의 친구들'에 관한 최초의 기본적인 정보들을 캐나다 출신의 풍자만화가 알렉 장데르에게 빚지고 있다⋯⋯>

몇 분 뒤 발꿈치를 들고서 살금살금 거실로 돌아가자, 아가멤논은 사라지고 없었다. 나가는 소리를 듣지 못했다. 소파테이블의 노란색 종이에 간략한 메모가 남겨져 있었다. "다시 올게." 갑자기 허기가 몰려왔다. 나는 부엌으로 달려가 손에 닿는 것을 닥치는 대로 삼켰다.

폭풍처럼 배를 불리고 있자니 문득 공허감과 비현실적인 기분이 밀려들었다. 지난주 이래로 벌어진 모든 사건을 전혀 이해하지 못한 기분이었다. 더 심하게는 아무 일도 일어난 것 같지 않은 기분이었다. 가차 없는 잔혹한 세상에 대한 나의 절망과 극한의 고독이 만들어낸 꿈과 유령이라고 할까.

다시 침대에 누워 내처 잠이 들었다가 자정 무렵, 깨어났다. 옷을 입은 채였다. 사위가 고요했다. 어떤 소리도, 어떤 얼씬거리는 그림자도 없었다. 머릿속에 아린 생각들이 떠다녔다.

11월 22일 월요일

　며칠 전, 이제부터는 우리의 미래가 한동안 엠페도클레스의 친구들의 그것과 연결돼 있다는 것을 깨달았을 때, '정박'이라는 단어가 퍼뜩 뇌리를 스쳤다. 하지만 이 단어를 사용하기가 망설여졌다. 머릿속에 떠올라도 펜으로 옮겨지지 않는 단어들이 있는 법이다. 이미지가 그려지지 않기 때문이다. 나는 이미지에 익숙한 사람이다. 만화, 도식, 크로키에. 내 머릿속에 떠오르는 우리의 '지도자들'은 구름 너머, 허공 저 멀리에서 우리의 모든 수단을 통제하는 기계를 작동시키는 사람들 정도였다.

　정박, 이 단어를 남용하지 않기를 잘했다. 오늘 마침내 이 단어에 걸맞은 사건이 일어났다. 이번엔 그야말로 정박이기 때문이다. 조용하고 잔잔한 정박. 바로 물에 떠 있는 병원 이야기인데, 멀리서 보면 일반적인 원양어선과 혼동될 정도로 외양이 흡사했다. 상징적으로 내디뎌진 한 걸음. 이제 엠페도클레스의 배가 내 섬에 정박한 것인지, 아니면 내 섬이 엠페도클레스의 배에 정박한 것인지 아는 일만 남았다.

나는 안타키아에 국한해서 이야기하고 있지만, 실은 전 세계에 관한 이야기임은 자명하다.

최근에 벌어진 모든 일들―비상착륙, 소문, 비난, 시스템 마비 및 그 밖의 것들―이 기만적이고 기나긴 정신적 준비과정은 아니었을까? 그 모든 것이 단지 교묘한 핑계들의 축적에 지나지 않았던 것은 아닐까? 물론 아가멤논은 부인하리라. 그는 내게 그의 동포들이 원치 않았던 악순환의 늪에 빠졌고 이제 곧 후회하게 되리라는 말만 되풀이했다.

악순환? 어떤 악순환 말인가? 내 눈엔 머리끝까지 진창에 빠진 건 바로 우리인데 말이다!

아주 오래 전부터 나와 내 이웃 외에 다른 산책자라고는 없었고, 우리 두 사람의 탄성과 갈매기의 끼룩거림 외에 다른 소음도 일절 없었으며, 인근 어부들의 것 외에 다른 보트들도 찾아볼 수 없었던 내 섬의 해변에서 선박 병원―일체의 기재와 설비, 돛 없는 돛대, 굴뚝, 트랩, 반짝거리며 소리를 내는 경보등들—이라니, 무언가 생뚱맞았다.

사공에 따르면 이 선박 병원의 임무란 '일시적으로 마비된' 시민 및 군인들을 회복시키고, 부수적으로는 혹여 방사성 물질에 노출된 이들이 있을 시 그들에게서 오염물질을 제거하는 것이었다. 오늘 새벽, 이와 같은 내용을 담은 발신인 미상의 정보가 시청으로 은밀히 전달되었고 지역 라디오 채널인 아르시펠 FM을 통해 방송되었다. 우려되는 증상에 시달리는 주민 및 단순히 건강상태를 확인하고 싶은 주민들은 월요일 오후나 화요일 일과시간에 안타키아 섬의 로슈오프라라는 장소로 와서 치료받으라는 내용이었다.

섬 주민들이 대거 몰려들 것인가? 과연 섬 주민들이 '그 사람들'에 대한 경계심과 두려움을 뛰어넘고서 그 사람들의 손에 육체와 정신을 맡기러 갈 것인가? 오후 2시가 되도록 지원자가 없자, 한가하고 당황스러워진 아가멤논이 나를 찾아와 체험해보지 않겠느냐고 권했다. 나는 오래 망설이지 않고 수락했다. 내 건강에 대한 염려보다는 호기심이 앞섰다. 또한—왜 숨기겠는가?—허영심도 작용했다. 우리 동포 중에서 엠페도클레스의 의사들에게 최초로 검진 받은 사람이 된다니 어깨가 으쓱할 일 아니겠는가?

사공이 나를 선박 병원으로 데려가 호리호리한 장신의 젊은 남자에게 인도했다. 파우사니아스*라는 이름에 부응하는 엄격한 얼굴이었다. 역시나 고대 그리스인을 연상시키는 이름이었고, 놀랍지도 않았다. 다만 그의 외모는 아메리카 인디언의 그것은 아니었다. 그는 풍성한 금발과 영민한 소년 눈빛의 홀쭉한 사내로 북유럽이나 캐나다의 대학 캠퍼스에서 쉽사리 마주칠 수 있는 유형이었다.

그가 내게 단맛이 살짝 가미된 투명한 음료를 마시라고 주더니 일종의 선실 같은 아주 작은 방으로 데려가 옷을 벗게 했다. 나는 오늘 밤 당장 이곳을 그릴 것이나, 어쩌면 글과 병행하여 묘사하게 될지도 모르겠다. 이곳은 사다리꼴을 늘려놓은 듯한 형태의 방으로 사방 벽은 코르크 또는 코르크를 흉내 낸 재질로 마감되었고, 작은 침대와 옷장과 의자 하나, 바닥의 레일에 연결된 작은 금속 상자가 놓여 있었다. 상자는 가히 투명한 관이라 할 만했다. 적절치 않은 단어라는 것은 알지만, 그리 생각하지 않을 도리가 없었다. 아마 갓난 아기에게 적용해야 한다면 '인큐베이터'라고 했으리라. 여하튼 내가 그 위에 누워야 한다는 것은 짐작 가능했다. 내가 눕자 뚜껑이 닫혔고, 그 즉시 이른바 투명한 관이 불투명해지더니 덜컹거리며 움직이기 시작했다. 상자가 레일을 따라

---

* 페르시아 전쟁 때의 스파르타 지휘관.

미끄러지며 방을 떠나 반달 모양의 입구를 통과했다. 더는 아무것도 보이지 않았지만 어두운 터널을 통과하는 것이 느껴졌다. 온통 암흑이었다. 조금의 빛도, 소리도 없었다. 한순간 몸에 따뜻한 기운이 감돌면서 아늑한 기분을 해치지 않는 선에서 온도가 높아졌다. 그 모든 것이 2분, 또는 3분을 넘지 않았다. 다시 방이었다. 나는 모험이 그토록 짧게 끝난 것에 거의 실망하면서 천천히 옷을 다시 입었다.

파우사니아스라는 이름의 사내가 내가 몸을 일으키는 것을 도우며 내 실망감을 눈치 챈 듯했다. 그가 황급히 내 손을 잡으며 내 경험을 축하해주었기 때문이다.

"두고 보세요, 나중이 되면 오늘 생애 가장 놀랍고 특별한 하루를 보냈다는 걸 아시게 될 겁니다."

인정하지 않을 수 없었다. 당연히 이 하루는 중요할 터였다. 오늘 내가 알게 된 것이며 이 경험과 상황 모두 전혀 예사롭지 않았다. 그럼에도 그 모든 것이 내게는 동네 보건진료소에서 받는 통상적인 엑스레이 촬영 이상의 자극은 아니었다! 게다가 트랩 밑에서 나를 기다리던 아가멤논도 그의 '동료'처럼 호들갑을 떨지 않았다. 그는 어떤 과장도, 최상급의 표현도 하지 않고서 그저 심상하게 다 잘했느냐고만 물었다.

해변엔 여전히 나 이외의 지원자가 없었다. 나를 기어이 집에 데려다준 사공이 이번엔 에브의 집으로 가서 모험을 권유하겠다고 말했다. 당연히 싫다고 하지 않을 터였다. 에브는 집필 중에 방해받는 것을 달가워하지 않지만, 엠페도클레스의 친구들 일이라면 무언들 마다하겠는가?

나는 몇 분간 휴식하고 나서, 대녀 아드리엔과 그의 반려자 샤를에게 전화해서 오늘의 모험에 대해 이야기했다. 그들의 첫 반응은 나의 경솔함을 나무라는 것이었다. 어떻게 그런 정체불명의 광선 '세례'에 몸을 맡길 수 있어요? 몸의 장기들이 그걸 견딜지 어떻게 알고요? 어떻게 그리 기꺼이 마루타를 자처한 거예요? 하지만 대화 끝에 그들은 아마도 내 연배의 사람을 꾸짖은 것에 대한 부끄러움 반, 내가 묘사한 병원과 그 장비에 대한 호기심 반으로 나를 만나러오겠다고 말했다. 그들이 가장 궁금해했던 부분은 엠페도클레스의 의사가 내게 어떤 질문도 하지 않고, 어디가 불편한지도 묻지 않았으며, 사실상 나의 개인적인 상태에 전혀 관심이 없었다는 점이었다.

아드리엔이 2, 3년 전에 내게 읽어보라고 주었던 의학전문잡지에 비슷한 내용의 칼럼이 있었다. 의학이 최종적인 발달 단계에 이르면 더는 개별적인 청진을 하거나 진단을 내릴 필요도, 심지어 약이나 치료법을 처방할 필요도 없이, 신체를

'종합 치유기'에 통과시키기만 해도 모든 이상 증상이 발견되고 치료된다는 내용이었다. 칼럼의 저자가 그 치료기기에 붙였던 별칭까지 똑똑히 기억난다. '치유의 터널'. 내가 통과한 것이 바로 이런 유의 터널이 아닐까.

대체 나의 어떤 병이 치료된 것일까? 알 수 없다. 내가 아는 한 나는 아무 증상도 없었다. 어쩌면 나도 모르는 어떤 병이, 초기 종양이나 감염증이나 궤양이 잠복돼 있었을 수도 있었다. 그럼 이제 나는 한동안은 모든 병에 대해 안심해도 되는 것일까? 아무쪼록 그러하기를! 그럼에도 나는 절벽에서 떨어져 골절을 입거나, 적과 내통한 죄로 섬 주민들에게 집단 폭행을 당할 수도 있었다. 거기에 샤를의 말처럼, 문제의 터널을 통과하여 잠복된 일부 질병들로부터 해방됐다 하더라도, 다른 질병, 지구상의 누구도 찾아내거나 치료하지 못하는 보다 난맥상이고 파괴적인 잠행성 질병에 걸렸을 수도 있었다⋯⋯.

실은 내 대녀와 그의 반려자에게 차마 고백하지 못한 증상이 있었다. 오늘 정오 무렵부터 느껴지던—극히 간헐적이고 찰나적이긴 하다—이 낯선 감각, 가벼운 취기나 굳이 비유하자면 초기 멀미 증상 같은 이 감각에 대해 이야기해야 할 것인가⋯⋯

오후 4시 무렵, 자동차 세 대가 내 집 문 앞에 나타났다.

총 열한 명의 인원이 타고 있었다. 그룹의 안내자 격인 앙토냉 노인과 브누아라는 이름의 간호사, 그리고 나머지 아홉 명은 나와 어렴풋이 안면만 있는 섬 주민들로 여성 여섯 명과 남성 세 명이었다. 그들 모두 '방사성 물질' 노출로 유추되는 증상을 겪고 있었다. 보나마나 결론이 나지 않았고 내집에서도 이어질 것이 뻔한, 기나긴 열띤 토의 끝에 나를 찾아온 것이었다. 섬 주민들은 외부에서 온 의사들에게 몸을 맡기기 전에 내가 느낀 기분에 대해 모든 것을 알고자 했다. 그 사람들에게 치료받는 것에는 어떤 모험과 어떤 위험이 따를 것인지에 대해. 나는 내가 체험한 것을 이야기하며, 내생각은 물론 아드리엔과 샤를의 의견까지 전달했다.

우리가 이야기를 나누는 동안 아가멤논이 파우사니아스를 대동하고서 나타났다. 다행스럽다고 해야 할 것은 사공이 지난 몇 해 동안 섬 주민들과 원만한 관계를 맺는 데 성공했다는 것이나, 그렇다고 '외국인'에 대한 섬 주민들의 경계심이 조금이라도 수그러든 것은 아니었다. 이제 그 경계심은 최근 며칠 사이에 이글거리는 적대감으로 변해버렸다. 당연히 파우사니아스도 명명백백한 외국인이었다. 하지만 그에게는, 그의 미소와 태도에는, 형용하기 어려운 순진성이나 연약함 또는 천진함 같은 그를 친근하게 느끼게 하는 구석이 있었다.

과연 그는 내 집에 들어서자마자 여성들 전원과 인사 키스를 양 볼에 각각 두 번씩 나누었다. 지역 풍습을 익혀둔 것이 틀림없었다. 사실 적정한 '인사 키스' 횟수였다. 다만 보통은 젊은 사람들을 제외하고는 아주 잘 아는 사이일 때의 예법이고 처음 만난 사이에서는 드문 경우였다. 아무튼 현 상황에서는 인사 키스가 마법적인 효과를 발휘했다. 여인들의 두려움이 과열된 전구처럼 산산조각이 나서 부서졌다.

여인들 중에서 건장한 체구의 잡화상 에르네스틴이 파우사니아스의 목덜미를 자애롭게 토닥이자 그 즉시 어른 아이가 얼굴을 붉혔고, 전투는 우리의 '보호자들'의 승리였다. 어떤 무력행사로도 그들을 이길 수 없었으리라.

그리하여 우리 모두는 해변으로 향했다. 일렬종대로 걸어서. 내 집을 찾은 그룹 중에서 자기들은 단지 동행만 하는 거라고 한사코 몸을 사리던 이들까지도 결국 다른 이들을 지원하기 위해서, '치유의 터널' 시험에 동참했다.

그들은 파우사니아스의 안내를 받으며 차례로 선박 병원에 올랐다. 나는 사공과 함께 해변에 남아 그들을 기다렸다. 그들 중 몇몇은 배 안으로 사라지기 직전에 마지막으로 내게 불안한 눈길을 던졌다. 한 시간이 채 안 되어 그들 모두 다시 모습을 드러냈다. 다들 조금은 초췌해지고 조금은 넋이

나간 채, 입가엔 그리다 만 미소가 걸려 있었다. 그중엔 아직 흐트러진 머리칼을 정돈하거나 단추를 다시 채울 여력이 남아 있는 사람들도 있었다.

별안간 비명소리가 들렸다. 앙토냉이었다. 그는 트랩 밑에 서서 익사 직전의 사람처럼 머리 위로 치켜든 두 손을 흔들어댔다. 나는 서둘러 그에게 달려갔다. 다른 이들은 이미 그를 에워싸고서, 치켜든 그의 두 손으로 시선을 집중시키고 있었다. 앙토냉이 양손의 손가락을 꼼지락거리며 접었다 펴기를 반복했다. 기적이었다!

무슨 사연인지 이해하기 위해서는 내가 앙토냉을 알았던 때부터 그의 오른손 검지가 갈고리처럼 휜 채로 굳어 있었다는 사실을 밝힐 필요가 있겠다. 이 사소한 장애는 섬의 수부들에겐 드문 일이 아니었다. 대개 그들은 이 장애에 익숙하고, 더러는 이 유동적인 손실이 회복 불가능하고 나이와 함께 악화될 수 있다는 사실을 인지한 채로, 이를 농담 삼으며 낄낄거리는 척하곤 했다.

그런데 앙토냉이 선박 병원에서 나오자마자 돌연 검지가 기적처럼 예전의 유연함을 되찾은 것이었다. 그는 손가락을 다시 구부렸다가 펼 수도, 남을 지적하는 의미로 손가락질을 할 수도, 눈을 비빌 수도 있었다.

지엽적인 사건일까? 시시하고, 대수롭지 않으며, 의미 없는? 이 상황에선 그렇지 않았다. 가령 앙토냉에게 손가락 회복은 초기 단계인 간경화가 사라진 것보다 덜 중요할 수 있으나, 간경화는 육안으로 확인이 불가능하고 손가락은 직접 보고 만질 수 있었다. 문제의 그 '터널'이 나와 다른 이들의 어디를 어떻게 치유했는지 상세한 내용은 결코 알 수 없을 것이고, 오직 앙토냉의 손가락만이 치유를 증명할 수 있었다.

소식은 삽시간에 섬 전체로 퍼졌고, 엠페도클레스의 의사들의 위신도 높아졌다. 그런 만큼 아가멤논의 묘한 반응은 나로서는 이해하기 힘들었다. 내가 그의 동포 의사들의 업적에 찬사를 보내자, 그는 떨떠름한 어조로 그 검지 에피소드로 수선을 떨 필요는 없다고 대꾸했다.

"앙토냉이 용한 접골사를 찾아갔더라도 똑같은 효과를 봤을 거야!"

사실무근이었다. 앙토냉의 손가락은 이미 퇴화된 바, 어떤 치료로도 유연함을 되찾을 수 없을 터였다. 나는 사공과의 논쟁이 무용하다고 판단했다. 그는 근심스럽고 난감하며, 심지어 고통스럽다고까지 할 수 있는 표정이었다.

*

그의 태도에 대한 설명은 어쩌면 한참 뒤인 저녁시간에 그가 할 말에서 찾을 수 있었다. "사람들한테 우리가 그들에게 주지 않을 것을 기대하게 만들어선 안 되잖아! 최악의 비극은 좌절된 기대감에서 비롯되는 거라고." 이 말에 에브는 불만족이야말로 '역사의 말(馬)'이며, 그것 없이는 어떤 방향으로도 나아갈 수 없을 거라고 비유적으로 대답했다.

우리―아가멤논, 파우사니아스, 나, 에브―는 소설가의 집에서 저녁을 드는 중이었다. 에브는 선박 병원의 다른 스태프들도 저녁식사에 초대했지만 그들은 사양했다. 일부는 밤낮으로 병원을 지켜야 했고, 다른 이들은 두려움, 혹은 수줍음이 원인이었다.

저녁을 드는 동안 나는 몇 가지 단서를 통해서, 요 며칠 사공과 내 이웃이 나 없이 단둘이 몇 차례 만났으며 오래도록 대화를 나누었다는 것을 깨달았다. 간혹가다 그들끼리는 이미 나누었으나 나로서는 금시초문인 이야기들이 암시되었기 때문이다. 고백건대 이 사실은 내게 어떤 '질투심'을 불러일으켰다.

아니, 이 단어는 부적절하다. 나는 따옴표 표시를 하지 않았다가 황급히 덧붙였다. 나는 질투에 대해 일고의 가치도 두지 않는다. 저속한 지혜가 너무 자주 고상한 옷을 입는다. 내가 느끼는 감정은 질투가 아니라, 단지 에브와 아가멤논이 의견을 교환했으며 그들이 내게는 가능하지 않다고 느꼈을 고백을 주고받았다는 사실에 대한 어떤 분노였다.

그들이 옳았을 수 있다. 어쩌면 나는 내 주변에서 일어나고 있고 내가 기록자임을 자처하는 사건들을 이해하기에 역부족인지도 모른다. 내 시각이 너무 게으르고 피상적일 수 있다. 자학적으로 하는 말이 아니다. 다만 내 주위에 내가 능력이 있었더라면 보였을 진실들이 있을 것 같다는 말이다.

나는 이제껏 탐사하지 못했던 세계와 가까이 있고 역사상 전무후무한 사건들을 제1열에서 관람하고 있는 선택받은 증인이며 사건의 핵심 관계자들과 직접적으로 접촉하고 있음에도 불구하고, 하릴없는 구경꾼에 머물고 있을 뿐이다. 나무들이 바로 코앞에 있는데도 땅에 떨어진 열매들이나 한가로이 줍고 있는 격이다.

이 마지막 문단을 읽으며 문득 내가 왜 이런 글들을 썼는지 깨달았다. 이 저녁식사 시간 동안 앞서 이야기했던 짧은 현기증, 그 '뱃멀미' 증상이 몇 번이고 찾아왔다. 분명 '터널'을 통과한 탓이거나 치료 전에 마셨던 음료 때문일 터였다. 나는 이 사실을 에브에게도, 파우사니아스에게도, 아가멤논에게도 말하지 않았다. 그들은 아마 아무것도 눈치 채지 못했으리라. 나는 아무 불편한 내색도 하지 않고서 내 자리에서 잠자코 다른 이들의 대화에 집중하려고 애썼다. 아무쪼록 그저 대수롭지 않은 일시적 증상이기를! 게다가 그토록 새롭고 생소한 치료의 후유증이 하루나 이틀 동안 지속되는 건 당연하지 않은가. 내일 깨어나서 울렁거리는 위장과 흔들리는 머리가 제자리를 찾았는지 확인해야겠다. 아직은 웃을 수 있으나 혹여 이상 증상이 지속될 것임이 확실해진다면, 더는 웃을 수 없으리라.

내 행동이 경솔했다던 샤를과 아드리엔의 판단이 옳았다…… 그 애들이 날 보러 온다니 기쁘다. 나는 그들의 신중한 시선과 합리적인 판단만큼이나 그들의 젊은 에너지가 필요하다.

11월 23일 화요일

앙토냉 노인의 검지가 클레오파트라의 코는 아닐지라도 한동안은 유명세를 타게 되리라. 나는 그 파장의 폭을 가늠하지 못한 채로 어제의 사건이 하나의 현상이 되리라는 것을 예감했다. 이곳, 섬이 새벽부터 인파로 들끓고 있었기 때문이다. 육안으로 보이거나 보이지 않는 각양각색의 질병을 가진 모든 사람들, 무언가 치료할 것이 있는 모든 사람들이 몰려들었다.

그렇다고 안타키아 해변이 기적의 땅이라도 된 줄로 오해하지는 마시라. 그곳엔 나병 환자도, 유별난 불구자도, 거대한 혹을 매단 사람도 없었으니까. 물론 환자들이 몰려들었으나 그들은 당신들이나 나처럼 이런저런 통증이나 장애, 약간의 건강염려증, 노화 증상으로 괴로워하는 사람들이었을 뿐이다. 이 잿빛 가을 아침, 로슈오프라라는 곳에 모여든 그 모든 이들이 희망으로 들떠 보였다.

이제껏 그토록 많은 케이론 제도의 주민들이 르 구웨를 건넌 적은 없었다. 그들은 통로가 개장되자마자 그 좁은 길을 건너면서, 돌아갈 때는 물이 빠지는 시간, 즉 오후 4시 15분에 맞추기로 다짐했다. 오늘 안타키아 해변은 30여 대의 자동차와 몇십 대의 오토바이, 그리고 자전거의 숲으로 빽빽했다. 종합하면 150명 남짓의 환자가 이제는 유명해진 '치유의 터널' 체험을 할 수 있었다. 기다리다가 허탕을 친 나머지 사람들은 내일 다시 찾아올 예정이었다.

지역 라디오 방송은 현장을 생중계했고, 건너편 대륙에서 날아온 텔레비전 방송국 스태프들까지 합세했다. 나도 섬 주민으로서 인터뷰에 응하며 가벼운 불평을 늘어놓았다. 난데없는 군중들로 인해 내 섬의 평온이 뒤흔들린 것을 투덜거려야 했기 때문이다.

사실을 말하자면 그 모든 것이 크게 불편하지는 않았다. 물론 내 도피처가 지속적으로 시골 장터가 되어야 한다면 견디지 못할 일이나, 살면서 한 번쯤 며칠 정도 세상의 소용돌이에 휩쓸리는 건 기꺼이 받아들일 수 있었다.

심지어 모로가 워싱턴에서 전화를 걸어, 오늘 텔레비전 뉴스로 안타키아 섬 소식과 영상자료를 보았다고 했을 때는 재미있고, 거의 자랑스럽기까지 한 기분이었다. 이런 참치 배때기!—이곳의 늙직한 수부들이 하는 말로, 좋을 때나 싫을 때나 내가 가장 즐기는 욕설이 되었다—소리가 절로 나왔다.

이 갑작스런 관심의 첫 번째 원인은 당연히 엠페도클레스 의사들의 입성이었다. '내' 해변은 떠 있는 병원이 정박한 전 세계 27개 장소 중 한 곳이었다. 이 동시다발적인 착륙은 간과할 만한 것이 아니나, 동시에 지구 표면 곳곳에 산재한 해변들 중에 27곳이란 결코 많은 수가 아니었다. 내 작은 섬이 그 첫 시범대상들에 속했다니, 놀라웠다.

안타키아 섬이 유명해진 또 다른 원인은 어떤 계시처럼 번져나간 기적적인 치료에 관한 소문 때문이었다. 이성적인 이들의 입장에서는 감히 말하건대 앙토넹의 손가락을 제외하고는 이렇다 할 기적의 증거가 전혀 없었다. 하지만 대부분의 사람들은 추가 증거를 기다리지 않고서도 문제의 '터널'이 그들을 통풍이며 간경화, 신부전증, 악성 종양은 물론 갖가지 고질적인 증상에서 해방시켜 줄 거라고 믿었다.

혹여 어안이 벙벙해지는 공개적인 증명이 더 필요하다면, 그 일은 오늘 아침 해변에서 수많은 군중이 지켜보는 가운데 벌어졌다.

포르 케이론 기지의 몇몇 군인들이 그들의 친구나 부모, 또는 몸이 성한 배우자들이 미는 휠체어를 타고서 나타났다. 오전 10시 무렵이었다. 사지 마비를 유발하는 광선에 노출된 그 젊은 군인들 중에는 한쪽 다리가 부러진 사람이 끼어 있었다. 내가 듣기로는 아가멤논이 깁스의 석고가 몇몇 의료기기들을 손상시킬 수 있다는 가짜 핑계를 내세워 깁스 군인의 선박 병원 진입을 저지했다. 이에 파우사니아스가 끼어들어 그들의 언어로 동료를 호되게 질책했고, 주변의 누구도 그를 말리지 않았다. 군인이 치료받는 것을 막으려 한 사공이 악역을 맡은 것임은 자명했다.

결국 파우사니아스가 이겼다. 그는 휴대용 전기톱으로 직접 깁스를 자르고서 환자를 치료실까지 부축했다. 몇 분 뒤, 환자가 나오더니 똑바로 걸었다. 골절이 완치된 것이 확연했다. 박수가 터져 나왔다. 좌중 모두가 감탄을 금치 못했던, 복음적인 측면이 있는 장면이었다. 아마도 아가멤논을 제외하고는……

나는 당시 현장에 없었다. 앙토냉의 손녀 가브리엘과 역시 선박 병원에 들어갔다가 나온 뒤 정상으로 돌아온 그의 약혼자 에르완이 내 집에 와서 당시 상황을 상세히 전해주었다. 두 젊은이는 자신들이 곤경에 처했을 때 도와준 것에 대해 내게 감사를 표했다. 실은 내가 한 일은 거의 없었으니 내게 감사를 표할 필요는 없었으나, 그들이 내게서 듣고 싶은 말은 이런 유가 아닐 터였다. 그들은 놀라운 사건을 겪은 참이었다. 내 말이 나와 아무 상관없다는 듯 모든 책임을 회피하려는 것처럼 보일 수 있고, 석연치 않게 느껴질 수 있었다. 나는 모든 게 잘 끝났으니 되었고, 나중에 그들과 다시 만나게 되면 기쁠 거라고만 말했다.

가브리엘과 그의 잘생긴 군인 약혼자만이 오늘 나를 찾아온 유일한 방문객들은 아니었다. 내 집은 오늘 아침부터 내내 선박 병원의 대기실이 되었다. 나는 사람들에게 끊임없이 커피니 사과주니 레드와인을 내주었고, 안심시키는 말을 하는가 하면, 저마다의 사연이며 고백이며 한번 던져보는 넋두리를 비롯한 심적 상태의 토로에 귀 기울여주었다.

케이론 제도에 12년을 거주하다 보니 나는 그들 모두를 알게 되었고, 이젠 그들의 말과 행동이 훤히 예상되었다. 치료받을 차례가 된 수부 노인의 입에서 나올 말은 십중팔구 다음과 같았다. "이제 곧 새 사람이 되겠구먼!" 오늘 이 말을 열두 번도 더 들은 듯했다. 그들은 평소와 다름없는 어투로 이야기했으나 내 귀에는 사뭇 다르게 들렸다. 그것은 더는 은유가 아니었다. 모든 정황상, 우리의 지도자들의 의술이 사람을 치료한다기보다는 아예 '새 사람이 되게' 한다고 믿어졌다. 게다가 이것이야말로 언젠가 죽을 운명인 우리 인류의, 전 시대를 아우르는 꿈이 아니겠는가?

*

그 문제에 관해서는 모로가 오늘 다시 전화를 걸어, 나와 장시간 이야기를 나누었다. 내가 특별히 '그 문제'라고 지적한 것은 우리의 대화 주제가 바로 우리 현대인들의 열망, 그러니까 어떻게든 삶을 연장하고 젊음을 영원히 간직하려는 열망 언저리를 맴돌았기 때문이다. 모로에 의하면 그 열망은 의술이 덜 발달했던 예전엔 덜 절박했으나, 오늘날은 강압적이고 나아가 역설적으로 파괴적인 위협이 되었다.

오후 2시였고, 워싱턴은 오전 8시였다. 내 친구는 아직 잠자리에 들지도 않은 채였다. 그는 안타키아 섬에서 일어난 '기적적인' 치유로 인해 대중의 열기가 높아졌는지 알고 싶어 했다. 나는 어느 정도 열기가 느껴지는 건 사실이나, 앙토냉의 손가락과 가장 최근에 일어난 사건인 군인의 다리를 제외하면 딱히 '기적'이라고 할 만한 건 없다고 대답했다. 모로는 치유 관련 일화들의 중요도를 축소하려는 의도가 다분한 내 대답에 만족했으나 우려를 지우지는 못했다. 그는 지나치

게 불안해하며 강박증을 보였다. 아마 불면 탓도 있을 것이
나 나는 절대 갖지 못한, 과거와 미래에 대한 그의 날카로운
통찰력에도 원인이 있을 것이다. 나는 내가 아는 한 현재를
포착하는 한 가지 재능, 특히 먹으로 현재의 한 장면을 '고정
시키는' 재능만이 있을 뿐이다. 내게 미래의 전망이란 불투
명하고, 기껏해야 몇 가지 예감들만이 뒤섞인 채 떠오를 뿐
이다. 그런데 모로, 그는 미래를 예견하고, 앞지르고, 확대 적
용한다. 각기 다른 중심인물들의 예상되는 태도를 이미 분석
한 뒤 다가올 몇 주, 몇 달, 몇 년을 계획할 수 있었다.

  오늘 그는 나와 긴 시간 대화하면서 끊임없이 이 기적의
치료 문제로 되돌아왔다. 한편으로는 내게 그 무성한 소문
이 실은 속 빈 강정이라는 말을 몇 번이고 듣기 위해서였고,
다른 한편으로는 정반대로 내게 지구 전체의 운명이 그것에
달려 있다고 말하기 위해서였다. 하지만 이 자가당착은 겉모
습일 뿐, 내 친구는 그렇게 축적된 모순을 통한 추론으로 결
국 숨겨진 쟁점을 찾아내기에 이르렀다. 나는 그의 모순을
지적하기보다는 그가 운전하는 열차에 꼭 붙어 그가 이끄는
대로 굽이굽이를 돌면서, 그의 생각을 얽어맨다거나 그를 뒤
로 잡아당기지 않은 채로 그를 슬쩍슬쩍 간질이기만 했다.
우리가 우리를 가르는 먼 거리에도 불구하고 친한 관계를 유
지하는 것도 바로 이런 이유지 싶다.

모로는 밀턴 대통령이 미국과 미국의 전 해역에서 떠 있는 병원들의 활동을 금지하기로 결정했다고 알렸다. 모로도 이 결정을 환영했다. "물론 그들의 도움을 받으면 '비정형 마비' 증상을 겪는 사람들의 회복을 앞당길 순 있을 거야. 하지만 마비 증상은 어떻게든 회복돼. 우리가 치료하면 기간이 더뎌질 수는 있겠지만 말이야. 이 정도 폐해는 '우리의 지도자'들의 새로운 개입이 야기할 심각한 폐해에 비하면, 지엽적이고 심지어 아무것도 아니지. 하워드는 엄청난 압박감을 느끼고 있지만 꿋꿋이 버티고 있어. 잘하고 있는 거야. 여론도 그를 지지하고 있고. 미국인들은 자기들의 힘을 믿고 희생을 요구받는 걸 좋아하거든. 재앙을 당한 사람들을 도우려는 구호활동과 애국운동이 온 나라에 번지고 있어."

"그럼 다 잘되고 있는 거네!"

나는 거짓으로 대꾸했다. 그의 목소리에서 긍정적인 내용과 상충하는 근심스런 어투를 간파했기 때문이다. 이어진 그의 대답이 내용 면에서 내 예감을 확인시켰다면, 표현법은 다소 의외였다.

"네가 있는 섬의 주민들을 포함해서 세계 각국의 선박 병원을 거친 사람들이 죄다 병을 고치지 못했더라면, 지금보다는 상황이 나았을 거야. 언론의 관심이 점점 그쪽으로 쏠리는 마당이니 최악의 상황을 우려하지 않을 수 없거든. 처음엔 소문이 돌아도 다들 그 옛날 사르데냐나 크레타의 섬마을에서 검은 베일을 쓴 여인들이 양촛불에 둘러싸여 행하던 '기적' 같은 거겠거니 치부했지. 우리 모두 그런 이야기들은 들으면서도 뇌 한구석으로 밀쳐놓거나, 더러 개인적으로 절망적인 상황에 처했을 때나 겨우 들추는데 익숙해 있으니까. 그런데 속속 들려오는 이야기나 상황들은 걱정스럽기 짝이 없거든. 이대로 가다가는 우리 국민들이 정말로 3분 동안 들어갔다 나오기만 하면 모든 병을 고치는 기계가 실재한다고 믿을 수도 있겠다는 생각이 들어. 그렇게 되는 날엔 끝장이야, 세상의 종말. 절대 허투루 하는 말이 아니야!"

"잠깐, 모로, '정말로' '실재한다고 믿는다니', 대체 무슨 소릴 하는 거야! 그 기계는 실재해! 내가 봤다고! 내가 직접 체험했어!"

그는 당황하지 않았다.

"넌 내게 분명히 이른바 '치유 터널'을 통과했다고만 했지, 어디가 어떻게 치료됐는지 말하지 않았어."

"그거야 나도 모르니까."

"거 봐. 어쩌면 어떤 병인가가 나았겠지만, 또 아무것도 안 나았을 수도 있는 거야, 안 그래?"

"내 경우는 그렇다고 봐야지, 난 뚜렷하게 드러난 어떤 병도 없었으니까……"

"거 봐, 의혹은 아직 남았고, 이 의혹이야말로 우리의 마지막 기회일 거야. 가능한 한 길게 버텨야 돼! 그렇지 않으면 멸망이야."

모로는 대체 왜 이 치료 문제에 이토록 집착하는 것일까? 그는 즉답을 피했으나, 여기서는 내가 단편만을 소개했을 뿐인 30분여 동안 이어진 우리의 통화 끝에, 보다 구체적으로 이유를 밝혔다.

"실은 하워드 건강상태가 안 좋아, 점점 나빠지고 있어. 최근에 발생한 사건들에 에너지를 너무 소모한 거지. 9월만 해도 의사들이 2년은 살 수 있다고 했는데, 지금은 겨우 몇 달만 얘기할 정도니까. 그러니 네가 살고 있는 섬이나 세계 곳곳의 다른 지역들에서 들려오는 소식을 접하면서, 어떻게 그 데모스테네스 선생이 백악관을 떠나며 우리한테 던진 '달콤한 함정'을 떠올리지 않을 수 있겠느냐고."

"대통령 병을 낫게 해주겠다던 약속 말이구나……"

"우선은 나도 있었던 자리에서 대통령한테 약속했고, 다음으로 영부인인 신시아한테 가서도 약속했지. 신시아 입장에서야 어떻게 그런 제안에 무감할 수 있겠어? 남편한테 제안을 수락하라는 압박이 날로 심해지는 것 같더라고. 대외적으로도 날이 갈수록 딜레마가 커지겠지. 과연 미국 대통령은 '그들'에게 치료받을 것인가? 그 행위의 엄청난 상징성과 영향력을 인식하는 하워드의 태도는 단호해. 그렇게 그가 치료받기를 거부하니까, 떠 있는 병원들이 미국 해안에 얼씬거리지 못하게 할 수도 있는 거지. 하지만 얼마나 더 버틸 수 있을까?"

*

오후 4시 무렵, 내 집을 점령했던 모든 이들이 밀물 시간전에 르 구웨를 통과하기 위해 서둘러 떠나자, 에브를 보러가고 싶어졌다. 그는 우리 공동의 섬을 덮친 이 혼란, 선박병원과 군중이라는 이 이중의 '침범'을 어떻게 받아들이고있을지 궁금했다.

나의 매력적인 이웃은 위스키 잔을 손에 들고서 소파에앉아 있었다. 여기까지는 익숙한 장면이었다. 하지만 그는 혼자가 아니었다. 그의 맞은편, 그러니까 평소─평소라고 할수 있다면 말이다─내 자리에 아가멤논이 앉아 있었다. 그는 근심스런 표정으로 미간을 찌푸리고 있었다. 짓눌린 표정이라고도 할 수 있었다. 반면에 그의 맞은편에 앉은 에브는평온해 보였다. 기쁨에 들뜬 것까지는 아닌 환히 빛나는 얼굴. 소녀 같은 안색에 장난기 가득한 눈빛이었다. 되찾은 집필 능력이 그에게 저런 활기를 불어 넣은 것일까? 아니면 정상적인 수면 리듬을 되찾아서? 혹은 어제 회복의 '터널'을 통과한 효과일까? 두 다리를 접어 올리고 앉은 자세와 이마까지 높이 쳐든 위스키 잔, 열흘 전 그의 모습을 연상시키는 건 오직 이 두 가지뿐이었다.

나의 유일한 친구들인 그들은 무슨 이야기를 나누고 있었을까? 대체 무슨 이야기가 에브를 저토록 즐겁게 만들고 아가멤논을 저토록 침울하게 만들었을까? 보나마나 선박 병원에서 일어난 사건과 관련된 것이리라.

"듣자하니, 오늘 아침에 다툼이 있었다던데. 깁스를 한 젊은 군인을 당신이 치료받지 못하게 막았다고 하더라고."

내가 말하자 사공이 대답했다.

"응, 대충 맞는 얘기야."

나는 설명이 이어지길 기다렸으나 그걸로 끝이었다. 그래서 채근했다.

"무슨 생각으로 그런 건지 궁금해, 아감. 어제만 해도 당신 동포들이 이곳에서 원수 취급받는 걸 괴로워하지 않았어? 세상의 이 모든 혼란이 당신네들 탓이 되고, 당신도 집단 폭행을 당할 뻔했잖아. 살던 집까지 불타고. 그런데 이제는 섬 주민들이 당신네들을 영웅이나 성자, 구세주처럼 바라보고 있으니 안심하고 자랑스러워해야 할 텐데, 그렇지 않잖아. 당신은 전보다 더 침통해 보이니 대체 뭐가 문제냐고?"

한결 친근해진 나의 어투에도 아가멤논은 여전히 고백하기를 망설였다. 그의 시선이 내 이웃의 시선을 찾고 있는 것이 느껴졌다. 결국 에브와 시선을 마주치지 못한 그는 몸을 곧추세우더니 체념한 손짓으로 말했다.

"당신 눈엔 지금 무슨 일이 일어나고 있는 건지 전혀 보이지 않는구나? 지금 우리 선박 앞엔 수백 명의 사람들이 늘어서서 자기 차례를 기다리고 있어. 어제, 오늘 일어난 한두 건의 치료 사례만으로도 온 인류가 우리 배 앞에서 줄을 설 기세라고. 여기만 생각하면 큰 문제가 아니야. 저 협소한 르구웨 하나로 케이론 제도와 연결된 아주 작은 섬에 불과하니까. 다른 대륙과도 거의 교류가 없으니 수요를 충분히 감당할 수 있어. 섬 주민 전체가 치료받고 싶어 한다 해도 대략 서너 주면 우리가 임무를 끝내고 돌아갈 수 있지. 하지만 이 섬을 제외한 나머지는 어쩔 건데? 세계 곳곳에서 마비 증상을 겪고 있거나 방사성 물질에 노출됐다고 생각하는 사람들을 치료하기 위해 우리 선박 여러 대가 전 세계로 배치됐어. 그렇게 세계 각지에서 파우사니아스 같은 지식인들이 최선을 다해 사람들을 치료하고, 이 '기적'에 관한 소문이 퍼져나갈 거라고 생각해봐……"

결국 사공도 모로처럼 소문이 두려운 거였다! 나는 두 사람의 우려가 일치한다고 알리려다가 말을 꺼내기 직전에 자제했다. 아가멤논이 자신의 입장을 자신의 방식으로 말하도록 내버려두기 위해서였다.

"세상에 환자들이 얼마나 많은 줄 알아? 수백억이야! 모두가 환자고, 모두가 늙었고, 모두가 죽음에 가까워지고 있어. 우린 인류 전체를 치료할 수 없고!"

"능력이 되는데 왜 못 해?"

"그래, 우리가 모든 병을 고칠 수 있는 의술이 있다 치자, 그 모든 환자들을 차례로 치료하려면 얼마나 걸릴까? 우리가 보유한 병원과 인력을 총동원한다 해도 하루에 만 명 정도야. 어쩌면 2만 명? 그 이상은 불가능해. 우린 많은 인원을 한꺼번에 치료할 방도가 없어. 아마 한 사람 한 사람 전부 다 치료하려면 수세기는 걸릴 걸! 설마 그걸 바라는 거야? 우리더러 세상이 끝날 때까지 당신들 속에서 살아가라고?"

"당신들이 우리네 의사들을 가르치면 되잖아, 그들이 기술을 전수받아 임무를 수행하도록……"

"그들한테 우리 기계를 주라는 얘긴가? 아니면 기계 제작법을 가르치라고? 그 다음엔 전 세계에 우리의 의술을 가르칠 학교를 신설하고? 그게 당신이 바라는 거야? 그럼 당신네와 우린 어떻게 될까? 그 경우 우리의 관계가 어떤 방향으로 흐를지 가늠이 안 돼? 우선 우리네 의사들이 당신네 의사들을 밀어내겠지. 당신들은 당신네 과학과 기술이 낙후됐다는 걸 깨닫고, 우리는 당신네한테 우리의 학자와 교사들을 죄다 보낼 거야. 그렇게 되면 당신네 대학들은 점차 우리 대학들의 분교로 전락하겠지. 초중고교들도 마찬가지일 것이고. 그야말로 악순환이지! 이번엔 절대 끝나지 않고, 돌이킬 수도 없는! 당신네와 우리 민족이 섞이고, 두 세계가 영원히 포개지는 거라고. 당신네 문명은 우리한테 녹아들고, 우리 문명도 정체성을 잃게 될 거야……"

에브의 얼굴이 활짝 피어났다. 마치 사공이 묵시록처럼 펼쳐 보인 전망이 그에겐 지고의 환희라도 되는 듯. 에브가 말했다.

"그런 날을 보려면 오래 살아야겠군요. 우리 두 문명의 최종적인 합일이라니!"

에브의 말이 그의 입을 통해 유혹적이고 감미롭게 울려 퍼졌다. 나는 굳이 대답할 필요를 느끼지 않았다. 그저 한동안 에브를 바라보다가, 몰래 어깨를 추어올리고 나서 다시 아가멤논을 돌아보았다.

"그러니까 당신네가 수부의 굳은 손가락을 고치고 군인의 부러진 다리를 고쳤기 때문에, 그 모든 혼란이 야기될 거라는 건가?"

"우리 중의 파우사니아스 같은 자비로운 영혼들이 거절을 모르기 때문에 그 모든 혼란이 야기될 거라는 거야!"

"어떻게 거절하겠어? 의사가 돼서 눈앞에 병자들이 있는데, 고칠 수 있으면 고쳐야 하는 거 아냐? 그게 의사의 의무잖아. 소위 의사라는 자가 이렇게 말할 순 없지. '환자가 너무 많아, 노인들만 치료해야지' 아니면 '어린이들만 치료해야지, 중증인 사람만 치료해야지.' 하물며 어떻게 '우리 동포만 치료해야지'라고 한다는 거지?"

"우린 마비 증상을 겪고 있거나 방사성 물질에 노출된 사람들만을 치료하러 온 거야. 오직 이 임무만 완수해야 했다고."

"아무튼 이젠 늦었어. 여기 사람들이 당신네 의술이 자기들한테 필요하다는 걸 깨닫기 시작했으니 당신들을 더는 놔주지 않을 거야."

"결코 늦은 때란 없어. 우리가 떠나기로 결정하기만 하면 되니까. 당장 한 시간 뒤라도 우리가 사라지기만 하면……"

"저 많은 사람들을 해변에 세워두고서 사라진다고, 한 마디 설명도 없이?"

"응, 사라져버리는 거야, 당장. 어떤 핑계를 대고라도! 그게 피해를 최소화하는 길이야. 사람들도 처음엔 우리한테 다시 돌아오라고 사정하겠지만, 시간이 지나면 포기하겠지……"

"그리고 당신들을 저주할 거고!"

"상관없어! 저주할 테면 하라고 해. 아무 상관없으니까! 중요한 건 우리가 한시라도 빨리 이곳에서 철수하는 거, 그거 하나뿐이야! 불행히도 우리 중 다수가 반대하겠지만, 파우사니아스 같은 자들이 있으니 말이야! 나는 그를 친형제처럼 좋아하지만, 뼛속 깊이 혐오하기도 해. 자신이 베푸는 선행에 한없이 행복해하고, 혹여 그 선행이 잘못되어 해악을 끼칠지라도—심심치 않게 벌어지는 일이잖아—그것이 자신의 잘못일 수 있다는 생각은 꿈에도 하지 못하는 부류거든. 진정한 현자라면 모름지기 자신의 행위와 그 결과에 대해 책임을 느끼는 법이지. 지혜가 결여된 자는 오직 자신의 의도에만 책임을 느끼고."

"그러니까 당신 생각대로라면, 당장 내일이라도 떠나겠다는 거네요."

에브가 비난조로 끼어들었다.

"아니요, 내일 당장은 아닙니다. 오늘도 아니고요. 두 분 다 그런 눈으로 절 보지 마세요! 두고 보시라고요, 당신들은 우리가 좀 더 일찍 떠나지 않은 걸 비난하게 될 테니까. 우린 다른 어떤 목적도 없이, 오직 세상의 종말을 막기 위해 당신들 세상에 개입한 거예요. 그 밖의 부차적 행동은 당신들과 우리의 존재 모두에 독이 될 뿐입니다. 영영! 네, 세상이 끝나는 날까지 영원히!"

집으로 돌아오니 나의 대녀와 그의 약혼자가 문 앞에서 이제나저제나 나를 기다리고 있었다. 몇 년 만에 처음으로 문을 자물쇠로 잠가둔 터였다. 그들은 르 구웨의 교통이 혼잡해서 통과하는 데 애를 먹었다. 오늘 오전 안타키아에 왔던 모든 차량들이 행여 바닷물이 높아질세라 두려워하며 다함께 몰려들어 한 줄로 떠났기 때문이다. 아드리엔과 샤를은 택시로 오고 싶었지만 바다 건너편에서 발이 묶였고, 항구에서 자전거를 빌렸으나 그마저도 여의찮아 결국 전복되지 않기 위해 통로의 절반가량은 걸어서 건넜다.

"안타키아 섬의 르 구웨에 교통 혼잡이라니, 이보다 더 지구가 제대로 돌고 있지 않다는 증거는 없겠네요."

나의 대녀가 반 농담으로 결론지었다.

11월 24일 수요일

　지난주 이래로 천지가 개벽을 하겠구나, 라는 생각을 얼마나 자주 했는지 모른다. 당장 오늘 저녁도 다른 때였다면 특별히 눈물이 많다거나 감상적인 사람들이나 동요했을 사건에 또 다시 그런 생각이 들었다. 사랑하는 이를 잃을 수도 있다는 두려움이 유일한 동력인 한낱 가족극이 세상의 운명을 좌지우지하게 되었다고 할까.

　모로는 '여성의 맹목성'을 끊임없이 저주했다. 그는 충분히 그럴 만한 입장이었고, 오늘은 아예 여자들 때문에 우리의 문명이 붕괴의 위기에 처했다고 여긴다!

　물론 에브는 더 한층 신이 났다.

그럼에도 이 수요일은 주도권 탈환에 대한 힘찬 의지와 약속으로 시작되었다. 백악관에 소식통을 둔 각종 언론 매체에서 지속적으로 퍼뜨리는 소문에 의하면, 밀턴 대통령은 세계 각국의 정부들이 미국의 예를 따라 떠 있는 병원들의 정박을 금지하고, 이미 이 병원들이 정박한 국가들의 경우 엠페도클레스 의사들과 자국민들 간의 접촉을 최소화할 것을 촉구하는 공격적 외교를 펼칠 예정이었다.

미국 행정부, 특히 국방부와 국가안보국에서는 속히 우리의 '보호자들'의 난입이 여담에 불과했던 것으로 드러나고 이 기현상이 종식되어, 미국이 지배적 위치를 차지했던 이전 세상으로 돌아가기를 여전히 바라고 있다. 이 바람은 일견 헛되어 보일 수 있으나 '엠페도클레스의 친구들'이 자신들이 우리의 세상에 개입한 목적은 단발적인 목적에 의한 것이고 그런 만큼 자신들의 개입을 연장할 의도가 전혀 없다고 재차 주장하는 바, 완전히 허황된 것만은 아니다. 사공을 통해서 그들과 직접적으로 접촉할 기회를 가진 나로서는 그들이 밀턴의 계획을 싫어하지 않으리라는 확신이 든다. 그들한테도 희생자들을 방관한다는 비난을 받지 않은 채 우리의 세상에서 '빠져나갈' 기회가 되었을 수 있기 때문이다.

내가 '기회가 되었을 수 있다'고 한 것은 미국 대통령의 공격적 외교가 오늘이 끝나기도 전에 좌절되었기 때문이다. 그것도 생각지도 못했던 방식으로. 사실 내 친구 모로는 벌써 여러 날 전부터 선견지명으로 이를 두려워해 왔던 터였다. 하지만 압도적인 대다수의 사람들에게는 엄청나게 놀라운, 그야말로 경천동지의 충격이었다. 정신적으로 열핵폭탄급— 이 진부한 비유에 기대는 것을 용서하시라, 불행히도 이 늦은 시간, 내 머릿속에 떠오른 유일한 표현이었다—충격이었다고 할까.

이 소위 '열핵폭탄'은 미국 국영방송으로 중계된 신시아 밀턴의 오전 대담 형식을 띤다.

"하워드 밀턴이 죽어가고 있습니다." 영부인은 이렇게 서두를 뗀 뒤 말을 이었다.

"병이 깊어져 살날이 몇 주밖에 남지 않았다는 선고를 받았죠. 저는 그를 잃고 싶지 않아요. 그는 병을 이겨내기 위해 할 수 있는 모든 걸 해보지 않고 있고, 저는 그런 그가 무책임하다고 생각합니다. 아마 의무감이나 명예심 때문에 스스로를 희생하려는 거겠죠. 자신의 일신상의 고통이 혹시라도 미국 국민들이나 세계 평화에 이롭지 않을 수 있을 결정에 작용하기를 원치 않으니까요. 하지만 저는 그가 스스로를 희생하도록 내버려두기를 거부합니다. 그건 저와 우리의 아이들과 손주들, 그리고 그를 사랑하고 그의 존재가 필요한 모든 이들에게 가혹한 일이 될 겁니다. 그의 태도는 자살 행위와 다를 바 없고, 우리의 종교는 자살을 금하고 있어요. 우리의 창조주에게 죄를 짓는 일이기 때문이죠. 이제 저는 미국의 모든 아내와 어머니들께 저를 지지하고, 제가 하워드를 설득하도록 돕기를 호소합니다."

호소는 즉시 통했다. 첫 방송이 나가고 한 시간 만에, 대부분이 여성인 수천, 수만의 인파가 미국 전역의 거리로 몰려나왔다. 그들은 플래카드를 들고서 공공기관 주위로 모여들었다. 플래카드엔 급히 휘갈긴 글씨로, 대통령과 불치병으로 고통 받는 모든 사람들이 엠페도클레스의 의사들에게 치료받기를 허가하라고 쓰여 있었다.

이 움직임은 불과 몇 시간 만에 걷잡을 수 없이 확대되었다. 마치 미국 전체가 항명에라도 들어간 것 같은 분위기였다. 행정이 마비되었다. 오후가 끝나갈 무렵, 백악관은 밀턴 대통령이 '사랑하는 아내와 압도적인 다수의 국민의 뜻에 따라' 치료받기를 수락했으나, 단 '그와 같이 암 말기인 모든 미국인들이 그와 똑같은 방식으로 치료 받는다'는 전제하에 치료가 이루어질 것이며, 치료 전에 '우리의 세계에 개입한 국가의 밀사들에게, 혹여 대통령이 완치된다 하더라도 이 사실은 그의 정치적인 결정에 어떤 영향도 끼치지 않을 것이라는 점을 확고히 하겠다'는 성명을 발표했다.

나는 이 글을 쓰기 직전 모로에게 전화했다. 그는 낙심했다. "백악관 대변인이 성명을 발표하자마자, 그 즉시 데모스테네스가 떠 있는 병원이 이미 이곳, 수도 서남쪽 부두에 와 있다고 알리더라고. 포토맥 강에 면한, 워싱턴 해협이라 불리는 작은 운하야. 그곳에 해변 종합 관광시설이 있거든…… 그 선박이 언제 어떻게 여기까지 흘러온 건지는 모르겠어, 왜 우리 해안경비대가 그들을 포착하지 못한 건지도. 아마 외관상 여느 유람선과 다를 바 없다는 단순한 이유에서겠지…… 하워드가 헬리콥터를 타고서 신시아와 함께 즉시 그곳으로 이동했어. 아마 우리가 통화를 하고 있는 지금 이 순간, 미국의 대통령은 그들의 손에 들어가 네가 그랬던 것처럼 유리관 속에 벌거벗고 누워서 이런저런 기이한 물질들을 쐬고 있을 거다……"

내가 앞서 내 친구가 낙담했다고 했던가? 아니 그는 그보다는 절망에 빠졌다! 내게는 그의 반응이 과민해 보였다.

"미국 대통령이 우리보다 앞선 의술의 도움을 받아 암 좀 없앴기로서니 세상이 끝날까? 단지 자존심 문제 아닌가?"

"맹세건대 이건 그런 차원을 넘어선 문제야. 비록 국가 간의 자존심 문제도 간과할 순 없지만, 내가 두려워하는 건 그 너머의 문제라고. 만일 우리 중 누군가가—개인이든, 민족이든, 국가든, 당이든, 사이비 종교집단이든—온갖 질병과 고통에서 해방될 수 있고 생명을 연장할 수 있다고 믿는다면, 아마 당장이라도 저들의 숭배자나 노예가 될걸. 수명을 마음대로 늘리거나 줄일 수 있는 지도자, 그게 뭐겠어, 신밖에 더 있어? 이제 우리가 2주 전만 해도 존재조차 몰랐던 이 이상한 '국가'가 신격화될 판이라고. 저 멀리에 있는, 상상만 할 뿐인 신이 아니라, 의혹을 퍼뜨리면서 찔끔찔끔 정체를 드러내고 있지만 우리 가운데 물리적으로 존재하는 신 말이야."

"너무 과민한 반응 아니냐고 나무랐더니, 이젠 아예 딴 방향으로 튀는 거야? 망상 쪽으로?"

"과민한 반응이라고? 이제부터 내가 하는 말 똑똑히 기억해둬. 내일이면 거의 우리 모두가 저들의 발밑에 엎드려 '신이시여!'를 외칠 테니까! 우리의 문명은 이미 무덤에 발을 들였어. 너도 미리 묘비명이라도 써놓든가!"

*

이곳 안타키아 섬의 하루는 어제와 비견될 수 있었다. 섬 주민들이 르 구웨가 개장하자마자 떼로 모여들었고, 떠 있는 병원 앞에 질서정연하게 줄을 섰다. 그들은 그 어떤 혼잡도 없이 중증 환자가 나타나면 자리를 양보해서 앞으로 보낸 뒤, 그가 나올 때는 변화된 모습을 관찰했다. 기적적인 치료가 반드시 육안으로 스펙터클한 것은 아닐진대, 다 죽어가던 사람이 여전히 들 것에 실려 나오면 비록 그가 제2의 삶을 얻었을지라도 사람들 사이에선 작은 속삭임만이 일었고, 단순한 골절 회복에는 열렬한 박수가 끊임없이 터져 나왔다.

아드리엔과 샤를은 기적의 현장을 관찰하기 위해 새벽부터 로슈오프라에 갔다가 깊이 낙담하여 돌아왔다. 해변이 아직 텅 빈 채로, 난잡한 여름휴가의 뒤끝처럼 더러운 휴지와 빈 캔들만이 여기저기 나뒹굴고 있었기 때문이다. 게다가 떠 있는 병원도 밤 동안 해변에서 멀리 떨어져 바다 한가운데로 나가 있었다. 환자들이 돌아오기를 기다려 그때 다시 정박하려는 것이었다. 멀리서 보면 전혀 특별할 것 없는 가짜 원양어선이었다.

마침내 선박 병원이 해변에 정박하자 아드리엔과 샤를의 낙담은 씁쓸함이 되었다. 나의 젊은 친구들이 의사로서 봉사를 제안하였으나, 배 안에 그들의 자리가 있다면 오직 환자로서뿐이라는 단호한 대답이 돌아왔다.

아드리엔은 이 현실을 유머로 받아들이려 애썼다.

"저명한 백인 의사들한테 그들을 돕겠다고 제안하는 원주민 치료사들이 된 기분이었다니까요."

하지만 샤를은 적의를 불태웠다.

"우리를 모욕하러 온 자들이에요! 두고 보세요, 후회하게 될 테니까!"

나는 그의 기분을 풀어주려고 노력했다.

"저들 중에도 이 모든 게 함정이라고 느끼는 이들이 있다는 걸 알아둬. 그들도 하시라도 여길 뜨고 싶어 한다는걸."

아가멤논의 말을 떠올리자니, 혹시 두 젊은이가 이야기를 나눈 사람이 그였을지 궁금해졌다.

"너희를 거절한 이는 얼굴 생김이 어땠어?"

샤를이 화를 냈다.

"얼굴 생김이요? 얼굴 생김? 그놈이 그놈이죠! 저한텐 죄다 똑같아 보였어요!"

나는 그 이상 더 묻지 않았다.

11월 25일 목요일

이 일기를 쓰기 시작하면서 이제껏 내가 접한 순서대로 사건들을 기록해왔다. 사건들이 내게 순차적으로 전달되었고, 나는 내 정신 상태를 끈덕지게 묘사하는 동시에 사건들을 관찰하고, 그 무게를 가늠하고, 분석할 수 있었다. 그런데 이제는 시시각각 백여 개의 뉴스가 끊임없이 몰아치는 데다 그 모든 것이 나로 하여금 이 글을 쓰게 만든 사건과 직접적인 관련이 있었다. 내 일기를 세상의 모든 소용돌이에 대한 체계적이고 철저한 연대기로 만드는 데 한계가 느껴졌다. 스스로 부과한 임무에서 벗어나 실패를 인정하고서, 얌전히 붓과 먹물로 되돌아갈 때라는 생각이 들었다.

한편으로는 내겐 유년 시절부터 정해둔 규칙이 있었다. 바로 내가 키워나가기 시작한 계획이나 고양이는 절대 버리지 않는다는 것. 나의 천성적인 게으름과 소심증을 극복하기 위해 내가 찾아낸 유일한 술책이었다.

따라서 일기에서 아예 손을 놓지 않은 채로, 여유가 될 때마다 사건들을 좇으리라 마음먹었다. 세상사에 귀를 기울이고, 기록하고, 녹음하고, 확인하리라. 다만 이제부터는 글을 쓸 때 엄격한 취사선택을 할 것이다. 어떤 문단들은 연관성 없어 보일 수 있을 것이나, 당연히 연관이 있을 터. 지구상의 모든 사건들이 결국 하나로 귀결될 테니 말이다.

*

오늘 아침 이래로 머지않아 세상 전체가 안타키아 해변과 흡사해질 것 같은 기분이 들었다. 이제는 어디인지도 모를 곳에서 불쑥 나타난 수백여 대의 선박 병원이 5대륙의 해변들에서 진료 중이다. 정확히 몇 대인지는 나도 모른다. 아무도 더는 병원 수를 세지 않는다. 치료 받기 위해 트랩 밑에 줄을 선 남자들과 여자들의 수도 세지 않는다. 치료 과정은 더러 질서정연하고, 더러 난장판으로 치닫기도 했다. 뉴스를 통해, 엠페도클레스 의사들의 진료가 일시적으로 방해받고 이를 저지하는 과정에서 벌어지는 숱한 난투극의 사례들이 보도되었다. 그 경우, 선박 병원은 해안에서 멀어져 소동이 가라앉기를 기다렸다.

난투극이 벌어지든 아니든, 진료를 기다리는 줄은 끊임없이 늘어났다. 당연히 '기적들'이 쌓여가고, 이제 '치유의 터널'의 유혹은 여간해선 약해질 것 같지 않았다. 모로의 말을 믿자면 여간한 정도가 아니라 전혀였다. 나는 하워드의 안부를 묻기 위해 오늘 오후 그에게 전화했다.

"아직은 말할 수 있는 게 없어. 그들한테 치료받고 돌아온 게 다야. 메릴랜드주 베서스다로 곧장 이동해서 검사 뒤에 필요한 치료를 받았지. 아직 결과는 나오지 않았고. 하워드만 생각하면 그렇게 암을 떨쳐버렸으면 싶지만, 그 이후가 이만저만 걱정이 아니야. 당장 내일 백악관이 대통령 병이 나았다고 발표해봐, 전 인류가 떠 있는 병원으로 벌떼처럼 몰려들걸. 이미 지금도⋯⋯"

"그럴 거야, 한동안 광풍이 불겠지. 하지만 언젠간 잠잠해지지 않겠어?"

"아니, 알렉, 모르는 소리야. 이제 절대 더는 잠잠해지지 않아. '우리의 은인들'이 줄잡아 하루에 60만 명을 치료한다 해도 몰려드는 군중과 기다리는 줄이 아마 40년은 계속될 거라고! 지금 우리 앞에 펼쳐진 광경을 우리가 죽는 날까지 보게 되는 거야!"

이번에도 다시 한번 모로의 의견은 아가멤논의 그것과 정확히 일치했다. 똑같은 분노와 공포. 나는 좀 더 명랑한 방향의 대답을 내놓았다.

"우리가 죽는 날까지라고 했어? 그게 40년 뒤라고? 이봐, 청년, 말도 안 되지! 저들이 우리에게 가져다 준 의술이면 너와 나, 우린 이제 못해도 150년은 더 살게 됐어!"

내 농담이 열띤 대화의 불꽃을 사그라트렸다. 친구가 자신의 가차 없는 주장을 미소로 완화할 정도로만. 내 말에 일순 숨이 멎도록 놀란 건, 정작 나였다. 나는 얼마간 침묵하며 정신을 추스른 뒤 말했다.

"모로, 그들이 과연 우리의 목숨을 몇 해나 더 연장할 수 있을까?"

침통한 대답이 돌아왔다.

"세상이 더는 우리의 것이 아닌데 150년을 더 산다고 한들, 그게 무슨 의미가 있겠어?"

나는 그의 불안을 십분 이해할 수 있었지만, 아직 그의 불안의 이유를 전부 알진 못했다. 특히 그가 가장 불안해하는 한 가지가 있었고, 나로서는 그게 무엇인지 짐작조차 되지 않았다. 그런데 이제 곧 털어놓을 기세였다. 물론 나와의 우정 때문이었겠지만, 자신의 경직된 언사와 유머 결여를 해명하려는 뜻도 조금은 있었던 것 같다.

게다가 아직은 극비 사안이더라도 곧 밝혀질 일이었다. 그는 짓눌린 목소리로 털어놓기 시작했다.

"하워드가 저들에게 치료받은 건 누구도 비난할 수 없을 거야. 그건 어쩔 수 없지. 그런데 그가 다른 용서할 수 없는 잘못을 저지르려 하고 있어. 어리석고 용서할 수 없는. 내가 설득해봤는데 고집불통이야. 누구의 말도 들으려 하지 않아. 신시아가 말해도 소용없고.

보통은 미국 대통령이 전신마취 수술을 받을 땐, 하원 의장과 상원 의장한테 일시적인 통치 불능 상태임을 알리고 부통령한테 임시로 권한을 대행하겠다는 공문을 보내는 게 원칙이거든.

하워드의 경우 꼭 그렇게까지 할 필요는 없었어. 단 한순간도 의식을 잃을 일은 없었으니까. 그런데 그가 자신이 받을 치료에 불명확한 요소가 있으니 정식 절차를 밟겠다고 고집을 부리더라고. 그렇게 헌법정신도 더 잘 준수할 수 있다면서.

헌법상 같은 항목에 의거하여 대통령이 깨어나면 똑같은 사람들에게 이제 다시 대통령직을 수행하겠다는 두 번째 공문을 보내. 최근 50년간의 헌정 사상, 이와 유사한 경우가 세 차례 발생했고 세 번 다 대통령이 하루 만에 권한을 되찾았어. 가장 길었던 공백이 여덟 시간을 넘지 않았을 거야.

우리의 친구도 당장 어제 두 번째 공문을 보냈어야 하는데, 그러지 않았어. 오늘도 보내지 않은 채 여전히 사인을 하고 있지 않아. 그러니 법적으로는 내가 너와 이야기하고 있는 지금 이 순간도 부통령인 볼더가 '임시 대통령'이고, 하워드는 엄밀히 말해서 아직 '권한이 없는 상태'인 거야. 우리가 하워드한테 이 사실을 상기시키면, 그는 전혀 급할 것이 없고 자기는 생각할 시간이 필요하다고 하거든. 난 최악의 경우를 우려하고 있어."

"그가 사임할 것 같아서?"

"그래, 그게 두려워."

"왜 사임하려는 건데?"

"진짜 이유는 죄책감일 거야. 가족의 압박에 견디다 못해 치료를 수락했지만, 대통령 취임 선서를 위반했다고 느끼는 거지. 데모스테네스한테 '정신적 뇌물'을 받았고, 그렇게 오직 국익에만 의거해야 하는 판단력을 상실한 기분일 거야. 끔찍한 딜레마였던 건 사실이야. 우선 하워드한테, 그리고 나를 포함한 그의 모든 친구들한테도. 당장 나부터도 어떻게 친구한테 아무것도 하지 말고 그냥 죽으라는 자문을 할 수 있겠어? 있을 수 없는 일이야! 하지만 그가 미국의 강력한 라이

벌 집단—'점령자들'이라고까지는 하지 않겠지만, 어쨌든 초대도 없이 우리 영토 전역에 발을 들였으니까—의사들의 치료를 수락함으로써, 그의 결정력의 정당성이 타격을 입은 건 부인할 수 없는 사실이야."

내 친구는 무거운 한숨을 내쉬었다.

"이게 지금 우리가 처한 현실이야. 이 난관을 어떻게 타개해야 할지 모르겠어. 하워드가 한 번쯤은 냉정하고 뻔뻔해져서, 양심의 가책 따위 전혀 느끼지 못해도 좋으련만 그렇지 못하니……"

모로의 낭패감은 볼더 부통령에 대한 그의 평가가 박한 만큼 더욱 걷잡을 수 없었다. 그는 밀턴의 건강 상태가 악화될 때마다, 친구를 잃는다는 슬픔 외에도 미국이 '불한당'의 손에 들어가는 걸 보아야 하는 참담함을 토로한 바 있었다.

이제 역설적이게도 그 무법적인 인물이 밀턴의 죽음이 아닌 치료 가능성 때문에 대통령 자리에 오르게 될 판이었다.

*

모로의 정치적 차원의 불안을 이야기한 뒤, 워싱턴뿐만 아니라 이곳 안타키아 섬에도 떠 있는 병원의 상륙이 혼란을 야기하고 그만큼의 희비극을 불러일으켰다는 걸 상기시킨다면 부적절한 일이 될까?

　나는 오늘 그 모든 드라마를 나의 대녀와 그의 반려자의 눈에서 다시 보았다. 두 사람은 점점 더 낙담하고 모욕감까지 느끼고 있었다. 그들은 엠페도클레스의 의사들에게 거부당한 뒤, 대서양 항구의 보건진료소에 가서 의료봉사를 펼치기로 마음먹었다. 그곳은 휑뎅그렁했다. 환자도, 의료진도 없었다. 예전엔 우리의 자랑이었던 우리의 의술이 별안간, 증기선 시대의 중세시대 나룻배처럼 버려졌다.

　나는 젊은 친구들에게 차라리 이 강제적인 한가로움을 즐기고 숨 가빴던 한 해 끝에 찾아온 휴식으로 여기면서, 세상의 혼란을 조용히 명상하라고 권했다. 하지만 그들은 이미 파리로 돌아갈 태세였다. 어쩌면 그곳은 우리의 죽어가는 문명이 다른 곳보다 더 오래 버틸지 모른다면서.

　오직 에브만이 끄떡없었다. 다른 이들―적어도 내게 자신의 생각과 감정을 밝힌 모든 이들, 그러니까 모로, 아가멤논, 파우사니아스, 아드리엔, 샤를을 비롯하여 지난 며칠 동안 나와 마주쳤던 모든 섬 주민들―은 단 한 명의 예외 없이 모두가 현재 벌어지고 있는 일들에 당황하는데 말이었다. 에브를 제외한 모두가 혼란스러워했다. 에브, 그는 사공이 '엠페도클레스의 친구들'의 존재를 알렸을 때 입성했던 지고의 황홀경을 그대로 유지하고 있었다. 그는 즉각 그들을 믿었고, 그들에게 경도되었으며, 이 상태에서 한 발자국도 움직이지 않았다. 저녁 때 내가 찾아갔을 때 그는 다시 한번 이를 확인시켰다.

"현실을 직시하자고. 우리 문명은 무기력하게 공격당한 게 아니라, 그냥 실패한 거야. 우리 스스로 더는 끌고 갈 힘이 없다는 게 드러나서, 그대로 달렸다간 벽에 부딪칠 거라서. 그런 마당에 다른 손이 우리 대신 고삐를 잡아준다면 그거야말로 신의 선물이지, 안 그래?"

비록 내가 에브처럼 엠페도클레스 사람들을 '구세주'로 여기지 않는다 해도, 그의 분석에 동의하지 않을 수 없었다. 세상이 표류하고 있고, '우리의 문명'이 다가올 재앙을 피할 능력이 없어 보이는 것은 자명했다. 에브의 말은 표현이 거칠고 비약적일 수 있을지언정 틀리지 않았다.

게다가 그는 육체적으로나 정신적으로나 실제로 변화했다. 그야말로 그의 주장의 살아 있는 예시라고 해도 될 법했다. 처음 봤을 땐 모든 빛이 꺼져 있던 그가 이제는 환히 빛나고 있었다! 처음엔 절망해 있었는데, 이젠 온 인류에 희망을 불어넣을 기세였다.

어떻게 그를 믿고 싶은 욕구에 저항하겠는가? 어떻게 그를 사랑하고 싶은 욕구에 저항하겠는가?

11월 26일 금요일

오늘 인류의 기대 수명은 상승했다. 하지만 변질된 기대다. 변질된 기대, 이 두 단어의 조합은 정확히 현 상황의 모순을 설명하고 있다. 영원을 향한 우리의 욕망이 우리의 길을 속박의 길로 만들었다.

자, 드디어 나도 어제만 해도 내가 과민하다고 지적했던 모로처럼 이야기하기 시작했다! 상황이 그가 옳았다는 걸 증명하는 방향으로 급변하고 있다. 인류는 탈선하고 있고, 이 추락을 늦추기 위해 어디에 의지해야 하는지 도통 길이 보이지 않는다.

나로 하여금 이렇게 말하게 만드는 운명의 사건은 카리브

해의 그레나다 섬에서 발생했고, 다른 수십여 곳에서도 발생했을 수 있는 사건이었다. 떠 있는 병원이 선착장에 들어와 다른 배들과 얼마간 떨어진 곳에 정박했다. 부두에는 줄이 길게 늘어서 있었다. 아이를 가진 여성들, 부축을 받고 있는 환자들, 휠체어에 앉은 사람들, 그리고 달력에 하루 더 추가된 공휴일의 축제라도 온 듯 소란스러운 아이들 무리도 있었다. 선박 병원의 트랩 가까이에 있는 사람들을 제외한 군중은 대부분 무질서하고 부주의했다. 국영 방송국의 스태프들이 이 광경을 무심히 촬영하고 있었다.

정오 무렵, 돌연 폭동이 일어났다. 지역 유지거나 조직폭력배 두목인 듯한 자가 경호원들과 함께 먼저 줄 서 있는 청소년 무리를 제치고 앞으로 나아가려고 했다. 고함, 몸싸움, 혼란. 이어서 울린 총성 몇 발과 난사되는 기관총 소리. 비명. 또 다른 포화 소리. 사람들이 주차장의 차들 뒤로 달려가 몸을 숨겼다. 텅 빈 사막이 되어버린 부두에는 청소년 세 명과 중년 여성 한 명이 쓰러져 있었다. 네 명 모두 처참하게 부상당했고, 죽은 듯이 미동도 없었다.

경찰들이 나타나 피해자들 주위로 폴리스 라인을 쳤다. 한 어머니가 청소년 중의 한 시신 위로 무너져 내렸다. 이어서 다른 가족들도 달려와 마찬가지로 각각의 시체 위로 무너져 내렸다. 흐느낌이 격해졌다. 단 3분 만에 부두의 분위기가 돌변했다.

내가 즐겨듣는 채널인 애틀랜틱 웨이브에서 인용한 해당 지역 기자들과 목격자들의 말에 따르면, 엠페도클레스 의사들은 사건에 개입하지 않은 채 지켜보기만 한 듯했다. 적어도 초반에는. 그들은 사건을 주시하다가 위협을 당할 시 바로 바다 한가운데로 멀어지기라도 하려는 듯, 선박 병원 안으로 들어갔다. 하지만 이내 다시 모습을 드러냈다. 하얀 가운을 걸친 총 여덟 명의 사람들이 들것을 들고서 곧장 시체들을 향해 걸어갔다. 경찰은 그들을 통과시켰고 가족들도 길을 터주었다. 마지막 흐느낌이 뚝 그치며 침묵이 부두를 휘감았다.

몇몇 독실한 이들의 입술이 부르르 떨리기 시작했다. 사람들은 이미 기적이 일어나기라도 한 듯 들떴다.

천천히 들것에 옮겨진 네 구의 시체가 트랩을 통해 떠 있는 병원 안으로 들어갔고, 그렇게 군중의 시야에서 사라졌다. 한 시간이 채 지나지 않았을 때였다. 네 명의 나사로가 다시 모습을 드러냈다. 그들은 두 발로 멀쩡히 서서 손을 흔들며 마치 트리니다드나 자메이카에서 돌아오기라도 한 듯이 부두에서 시선으로 가족의 얼굴을 찾다가, 트랩을 구르다시피 달려 내려가서는 이승의 굳은 땅에 발을 딛고 선 각각의 가족들 품에 안겼다.

사람들은 몇 초간 넋이 나갔다. 이윽고 속삭임이 일더니 다시 조용해지며 가까이 있는 사람들끼리 떨리는 몸을 서로에게 바짝 붙였다. 다음 순간 박수가 터져 나왔으나, 주로 청소년들 쪽에서 들려왔다. 성인들은 도취된 듯했다. 그들 중 다수가 땅바닥에 무릎을 꿇으며 기쁨과 동시에 두려움의 눈물을 흘렸다.

당연히 소식은 삽시간에 전 세계로 퍼졌다. 이제 사람들은 비슷한 유의 또 다른 사건들을 호시탐탐 기다리고, 기적적인 치료들에 대해 끊임없이 이야기하며 더는 놀라지도 않았다. 나는 그 치료 관련 이야기의 신빙성을 의심하는 어떤 말도 들어보지 못했다. 상식—그런 게 있다면 말이다—이 뒤집힌 기분이라고 할까. 그러니까 기적을 믿지 않는 것이 이제는 비상식적으로 보일 지경이었다. 고백하건대 나로서는 여간 짜증스러운 일이 아니었다.
게다가 나는 이제껏 서술한 이야기 속에서 '기적'이라는 단어에 이와 같이 따옴표를 붙였어야만 했다. 왜냐하면 이 기적은 기적적이지도, 신비롭지도, 초현실적이지도 않고 다만 대단히 앞선 학문의 결과일 뿐이었기 때문이다. 그런데도 이것이 우리 모두를 그저 눈만 휘둥그렇게 뜨는 원주민으로 만들어버렸다.

나는 이 사건에 대해 이야기하기 위해 모로에게 전화하려다가 포기했다. 그가 무슨 말을 할지 너무도 잘 알았기 때문이다.

대신 아드리엔과 몇 마디 주고받으며, 기자들이 사용하는 '부활'이라는 단어는 도가 지나쳐 보인다는 내 생각을 이야기했다. 저들의 조치가 거의 사망 직후에 이루어졌기 때문이다. 내가 '소생'이 보다 적절한 단어 아니겠느냐고 하자, 아드리엔이 동의하면서 '어느 면으로는'이라는 토를 달았다. 그의 동료 의사들도 심장마비 이후의 소생에 대해 '부활'이라는 말을 즐겨 사용하기 때문이라는 것이었다. 어쨌든 용어에 관계없이, 총상을 입었던 부상자 네 명의 완전하고도 즉각적인 회복은 우리보다 월등히 앞선 의술의 존재에 의심의 여지가 없음을 확인시켰다.

내가 아드리엔과 이런 대화를 나눌 수 있었던 것은 내 대녀가 계획대로 그의 반려자와 함께 파리로 돌아가지 않고 이곳에 남았기 때문이다. 오늘 아침, 그들은 언쟁을 벌였다. 어쩌면 그들 사이에 이미 오갔던 신랄한 말들이 이번 기회에 불거졌을 수 있었으나, 그들의 다툼은 현 상황과 관련이 있을 가능성이 농후했다. 내 집에 있는 그들을 보아온 바로는, 엠페도클레스 사람들에 대한 그들의 감정이 일치하지 않았기 때문이다. 샤를은 오직 분노로만 그들을 바라보고, 아드리엔은 그들에게 매우 강한 호기심을 드러냈다. 나의 대녀는 그들의 신비로운 여정과 앞선 학문에 대해 좀 더 자세히 알고 싶어한 반면, 그의 반려자는 오직 그들이 속히 떠나거나—내가 그의 입을 통해 두 번이나 들은 저속한 표현을 그대로 쓰자면—'꺼져버리기'만을 바랐다.

아무튼 나는 아드리엔이 내 곁에 남아 그 애와 함께 뉴스를 듣고, 저녁을 들고, 오붓이 논평을 나누게 된 것이 기뻤다.

*

혹여 우리의 머릿속에 '타인들'의 의술의 월등한 우월함에 대한 의심이 조금이라도 남아 있다면, 오늘 저녁 우리는 그것을 보다 설득력 있고 보다 강렬한 방식으로 날려버리지 않을 수 없었다. 바로 미국 대통령의 주치의이자 암 전문의인 아벨 박사의 성명으로. 그는 전문가용 수치 비교 및 의학용어로 점철된 몇 문단을 읽어 내려간 뒤, 학자의 고결한 겸손과 한없는 열패감이 동시에 드러나는 다음의 문장으로 연설을 끝맺었다.

"제가 판단하는 한, 하워드 밀턴 대통령께서는 앞서 진단받은 중병의 증상이 이제 더는 보이지 않습니다. 그의 전반적인 건강 상태는 눈에 띄게 개선되었고, 생명도 이제 더는 위태롭지 않습니다.

제가 지난 수십 년간의 학업과 임상 경험을 통해 습득한 지식으로는 이 완치의 원리를 이해하는 것이 불가능합니다. 이런 연유로 저는 저의 전문분야에서 모든 직업 활동을 중단하기로 마음먹었습니다. 해서 베서스타 종합병원에 사직서를 제출했고 수리되었으며, 아울러 밀턴 대통령과 영부인께도 주치의로서의 신임을 거두어주실 것을 부탁드렸습니다. 저는 최근 몇 년 동안의 시련 속에서도 대통령 내외께서 보여주신 비할 바 없는 용기를 최고의 기억으로 간직할 것입니다. 하지만 저는 스스로의 윤리와 양심에 따라, 별안간 낙후하게 된 의학에 기대어 환자들을 지속적으로 치료할 권리가 없다고 판단했습니다."

나의 오늘 일기에 환멸의 기운이 스며들었던 것은 바로 이 아벨 박사의 성명 때문이었다. 이 높은 수준의 학자가 자신의 분야에 대해 내린 진단은 조심스럽지만 말하자면, 우리의 전 문명으로 확대될 수 있었다. 요컨대 '별안간 낙후하게 되었다'는 것 말이다.

물론 현 상황을 한 걸음 뒤로 물러나 바라본다면, 상대화할 수 있을 것이다. 역사적으로 민중이 그들의 문명이 낙후되었다고 느끼는 경우는 드물지 않았다. 전통 사회가 보다 강력하고 고도화된 사회와 접촉할 때마다 인류의 일부는 일종의 세상의 종말을 체감했다. 그중에서도 늘 내 머릿속에 있는 예시는 1492년부터 시작된 유럽인의 아메리카 침입이다. 하지만 그 밖의 사례들도 있었다. 심지어 지난 세기들을 거치며 대부분의 비서구사회—인도, 중국, 일본, 중동 이슬람 국가들, 흑아프리카—는 의학을 비롯하여 '학문'이라고 부르는 그들의 모든 성취가 경시되고 망각 속에 묻히는 것을 보아왔다. 다만 지금까지는 '우리'의 문명 중 하나가 힘과 창의성과 빛과 위엄과 권위를 잃으면, 또 다른 '우리'의 문명이 이를 회복했다. 이전까지는 '우리' 인류 전체가 결단코 이 지경의 패배를 겪은 적 없었다. 내가 아는 한 아즈텍 문명의 경우도 결단코 이와 같은 강렬한 충격은 아니었다.

이 마지막 두 문단을 다시 읽으며 나는 생각을 바꾸었다. 우선은 내가 우리 의학의 가치하락을 우리 문명 전체의 참패와 동일시하면서 너무 성급하게 결론내리고 있지는 않은지 재고하기 위해서였다. 내 직감이 맞았다 할지라도, 이 글을 쓰고 있는 지금의 내 상태가 정확하고 차분한 판단을 내리기에는 몹시 피로해 있었으니 말이다……

이 야밤의 회의감은 아마 법학 전공의 잔재이리라. 보다 엄격한 동료였다면 쉽사리 뒤집어엎었을 나의 휘우뚱거리는 결론에 염증이 인다.

아벨의 성명은 내게 또 다른 의문을 불러일으켰다. 미국과 서구 의학계의 거물이 '침략국'의 압도적으로 월등한 의술을 모욕적이라고 판단했다면, 과연 다른 '주변' 의술인들, 침술사, 유사 요법 치료사, 나아가 심령술사나 무속인들까지 모두들 똑같이 모욕적이라고 느꼈을 것인가? 이 질문은 범위를 보다 확대하여 던져볼 만하다. 만일 지구의 운명이 어느 날 갑자기 우리보다 부유하고 강력한 어느 국가의 손에 들어간다면, 멕시코나 라파스, 콜카타, 쿠알라룸푸르, 다카르도 워싱턴과 똑같은 강도의 상처와 두려움을 느낄 것인가?

내가 궁금한 건 실은 역사의 패자들, 부와 앞선 기술에서 밀려난 사람들, 오래 전에 세상에서 멀어진 사람들은…… 조금은 에브처럼 반응할 수 있지 않겠느냐는 것이었다. 오래 전부터 세상이 잘못 세팅되었다고 확신했고, 이제 세상이 가차 없이 뒤집히는 것에 신이 난 에브처럼 말이다.

어떤 밤들은 나도 궤도를 벗어난 것이 그토록 명명백백한데도 자신이 늘 옳다고 믿는 기름지고 거만한 우리의 문명의 몰락에, 에브와 함께 술잔을 부딪치기도 했다…… 하지만 정직하자면 내가 에브에게 장단을 맞춘 건, 신념보다는 그에 대한 애정과 예의에 의한 것이었다. 나는 내가 구축한 내 삶을 사랑한다. 내 작은 섬을 사랑하고, 그림 그리고 글 쓰는 것을 사랑한다. 나는 이 혼란이 두렵다.

*

잠자리에 들기 위해 이 일기장을 덮기 전에 마지막으로 한 가지를 더 기록해야 한다. 오늘 다수의 언론에서 하워드 밀턴 대통령이 아직까지 공식적으로 대통령직을 회수하지 않고 있고 개리 볼더가 여전히 '임시 대통령'이라는 사실을 넌지시 흘렸다. 일부 논평자들은 당혹감과 놀람을 드러냈지만, 어떤 경우에도 국가수반의 사임 가능성에 대한 관측은 없었다.

모로가 내게 고백한 불안과 이 불안이 매우 타당하게 여겨지는 점으로 미루어, 이 사안은 머지않아 확대될 것이 틀림없었다. 그런데도 지난 24시간 동안 언론에서 이 사안을 이리 홀대하는 것이 외려 놀라울 지경이다.

11월 27일 토요일

엠페도클레스와 그의 '친구들'을 표방하는 사람들에 대해
공부하기 시작했다. 막상 공부하고 보니 그것은 내가 모르
고 있던 모든 것들에 비추어, 아무것도 아니었다. 하지만 좀
더 인내심을 갖고 끈질기게 파고들면서 손에 들어오는 모든
정보들을 수집하고 모아놓은 결과, 우리 역사의 이 숨겨진
이면을 짜 맞출 수 있게 되었다.

이것을 '우리' 역사라고 하는 것이 과연 옳은 일일까? 저들
은 우리의 세상에 속하고, 우리는 저들의 세상에 속하는 것
일까? 우리의 두 문명이 고대 그리스든 오직 신화일 뿐이든,
실제로 같은 기원에서 출발했다는 것이 아직은 믿어지지 않

는다. 또한 지난 세기들을 거치면서 우리의 '지도자들'이 이미 우리의 역사에 우리도 모르게 개입했는지 여부도 알 수 없다. 반면에 내가 크게 틀릴 위험 없이 말할 수 있는 건, 이제부터 우리의 역사는 그들 없이 흐르지 않으리라는 것이다. 그들은 그들의 압도적인 존재로든 압도적인 부재로든, 우리의 역사 속에 머물 것이다.

우리 두 강물은 각자의 길을 따라 흐른 끝에, 같은 물길에서 만났다. 이제 어떤 식으로든 두 물줄기는 섞인 채로 남을 것이다.

*

오늘 아침, 잠에서 깨어나며 오직 한 가지 생각뿐이었다. 파우사니아스와 이야기하고, 그에게 그의 '동족'인 아가멤논이 지금까지 내게 함구하는 모든 것에 대해 말하게 하겠다는 것. 특히 그들의 의술에 관해 물을 것이다. 그들의 의술이 질병과의 끝없는 투쟁에서 어느 수준까지 도달한 것인지, 인간을 몇 살까지 살게 할 수 있는지, 정말로 죽음을 뛰어넘었는지를.

나는 해변으로 갔다. 인파를 헤치고 파우사니아스를 만날 수 있었고, 오늘 내 집에 저녁을 들러 오겠다는 약속을 받아냈다. 그는 약속을 지켰고, 그가 떠난 뒤로 나는 오늘 아침 잠에서 깨어났을 때보다 조금은 덜 무지한 기분이다.

하지만 멀리서 온 의사가 해준 이야기들을 기록하기 전에, 지난 이틀 동안 내가 관찰하고 느낀 바에 대해 잠시 이야기하고 싶다.

안타키아 해변엔 엠페도클레스의 선박만 정박해 있지 않았다. 이제 그곳엔 크기가 제각각인 30척 남짓의 배들이 밀집해 있었다. 그중엔 대형여객선까지 있었는데 정박하기에는 너무 컸던 관계로 해안에서 1마일가량 떨어진 곳에 닻을 내린 뒤, 승객들이 그룹을 지어 구명—별안간 폐어가 되어버린 듯한 표현—보트를 타고서 환자들의 대기 줄로 합류했다. 이 인파와 이미 르 구웨를 통해 밀려든 인파가 합세하여 그야말로 북새통을 이뤘다. 아직은 견딜 만한 폐단이었다. 하지만 이 물결이 계속해서 확대되고, 무엇보다 모로가 예언한 것처럼 이 북새통이 앞으로 수십 년간 지속된다면 나의 소중한 평화도 끝일 터였다.

내겐 이보다 더 두려운 전망이란 없었다. 이제까지 일어난 모든 사건들에도 불구하고 나는 아직은 내 방식의 삶을 유지하고 문명의 표류에 대해서도 냉철한 평가를 내릴 수 있는 기분이었다. 이제 나의 작디작은 섬이 내처 침몰한다면 당연히 나의 모든 안온한 생활도 사라질 것이었다. 이기적인 발상일까? 그럴 것이다. 하지만 생존이 걸린 문제인 만큼 나의 이기주의는 정당하다.

이제 세계 각지의 수많은 사람들이 구원의 '터널'을 통과하고 싶어 한다. 밀턴 대통령의 극적인 완치와 그레나다 섬의 '부활'이 연동되어, 인류의 열기가 몇 계단이나 상승했다. 이제는 부유하든 가난하든 세계 모든 나라의 크고 작은 도시에서 인파가 몰려들고 있다. 아마 비틀거리고 있는 우리의 문명과 철저히 동떨어져 살고 있는 몇몇 드문 공동체들을 제외하고는. 이제 '그들의 의술'의 비범함에 대해 알고 나서 자신의 가족 모두와 함께 하루라도 빨리 그 혜택을 누리기를 꿈꾸지 않는 건전한 정신의 소유자는 어디에도 없었다. 선박 병원의 정박이 예고되는 해변마다 끝도 없는 차량의 행렬이 기다란 길을 형성했다.

이미 앞서 언급할 기회가 있었지만—상황이 상황이니만큼 다시 한번 이야기하고 강조해도 지나치지 않다—지구촌 곳곳에서 모든 정상적인 삶이 중단되었다. 근로자들은 더는 일하지 않고, 학생들은 더는 공부하지 않으며, 정부는 더는 통치하지 않는다. 소비자들은 최소한의 필수적인 것들만 소비하고, 심지어 범죄도 드물어졌다.

아마 수일 내로 이 전 세계적인 혼란에 대해 웅변적이고 효과적인 사례들을 거론할 기회가 있지 싶다. 다만 지금은 피할 길 없는 '인파의 상승'과 나의 불안에 대해서만 짧게 언급해두고…… 파우사니아스 이야기로 돌아가도록 하겠다.

*

약속대로 저녁 8시에 파우사니아스가 내 집에 왔다. 아드리엔의 조언에 따라 나는 육고기와 생선을 배제한 식사를 준비했다. 내 대녀에 의하면 아마 엠페도클레스의 친구들처럼 진보된 문명의 사람들은 고기를 얻기 위해 동물을 죽이는 일 따위는 오래 전에 포기했으리라는 것이었다. 식사 중에 이 문제에 관한 질문을 받자, 우리의 손님은 이유는 명확히 밝히지 않은 채 아드리엔의 짐작을 확인해주었다. 그가 원주민으로 전락한 우리의 생활양식이나 신앙을 비난하지 않겠다는 원칙을 세워둔 것 같은 기분이 들었다.

원래는 네 명이 식사할 예정이었는데, 오후에 에브가 집에 갑자기 손님들이 들이닥쳤다면서 밤늦게 합류하겠다고 알렸고, 결국 오지 않았다.

우리가 식탁에 앉자마자 대화의 '포문을 연' 것은 아드리엔이었다. 간단하기 그지없는 질문이었으나, 현 상황에서는 그 어떤 것보다 시사하는 바가 큰 질문이었다.

"몇 살이세요?"

우리의 손님이 잠시 머뭇거리는가싶더니 대답했다. 내게는 우리의 언어로 정확한 숫자를 이야기하려는 의도로 해석되었다. 혹은 무언가가 꺼려졌던 것일까. 어쨌든 망설임이 없는 것은 아닌 어조로 대답했다.

"아흔두 살입니다."

그는 난처해 보였다. 심지어 사과라도 할 기세였다. 무엇에 대해? 그의 터무니없이 젊은 외모에 대해? 그는 사십 대로 보였다. 그 이상으로 보이지 않았다.

"눈이 휘둥그레지시죠, 저 같은 외모의 사람이 그 나이인 경우에 익숙지 않을 테니까요. 하지만 이건 그저 전혀 기적이랄 것이 없는 기술 발달의 결과입니다. 당신네 세계에서도 익히 아는 얘기죠. 당장 17세기의 화가들을 보세요! 쉰 살도 안 된 인물이 오늘날 당신네 눈으로는 일흔다섯 살은 돼 보이잖아요. 렘브란트의 자화상들이 떠오르는군요…… 겉모습의 나이는 의학의 발달과 함께 젊어지는 법이죠."

나의 대녀가 이어받았다.

"그럼 당신 나이의 사람은 수명이 어떻게 되나요?"

"정확히 말씀드릴 수는 없습니다. 오늘날 우리는 노화를 늦추고 따라서 수명을 연장할 수 있지만, 몇 살까지 연장할 수 있을지는 모르거든요. 아직 필요한 통계자료가 확보되지 않았어요."

내가 물었다.

"그 말씀은 사람들이 더 이상 죽지 않는다는 뜻인가요?"

"원칙적으로는 정기적인 의료검진을 받는 사람들은 더 이상 늙지 않죠. 그렇다고 사람들이 아예 죽지 않는다는 뜻은 아닙니다. 우리가 아직 대처할 방법이 없는, 감지되지 않은 요인에 의해 죽기도 해요."

"내가 잘 이해했다면 당신네 중에는 수명 연장을 받아들이지 않는 이들도 있다는 뜻인가요?"

"초기엔 그런 경우들이 있었죠. 실패 사례들이 있었거든요. 이를테면 뇌의 손상을 막지 못한 채 젊은 동맥만 유지한다거나…… 오늘날은 기술이 그보다 더 발달했어요."

"그럼 더는 아무도 죽지 않나요?"

"네, 더러 치명적인 사고가 발생하기도 하지만, 극히 드물어요. 그 경우 남은 사람들에겐 절대적인 비극인 거죠. 당신네들보다 훨씬, 이루 말로 할 수 없이 훨씬 큰 비극. 물론 당신네도 누군가 너무 이르게 세상을 떠나면 슬퍼하겠죠. 하지만 결국은 그 죽음이 불가피하다는 것을 인정하고 체념하기에 이르잖아요. 세월과 함께 고인의 나이도 의미 없어지고, 고통도 잊히죠. 이어서 남은 사람들도 죽고, 그들의 슬픔도 땅에 묻히고요. 그런데 우리네처럼 죽음이 피할 수 있는 것이 돼버리면, 모든 게 달라집니다. 목숨을 건다는 것의 의미가 완전히 변해요. 그러니까 더는 일찍 죽고 좀 더 나중에 죽는 차원의 문제가 아니라, 그냥 죽느냐 그렇지 않느냐의 문제가 되는 거죠.

하지만 당신네도 괄목할 만한 발전을 이뤘어요. 의학 기술의 발전 덕분에 이제는 마흔 살에 죽거나 여성의 경우 출산하면서 죽는 경우가 예사가 아닌 게 됐잖아요. 그러니 의식도 변하죠. 인간의 생명이 점차 소중해지면서 오늘날은 무슨 수를 써서라도 목숨을 구하려 들잖아요. 심지어 전쟁이 일어나도 아군이 단 한 명도 죽지 않기를 바라고요……"

나는 말했다.

"사람들이 더는 목숨을 걸려 하지 않는다니 슬픈 일이로군요. 다소 뻔뻔함을 무릅쓰고 고백한다면, 저는 늘 목숨을 걸수도 있다는 생각을 하고 살거든요. 이제껏 잠수를 해본 적도, 낙하산에서 뛰어내려 본 적도, 절벽을 등반해본 적도 없는 저지만 말입니다."

파우사니아스는 아무튼 내 말에 동의해주고 나서 덧붙였다.

"우리의 경우는 천만다행으로 우리를 소심한 겁쟁이로 만들 수 있었을 이 기술의 발달이 또 다른 기술의 발달, 요컨대 치유력으로 상쇄되었다고 할까요. 우리 중 누군가가 죽을 것이 두려워 창문 밖으로 몸을 내밀지 못 한다 칩시다.

다음 순간 그는 혹여 떨어지더라도 진보된 의술 덕분에 목숨을 구하고 단 한 군데도 다치지 않은 채 깨어날 수 있으리라고 믿으며 과감히 창문에 몸을 기울일 수 있는 것이죠.

아무튼 의학기술의 발전이 우리를 끔찍스럽도록 신중을 기하게 하고, 더러는 존재를 시들하게 만드는 것 같긴 합니다. 죽음의 위험 없이 삶은 비극의 영역을 상실하죠. 삶의 맛이 더는 똑같지 않게 돼요. 죽을 운명임을 아는 것이야말로 자유에 대한 갈망의 원천이며, 예술과 마찬가지로 철학의 존재 이유이기도 하죠. 그런 연유로 저는 당신들의 공포와 찰나적인 기쁨과 덧없는 폭동에도 불구하고 당신들한테 특별한 애정을 느낍니다."

그는 혹시 모를 오해를 차단하고자 서둘러 덧붙였다.

"물론 우리 모두가 당신네한테 저와 같은 애정을 느껴요. 바로 그 때문에 우리가 결과에 상관없이 이렇게 당신네 세상에 개입해야 한다고 판단한 거고요."

아드리엔이 물었다.

"우리 상황이 그토록 위험했나요?"

"네, 극한 상황이었습니다."

파우사니아스는 이제껏 보인 적 없는 심각한 표정으로 대답했다. 그러자 그의 얼굴이 덜 젊고, 덜 밝아 보였다―심지어 덜 순수해 보이기까지 했다―그가 말을 이었다.

"예를 들어 치명적인 바이러스가 아찔한 속도로 퍼져나가고 있는데, 몇 주가 지나기까지는 아무 증상도 나타나지 않는다고 상상해보세요. 바이러스의 정체를 알게 되는 날엔 이미 너무 늦고 당신네가 됐든 우리가 됐든, 더는 아무도 어떤 의학기술로도 증식을 막을 수 없게 되는 거예요. 이미 전 인류가 회복 불능으로 감염되고 난 후일 테니까요."

내가 걱정스럽게 물었다.

"그런 바이러스가 있다는 얘깁니까?"

"그러지 않길 바라야죠. 하지만 그걸 '제조'할 계획을 세우는 사람들이 있거든요. 조심하지 않으면……"

그가 무언가를 더 이야기하려는 것이 역력했다. 하지만 그는 문득 손목시계를 들여다보더니 벌떡 일어났다.

"이만 배로 가봐야겠어요. 몰려드는 인파를 감당하기 위해 이제는 밤낮으로 중단 없이 일해야 하거든요. 제 휴식시간이 끝났어요. 즐거웠습니다."

나는 그를 따라 일어나며 호주머니에서 수첩을 꺼냈다. 우리의 지도자들이 표방하는 철학자의 말을 메모해두었다. 아그리젠토의 엠페도클레스. 사공이 내게 암송해주었던 것인데, 문득 그의 동포 앞에서 낭독하고 싶어졌다. 무슨 이유로? 그를 좀 더 붙잡아두고, 그를 반응하게 하고 싶었던 것 같다…… 하지만 계산된 것은 아니었고, 충동적인 행동이었다. 따라서 나는 임의대로 중간 휴지를 지키며 낭독하기 시작했다.

"너희가 이 땅에서 맹위를 떨치는 지칠 줄 모르는 바람을,
문화를 절멸시키는 그 거센 기류를 멈추어라.

필요하다면 역풍을 동반하라,

인간들에게 이로운 가뭄을 가져다줄 검은 비를 동반하라,

하늘을 뒤덮는 나무들에게 넘치는 자양분이 될 찌는 듯한 가뭄을……"

파우사니아스가 재미있다는 듯 박수를 치더니, 비밀스러워 보이려는 듯한 어조로 말했다.

"엠페도클레스의 시가 맞긴 한데, 불완전하군요. 아가멤논이 그렇게 가르쳐드리던가요?"

나는 호기심이 발동했다.

"제가 토씨 하나까지도 똑같이 옮겨 적었습니다만……"

그러자 파우사니아스가 읊기 시작했다.

"너희는 질병을 막을 치료법을 알게 되리라,

노화를 막을 방법을 알게 되리라.

내가 오직 너희에게만 그것을 가르칠 것이니,

내가 오직 너희에게만 그 능력을 부여할 것이니.

너희가 이 땅에서 맹위를 떨치는 지칠 줄 모르는 바람을,
문화를 절멸시키는 그 거센 기류를 멈추어라.

필요하다면 광풍을 동반하라,

인간들에게 이로운 가뭄을 가져다줄 검은 비를 동반하라,

하늘을 뒤덮는 나무들에게 넘치는 자양분이 될 찌는 듯한 가뭄을.

너희가 죽은 이를 지옥에서 다시 데려오라……"

내가 낭독한 것과 해석에서 극히 미세한 차이가 있을 뿐이었고, 내가 어림짐작한 중간 휴지도 거의 비슷했다. 하지만 시의 두 행이 비는 것은, 나아가 삭제된 것은 분명한 사실이었다. 파우사니아스가 내 머릿속에 오가는 생각을 읽은 듯했다.

"친구분을 원망하시면 안 됩니다. 그는 급변하는 현 상황을 두려워하는 거예요. 수십억의 사람들이 선박 주위로 몰려와 우리의 병원 문을 두드리며 병을 고쳐달라고, 죽지 않게 해달라고 요구할 수 있다는 생각에 질겁하는 겁니다. 그렇게 되면 이제껏 조용히 살아왔던 우리의 평화는 물론 우리의 문명도 종말을 맞을 거라고 생각하거든요. 저는 생각이 다릅니다. 다른 유파라고 할까요, 당신네 역사를 늘……"

그가 단어를 골랐다.

"……불신하기보다는 호의적으로 바라보고 있죠. 하지만 작금의 사태를 목도하노라면 더는 아무것도 확신할 수 없다는 걸 인정하지 않을 수 없어요."

과연 그는 혼란스러워 보였다. 그가 무심결에 손목시계를 보았다.

"이젠 정말 가봐야겠습니다!"

"제가 조금 같이 걸어드리죠."

아드리엔이 외투를 휙 집어 들며 말했다.

바깥 공기가 평소보다 건조하고 냉했다. 나도 따라나설 수 있었으나 '젊은 사람들'끼리 오붓하게 걸으며 의학에 대해 이야기하도록 내버려두는 편이 나을 듯했다. 게다가 방금 들은 것들을 잊기 전에 메모해야 했다. 그런 다음 일기장에 기록할 수 있도록……

4권 | 소멸

"우리의 문 앞에 언제나
바다라 불리는 이 무한한 새벽이 있기를."

생존 페르스, <항해>

11월 28일 일요일

간밤에 글을 쓰는 도중에 전등이 꺼져, 나의 일기식 보고서를 촛불에 의지하여 마쳐야 했다. 아침이 되자 전기는 다시 연결됐지만 네트워크는 또 다시 묶였다. 전화도 인터넷도 끊겼다. 라디오에서도 단조로운 신호음이 다시 울려나왔다. 안타키아 섬에 정박했던 떠 있는 병원도 진료 활동을 접고서 황급히 바다 한가운데로 나가더니 시야에서 사라졌다. 그럼에도 엊저녁에 해변에 줄지어 섰던 수많은 환자들에 따르면, 우리의 고고한 치료사들이 다시 오겠다는 약속을 한 듯했다.

나는 이 글을 쓰고 있는 지금 이 순간도 그들이 약속을 지킬 것인지, 아니면 단지 그들이 떠나면 절망하여 난동을 부릴 대중의 공포를 잠재우기 위해 미봉책으로 던진 말인지 알지 못한다. 그들은 단지 회의를 하기 위해 잠시 모습을 감춘 것일까? 아니면 화산 입구에 유산으로 납 샌들만 남기고 화산에 몸을 던진 말년의 엠페도클레스처럼, 우리를 내버려둔 채 증발한 것일까? 우리는 아가멤논의 소원이었던 삭막한 이별을 하고 난 것일까? 모르겠다. 사공도 그의 모든 동족들처럼 작별 인사도 없이 사라져버렸다. 오직 불탄 집의 잔재만 남겨두고서.

이 환멸 어린 글을 쓰고 있자니 이 보고서의 에필로그에 이른 기분이 든다. 그들은 우리의 세상에 왔고, 우리를 압도했고, 우리에게 희망의 바람과 동시에 두려움의 바람을 불어넣었다. 그리고 떠났다.

나의 대녀는 나보다 더 놀란 듯했다. 그는 엊저녁 선박 트랩까지 파우사니아스를 배웅하면서, 의사로서 그들에게 도움이 되고 싶다는 바람을 전했다. 아마 자신이 '낙후된' 학문의 전수자에 불과하다는 것을 겸손하게 인식하고 있는 만큼, '동료'의 위치를 내세우지는 않았으리라. 그보다는 도움이 되고 싶고 자신이 배울 수 있는 것을 배우고 싶다고 말했으리라. 늙은 청년은 당장 다음 날로 아드리엔을 배에서 맞겠다고 약속했다. 우선 아드리엔이 직접 '치유의 터널'을 체험하고 다른 환자들의 치유 과정을 지켜보게 한 뒤, 본격적인 임상 활동에 참여시키겠다면서.

파우사니아스는 그들의 배가 이제 곧 출항하리라는 암시를 단 한순간도 흘리지 않았다. 아드리엔은 그가 아무것도 모르고 있었고, 한밤중에 명령을 받았으리라고 확신했다. 나의 대녀는 선박 병원이 속히 다시 돌아와 그곳에서 일하며 '그들의 의술'과 친숙해지기를 바랐다.

에브도 그들이 돌아오기를 바랐다. 아니, 바라는 것 이상이었다. 에브는 마치 '엠페도클레스의 친구들'이 영원히 떠나지 않았다는 듯이 굴었다. 그는 그들을 전적으로 신뢰했다. 그가 내게 말했다. "그들이 다시 대중의 눈앞에서 사라졌다면 그럴 만한 이유가 있어서일 거야. 우리를 혼내야겠다고 마음먹은 거지, 우린 좀 당해봐야 돼." 모로가 '우리의 구세주들'이 신격화될 거라고 말하지 않았던가? 드디어 시작이다, 새로운 이단의 첫 사제가 등장했다!

환히 빛나는 여성 사제라는 건 인정해야겠다. 불과 이 주일 전만 해도 내 이웃은 시들시들하고, 신랄하고, 활기 없이 축 처져 있었는데, 지금은 같은 인물이라는 것이 거의 믿어지지 않을 지경이다. 이 얘기는 이번이 처음은 아닐 것이나, 나로서는 번번이 놀라울 따름이다. '그들'이 에브를 문자 그대로 변모시켰다. 에브는 회복의 터널을 통과하고 나서 젊은 여자 같은 안색과 자세와 걸음걸이와 목소리를 되찾았다. 거기에 이 반항적인 인물은 그들의 문명으로 인한 우리 문명의 격하를 설욕, 또는 개인적인 승리로 받아들이는 것 같았다.

에브는 이제 엠페도클레스의 친구들과 자신을 동일시하고, 그들을 자랑스러워하는 듯했다. 정작 자신의 동족한테는 이제껏 한 번도 그런 감정을 느끼지 못했으면서. 오늘 밤 그에게 상당히 과장된 어조로 직접 들은 그 말이 내게는 어딘가 다소 거슬렸다.

"아가멤논이 왜 그들의 길과 우리의 길이 겹치지 않아야 하는지 나한테 설명해줬어."

"왜 그런 거래? 어디 한번 속 시원히 설명해봐!"

"만일 우리가 그들이 이룩한 것을 얻게 되면, 우리는 그걸 우리의 제어되지 않는 충동과, 반복적인 공포와, 세기마다 계속되는 서로 간의 증오와, 고질적인 구태로 그들과 우리 둘 다를 무너뜨리는 데 사용할 테니까. 그렇게 되면 그야말로 지구상의 모든 문명이 절멸하는 거야. 바로 그 때문에 그들이 그 오랜 세월 동안 우리 앞에 나타나기를 주저했던 거지."

"그럼 대체 언제까지 우리가 그들의 존재를 몰랐어야 한다는 거야? 세상이 끝나는 날까지?"

"그들과 우리의 만남이 더는 위험하지 않게 될 날까지. 수

세기를 지나오는 동안 그들의 딜레마는 늘 똑같았어. 그들이 우리와 관계를 맺는다면 어떤 식이어야 할 것인지? 우리를 동등하게 대해야 할 것인지? 형제로서 대해야 할 것인지? 우리와 그들의 모든 지식을 공유해야 할 것인지? 우리가 그것을 남용하고, 그들의 모든 발견을 파괴와 노예화의 도구로 변질시킨다면? 그땐 어찌해야 할 것인지? 우리를 열등한 존재로 대해야 할 것인지? 아니면 영원한 하수로? 우리를 억압하고 복종하게 할 것인지? 하지만 그건 그들의 이상과 상충되는 거였지!"

"에브, 제발 부탁인데 내 앞에서 그런 마조히스트적인 얘길랑은 참아줘! 당신이 지금 나한테 뭘 세뇌시키려는 건지 알기나 해? 저들이 우리를 죽 경멸해왔고, 그게 당연하다는 거. 저들은 우릴 동등하게 대할 생각이 없다는 거. 그래서 우리를 복종시키거나, 떠나버리는 것 외에 다른 선택의 여지가 없다는 거. 아무리 조곤조곤한 목소리로 얘기해봤자 그런 내용이고, 어림없는 소리야! 당신은 지금 날 모욕하고 있고, 당신 자신까지 모욕하고 있다고!"

"이건 당신과 나를 두고 하는 얘기가 아니야, 일반 대중 얘기라고!"

"꿈 깨, 에브! 착각하지 말라고. 우리도 그 일반 대중이야!"

"아, 천만에, 난 아니야! 난 대중한테서 늘 거리를 두고 있었어, 난 늘 다른 걸 꿈꿨다고! 언젠가 사람들과의 이 끔찍한 대면에서 해방될 날이 오기만을 끊임없이 바랐어. 그리고 기적이 일어났지. 내가 그렇게도 꿈꾸던 구세주들이 나타난 거야. 그런데 내가 왜 이 기쁨을 마다하겠어? 그들이 우리에게 온 이후로 내가 얼마나 행복해하는지 모르겠어?"

"아, 그건 잘 알겠어."

"그들 덕분에 난 삶을 사랑하기 시작했어. 당신도 이런 날 탓할 순 없을 거야."

"당연히 탓하지 않아!"

"그럼 다행이고!"

에브는 이 말과 함께 문자 그대로 내 품에 뛰어들었다. 나는 늘 앉던 안락의자에 앉아 있었고, 그는 내 앞에 서서 우리의 지도자들의 지혜를 찬양하던 중이었다. 그가 예고도 없이 내 위로 무너져 내렸다. 마치 의자가 비어 있기라도 한 것처럼. 나는 와락 안겨든 그를 그대로 품으며 이마에 입을 맞추었고, 이어서 입술에도 입을 맞추며 중얼거렸다.

"이런 소녀!"

이 호칭이 그의 마음에 든 것 같았다. 그가 아이가 아빠의 품에 안겨 볼을 비비듯, 나를 꼭 끌어안으며 내 품에 얼굴을 묻었기 때문이다. 우리는 한동안 이 자세를 유지했다. 내게는 그의 블라우스 냄새를 한껏 들이마시는 것이 감미로웠던

긴 순간이었다.

품 안에서 그의 무게가 전혀 느껴지지 않았다. 내가 여전히 그를 안은 채로 일어섰을 때도 마찬가지였다. 팔에 그의 무게가 전혀 느껴지지 않았다. 불현듯 깨달음이 뇌리를 스쳤다. '치유의 터널' 통과가 내게도 어떤 회복 효과를 불러일으켰던 것이다. 헤라클레스의 힘을 얻은 것은 아니었으나, 내 삼십 년 전의 근력과 호흡을 되찾은 것 같았고 내게는 그것만으로도 충분히 기적이었다.

일주일이 지나도록 이 변화를 인지하지 못하다니 참으로 희한했다! 아마 치료 효과가 드러나기 위해서는 비일상적인 수고를 해야 했으리라. 그리고 보니 더는 멍하거나 '뱃멀미'가 나지도 않았다. 달갑지 않은 그 모든 부작용들이 일시적 증상으로 판명되었다.

나는 에브를 신부처럼 품에 안고서 너끈히 계단을 오를 수 있었으나, 그를 살며시 땅에 내려놓았다. 우리는 손을 잡고서 함께 계단을 올랐다. 오후가 시작된 시간이었다. 겨울의 환한 빛이 방 안을 점령했다. 침대의 이불은 모래색이었고, 베개에서는 갓 수확한 보리 냄새가 풍겼다.

내 이웃의 집으로 갈 때만 해도 우리의 대화가 이런 식으로 발전하리라고는 생각지 못했다. 확실히 우리 둘 다 이 부둥킴이 필요했다. 우리는 지난번처럼 서로를 끌어안았다. 우리의 술잔이 부딪쳤다. 말로 표현할 수 없는 우리의 공포를 물리치고 승리를 축하하는 척하기 위해서. 이 점에서 우리 둘 다 부인할 수 없도록 위선적이었으나 정당한 위선, 절대적으로 존중할 수 있는 위선이었다. 그것은 오직 우리에게서 죽어야 할 몇 가지 타당한 이유를 거두기 위한 노력이었으므로.

에브와 번번이 그러했듯, 우리의 관계는 들뜨고, 장난스럽고, 다정하고, 쿨하고, 섬세하고, 열정적인 단계를 옮겨갔다. 에브는 감각이 깨어날 때도 지성이 잠들지 않았다……

모호한 칭찬은 이쯤으로 그만두겠다. 만일 내 대녀가 집에서 혼자 나를 기다리지 않았던들 이대로 영원히 에브 곁에 머물렀을 거라고 말하는 것으로 충분하리라. 나는 결국 일어나서, 옷을 꿰입고, 떠나야 했다. 결단이 필요한 마지못한 이별이었다.

*

집에 돌아오니 아드리엔이 여전히 선 채로 서성이고 있었다. 우리는 엠페도클레스에 대해서, 그들이 우리 삶에 끼어든 이후로 우리가 겪어야 했던 그 기이한 모험들에 대해서 새벽까지 이야기를 나누었다.

그들에 대한 내 의견은 오락가락하고, 이는 이 일기를 통해서도 훤히 드러났으리라. 게다가 일기의 특성이란 워낙에 일관적이기보다는 즉흥적인 것이 아닌가. 한편으로는 내 동족이 아직 지상 최대의 피조물이라고 여겼던 예전이 그립기도 하고, 다른 한편으로는 구원으로 밝혀질 듯한 이 대지진을 맞은 것이 기쁘기도 했다.

나는 대녀와의 대화에서 이 후자의 의견에 무게를 두었다. 아드리엔이 그들과 함께 일할 작정인 만큼, 그들에 대해 원한을 키우게 하고 싶지 않았다. 이 마지막 줄을 쓰고 있는 지금까지도 그들은 여전히 돌아오지 않고 있고, 네트워크도 계속해서 먹통이니 밝혀야겠는데, 만일 그들이 우리들 가운데로 다시 돌아온다면 말이다.

11월 29일 월요일

그들이 사라지고서 벌써 36시간이 흘렀다. 나는 그들이 이제 다시 돌아오지 않을 거라는 생각에 벌써부터 그들과의 짧은 만남에 대한 첫 결산을 내려보다가도, 이내 생각을 고쳐먹는다. 바로 네트워크 때문이다. 전화, 라디오, 인터넷과 그 밖의 것들. 그들이 이런 식으로 우리를 계속해서 벌주고 있는 건, 아직 우리를 버리기로 결단하지 않았다는 뜻이리라.

오늘 아침, 밀물 시간에 몇십 명의 섬 주민들이 르 구웨를 건너와 안타키아 섬 주변을 서성였다. 그들은 지평선을 살피며 한탄을 하는가 하면 서로를 위로하다가, 해 질 녘에 목이

메어 해변을 떠났다. 나머지 세상에선 어떤지 모르겠으나, 아마도 엠페도클레스의 선박들이 닻을 내린 모든 해변에서 수십 억 명의 남자와 여자들이 고아처럼 울며 그들을 기다리고 있지 않을까.

이곳 섬에선 다른 종류의 걱정스런 사고가 있었다. 고기잡이 배 한 척이 바다에서 실종되었다. 새벽에 황금어장으로 유명한 로슈벨이라는 구역으로 나갔는데, 해 질 녘이 되어도 항구로 돌아오지 않았고, 살아 있다는 어떤 기별도 없었다. 더구나 상황이 상황이니만큼 어선과 연락할 어떤 통신 수단도 없었다. 배에는 삼형제와 그들 중 한 명의 아들이 팀을 이뤄 타고 있었는데, 다들 숙련자에 평소 신중한 성격이었다. 거기에 바다도 온종일 잔잔했기에 섬 주민들은 어선이 사공의 '동족들'에게 붙들렸다는 심증을 굳혔다.

이 사건으로 나는 우리의 눈에 그들은 한편으로는 구원자이고, 다른 한편으로는 포식자라는 것을 확인했다. 그들은 우리의 상상을 장악했고, 우리의 희망과 동시에 우리가 조상대대로 물려받은 공포를 현실화했다. 나부터도 이미 그들을 저주하는 동시에 축복하고 있고, 아마 이 두 판단 사이를 영원히 오가게 될 것 같다.

축복의 측면은 우선 전 세계를 초토화시킬 전쟁을 막음으로써 우리에게 과거, 혹은 미래의 광기를 만회할 일종의 구명줄을 던졌다는 데 있다. 또한 나는 그들이 내게 베푼 치료에도 무감하지 않다. 그들이 다시 우리들 가운데로 돌아온다면 수시로 그들의 의술에 의지할 것이다. 이런 이유만으로도 나는 그들에게 존경과 감사의 마음을 가질 수 있다.

저주의 측면은 목록이 성글고 논리도 허술하다. 나는 우리의 '구원자들'을 무엇보다 그들이 우리의 수많은 영웅들, 정복자들, 성인들, 발견자들이 긴 세월에 걸쳐 이룩한 우리의 역사를 한낱 일반적인 모험의 자잘한 에피소드로 전락시키고, 민족이나 국가 할 것 없이 우리 모두를—눈 깜짝할 사이에!—원주민으로 격하시켰기 때문에 원망한다. 하지만 정작 우리의 문명도 이제껏 서로를 그런 식으로 대해온 것에 대해 가책을 느끼지 않을 수 없다. 그러니 우리가 우리의 지도자들에게 당한 수모가 부당하다고 감히 주장하지는 못할 듯하다.

자, 나는 또 다시 에브가 부정하지 않을 말들을 늘어놓고 있다! 에브보다는 좀 더 완곡하고, 덜 자극적이며, 전혀 인간혐오적이진 않지만 말이다. 아무튼 지난 몇 시간 동안 숙고한 결과, '우리' 인류가 어제나 오늘이나 끊임없이 서로에게 부과했던 고통을 이제는 모두가 같은 처지가 되어 당하고 있는 것만큼은 분명해 보인다.

내가 세상을 향해 눈을 뜨게 된 이후로, 잠잠한 이 하루

동안 보다 선명해진 두 가지 현상이 있다. 우선은 지난 몇십 년 동안 최종적으로 승리한 한 국가가 지구상의 유일한 초강대국이 되었고, 심지어 어떤 의미로는 유일한 문명이 되었다는 것이다. 당연히 미국 이야기이다. 그리고 이제부터는 누구도 대비하지 못한 갑작스런 방식으로 승리국이 엠페도클레스의 '국가'가 되었다.

며칠 전 모로가 이야기했으나 내가 미처 여기에 옮기지 못했던 말이 불현듯 떠오른다. 그 말이 현 상황에서 사람들에게 어떤 울림을 준 듯했다. 모로가 수많은 라틴아메리카 사이트에 우후죽순으로 떠 있는 것을 발견했기 때문이다. 바로 〈Ahora los yanquis tienen propios yanquis〉인데, 내가 자유롭게 해석하자면 다음과 같다. <이제부터 양키들은 그들만의 양키들과 맞서야 한다>.

강등된 문명은 대체로 여러 세기에 걸친 기나긴 쇠락의 기간을 겪는다. 그러니까 소외에 적응하고 무의미해지는 것에 체념할 시간을 갖는다. 콩키스타도르'의 시대와 같은 즉각적인 붕괴는 예외적이다. 내가 이 예시를 끌어온 이유는 현시대의 혼란이 내게 이 역사의 한 부분을 상기시키기 때문이다. 당시 아즈텍이나 잉카 문명이 겪었던 혼란이 지금 우리

---

* 정복자라는 뜻으로 16세기에 중남미에 침입한 스페인인을 이르는 말. 잉카, 아즈텍 문명을 파괴하고 원주민을 집단 학살했다.

의 눈앞에서 인류 전체에게 벌어지는 중이다. 요컨대 우리의 지식과, 세상에 대한 전망과, 정체성과, 존엄성의 갑작스런 가치 하락 말이다.

이제 세계 역사의 모든 카드가 뒤섞였고 자연히 재배포될 것이다. 하지만 우리의 지도자들이 우리 가운데 머물 것인지 사라져버릴 것인지 여부에 따라, 카드는 같은 방식으로 재배 포되지 않을 것이다.

*

오늘 저녁, 에브를 식사에 초대했다. 내 대녀가 아직 그와 만나지 못했다. 나는 냉동실에 남겨둔 마지막 생선으로 스프를 만들었다. 고기잡이가 속히 재개될 수 있기를. 그렇지 않으면 섬 주민들은 이제 곧 모든 것이 부족해질 것이다. 그중에서도 우리 '안타키아 섬 주민들'이 가장 먼저. 뭍에서 어떤 식료품도 보급되지 않고, 이 계절엔 땅에서 얻을 수 있는 것도 전혀 없다. 섬의 노인들은 예전의 기근을 떠올리기 시작한다. 하지만 나는 지하저장고에 106병의 와인을 비축해 두고 있다. 적어도 얼마간은 와인이 부족하지는 않을 것이다!

아드리엔에게 내 이웃을 소개하며 내가 이런 말을 하고 있었다. "내가 아끼는 사람!" 우리 셋이 동시에 웃음을 터뜨렸다. 나는 같은 분위기로 덧붙였다. "우린 이 섬을 공유하고 있어. 에브 영역은 북쪽, 내 영역은 남쪽. 에브는 글을 쓰고 그림을 그려, 우린 이따금 투탁거리다가도 함께 엠페도클레스의 친구들을 위해 건배를 한단다."

"말하자면 그렇다는 거예요." 에브가 이어받았다.

"건강 측면에서야 우리가 굳이 그들을 위해 빌어줄 필요가 없잖아요. 대개 나는 인류의 몰락을 위해 마시고, 대부님은 예의상 나와 잔을 부딪쳐주죠. 그런 다음 우리는 인간의 조건에 대해 서로를 위로하기 위해 함께 자요!"

나는 얼굴을 붉혔다. 두 젊은 여자가 부드럽게 나를 놀렸다. 확신컨대 나는 오늘날 우리가 순진하다고 말하는 어떤 것들에 결코 익숙해지지 않을 것 같다…… 하지만 이어서 우리 셋은 와인에 힘입어, 어떠한 연출이나 허식이나 수줍음 없이, 마치 세상의 종말이 오기 전 마지막 만찬을 들고 있기라도 하듯이 영혼의 옷을 벗어버렸다.

내 평생 그토록 따뜻하고, 투명하고, 강렬한 저녁시간을 보내본 기억은 없었다. 그런 만큼 여기서 이 이상 더 말하고 싶지 않다. 말로 매력을 허무는 기분이라고 할까.

11월 30일 화요일

잠에서 깨어나 로슈오프라 해변으로 정찰을 나가서 한참동안 끈덕지게 바다를 바라보았다. 하지만 엠페도클레스의 선박들을 보지 못하리라는 걸 알고 있었고, 과연 보지 못했다.

어제까지만 해도 나는 그들이 우리에게 가한 형벌이 그들이 아직 우리한테 관심을 갖고 있는 증거라는 엉뚱한 생각에 매달렸다. 지금은 그저 나의 순진함과 맹목성에 미소 지을 따름이다. 어느 모로 보나 네트워크 두절은 그들의 도주를 엄호하는데, 그들이 우리에게 추적당하지 않은 채 그들이 왔던 고장으로 돌아가는데 쓰일 뿐인데 말이다.

에브와 아드리엔은 우리의 지도자들이 자리를 오래 비우지 않으리라고 굳게 믿고 있다. 그들은 마치 나를 설득함으로써 내가 그들이 바라는 결과의 기회를 개선할 수 있다는 듯이, 나를 설득하기 위해 전력을 다했다. 나는 그들과의 전쟁에 지쳐 마지못해 그들에게 동의했다.

그들은 우리의 지도자들에게 깊은 감명을 받았으나, 이유는 각기 다르다.

에브는 생애 가장 아름다운 꿈을 꾸다가 소스라치며 깨어난 듯한 인상을 풍겼다. 게다가 본인도 이를 인정했다. "지난 석 주 이래로 벌어진 일은 내게는 유년 시절부터 감히 이루어지기를 바라지도 못한 채 꾸었던 꿈이 실현된 것과 같다고 할까. 난 어려서부터 우리도 모르는 어딘가에서 불쑥 솟아난 어떤 힘이 인간의 무능을 지적하고 인간을 그들의 보호하에 두기를 바랐었거든. 그들이 인간의 핵무기며 미사일, 군사기지, 궁전, 감옥, 화학공장, 연구소, 도살장 등을 빼앗기를…… 그런데 내가 가장 불행한 때, 돌연 내 꿈이 현실이 된 거야!"

에브는 아직도 천국에 있었다. 만일 우리의 '구원자들'의 부재가 길어진다면 그는 낙담과 절망에 빠질 터였다.

내 대녀의 경우, 다른 이유로 그들의 귀환을 염원했다. 학문적 호기심이 그것이다. 그는 늘 의학의 발전에 경도되었다.

그의 눈에 '엠페도클레스의 친구들'은 모든 것에 앞서 우리보다 경이로운 기술의 진보를 달성한 빼어난 학자들이었다. 그들이 어떻게 그토록 높은 성취를 이뤄냈는지 이해하기 위해 그들에게 겸손하게 배울 자세가 되어 있었다.

"파우사니아스가 그들의 의술을 가르쳐주겠다고 제게 약속했어요. 사정이 허락하는 한 그가 약속을 지키리라 믿어요. 저도 그 가르침에 부응하고 싶고요. 한평생이 걸리더라도 꾸준히 연구에 매진할 거예요."

우리 셋은 내 거실 소파에 둘러 앉아 일본 녹차를 마셨다. 태양이 낮아졌지만 아직 충분히 환해서 양초를 켤 필요가 없었다. 바다에 반사된 불그스름한 빛이 반짝거렸다. 가볍게 일렁이는 바다는 완전히 비어 있었다. 단 한 척의 배도 눈에 띄지 않았다.

에브가 아드리엔에게 '치유의 터널'을 체험했는지 물었다.

"그럴 생각이었는데 진짜 환자들이 끊임없이 몰려들어서요. 전 건강하니까……"

"그 젊고 잘생긴 의사가 권하지 않았어?"

나의 대녀가 미소 지었다.

"권했어요. 권한 정도가 아니라 밤에 꼭 와야 한다고 신신당부했죠. 하지만 늦게 갔죠. 제가 술을 좀 마셨거든요. 그런데도 여전히 수십 명의 사람들이 줄을 서 있더라고요. 그 사람한테 다음 날 꼭 다시 오겠노라고 약속했는데……"

"그가 키스했어?"

나는 소스라쳤다. 나의 대녀는 아니었다. 그 애는 정당한 질문이라 여긴 듯했다.

"아니요, 키스하진 않고, 우린 그저 이야기만 나눴어요. 제가 궁금한 걸 물어봤죠. 왜 그들의 과학기술은 우리보다 훨씬 빨리 발전한 것인지? 그의 대답은 주제에서 살짝 벗어나긴 했지만, 제가 사정을 이해하는 데 도움이 됐어요.

말하자면 우리는 과학적 발견을 일정한 시대와 연관 짓는 데 너무 익숙하다는 거였죠. 가령 만유인력이 17세기에 발견됐잖아요. 문자 그대로 뉴턴의 시대에 탄생한 게 아니라 단지 발견된 거죠. 학자들이 이 현상의 이해 속에서 이룬 발전이 원숙한 경지에 이르렀으니까요. 자연의 법칙은 당연히 세상이 창조된 순간부터 지금까지 늘 똑같아요. 만유인력은 1천 년이나 2천 년 전에도 발견될 수 있었던 거죠. 모든 분야의 학문이 마찬가지예요……

따라서 어떤 사람들이 금지나 편견에 얽매이지 않은 정신으로 무지를 후퇴시키겠다는 것 외에 다른 생각 없이 오롯이 자신의 길을 걸어간다면, 그들은 다른 사람들보다 훨씬 앞서고 훌쩍 멀리 가 있게 되는 거죠. 파우사니아스에 의하면 그런 식으로 고대 '그리스의 기적'을 설명할 수 있고, 자기들의 발전 또한 설명할 수 있대요."

나는 질문했다.

"그래서 수세기 동안 살아남기 위해 대체 어떻게 한 거래? 어떻게 그렇게 우리의 시선을 피해서 감쪽같이 자기들을 보호하고, 자기들만의 길로 나아갈 수 있었던 거래?"

"바다야."

에브가 유리창 너머 먼 곳을 응시하며 대답했다.

"아가멤논이 그의 조상들의 여정을 이야기해준 이후로 나도 당신과 똑같은 의문을 끊임없이 떠올렸어. 어떻게 그토록 감쪽같이 숨어 있을 수 있었지? 어떻게 해서 살아남아 고대 그리스의 기적의 불꽃을 되살릴 수 있었지? 끊임없이 도망쳐 다니면서? 동굴 속에 은신해서? 아니, 정답은 그보다 더 단순하고 합리적이더라고. 어느 날 문득 머릿속에 선명하게 떠올랐지. 그래, 바다. 가장 광활한 나라, 그러면서도 수세기 동안 덜 지배적이고, 덜 구획돼 있고, 덜 통제되었던 곳. 그런 데가 바다밖에 더 있겠어? 공동체들이 어떤 제국이나 권위에도 지배당하지 않으면서 조용히 살 수 있는 연안 지역은 늘 있어왔잖아?"

"만일 그들이 다시 돌아온다면, 사공을 고문을 해서라도 모든 진실을 토해내게 해야겠구먼."

내가 껄껄거리며 다짐하자, 내 이웃이 선언했다.

"돌아올 거야. 난 그 사실을 단 한순간도 믿어 의심치 않아."

아드리엔이 화답했다.

"제발 신께서 작가님의 말씀을 들으시기를!"

나는 더는 아무 말도 하지 않았다. 지금으로서는 모든 가정이 정당하다. 기도 또한 마찬가지다. 그러니 다만 이 사실에 만족할 터였다. 대답을 구하려 한다거나 내놓으려 하지 않고서 말이다.

*

일기장을 덮기 전에 한 가지 더. 어제부터 바다에 나가 깜깜무소식이었던 어선이 오늘 밤 대서양 항구로 돌아왔다. 단팀원의 절반만 싣고서. 출범할 때는 삼형제와 그 중 한 명의 아들, 이렇게 넷이었는데 그중에 아버지와 아들만 살아남았다. 무슨 일이 있었던 것일까? 사고? 난투극? 복수전? 생존자들은 동료들이 갑판을 덮친 어마어마한 파도의 희생양이었노라고 맹세했다.

그들을 믿어야 할지 모르겠다…… 한 가지 분명한 사실은 엠페도클레스의 친구들이 이 비극에 어떤 역할도 하지 않았다는 것이다. 그들은 가해자도 구세주도 아니었다. 그들이 우

리의 존재에 열었던 괄호가 닫히는 중이라는 내 심증이 굳
어지는 사건이었다. 아마도 이제 우리의 행복과 불행의 원인
을 그들에게서 찾는 습관을 버려야 하리라.

하지만 내 생각이 틀릴 확률도 상당히 높았다. 어쨌거나
내가 경솔하게 생각을 말로 내뱉는다면, 에브와 아드리엔에
게서 즉시 돌아올 말이었다.

12월 1일 수요일

마침내 '그들'이 왜 해안에서 멀어졌는지, '우리'가 왜 징계를 받았는지 알았다.

테러 때문이었다. 지난 토요일, 워싱턴 시간으로 오후 5시 40분에 테러가 발생했다. 이곳은 자정 20분 전이었다. 파우사니아스와 저녁을 들고난 뒤 아드리엔이 그를 배웅하고서 막 돌아왔을 때였다……

네트워크가 두절된 관계로 우리는 오늘에서야 소식을 들었다.

사건은 바로 밀턴 대통령이 치료를 받았던, 연방 수도 서

남쪽에 위치한 운하에서 발생했다. 엄청난 폭발이 일어나 선박 병원이 산산조각으로 흩어졌고, 의사들과 치료받던 환자들과 보초를 서던 경찰들 및 그 시간에 근처 해역에 있던 불행한 이들이 사망했다. 내가 들은 마지막 결산에 의하면 총 88명이 사망했고, 9명의 엠페도클레스 '국민'을 포함하여 250명 이상의 부상자가 발생했다.

폭발물은 이런저런 핑계로 선박 병원에 접근한 소형보트로 운반된 듯했다. 하지만 오늘 아침, 미사일 발사나 드론 폭격, 가미카제 등 다양한 가정들이 인터넷상을 떠돌았다.

무엇이 됐든 우리의 '지도자들'이 표적이 되어 급습을 당했다는 추측은 가능했다. 그들은 폭발물의 잔재를 거두거나 형제들의 시신을 수습하려 들지 않았다—어쨌든 거두거나 수습할 것이 거의 남아 있지 않기도 했다—그들의 반응은 모든 네트워크를 일시에 끊고서 사라지는 것이었다. 폭발이 일어나고서 몇 분 뒤, 그들의 선박은 이미 그들이 닻을 내린 전 세계의 해안을 떠나 망망대해 한가운데로 사라졌다.

의도된 '고장'으로 인해, 극소수의 사람들만이 무슨 일이 벌어졌는지 알았다. 테러 소식은 주로 입소문에 의해 워싱턴 지역에만 퍼졌다. 그러다가 토요일 저녁부터 의회 의사당과 백악관 근처에 전단이 배포되었다. 미국 독립의 영웅들을 참조한 '새로운 건국의 아버지들(The New Founding

Fathers)[*]이라는 과시적이고 과장된 명칭의 조직이 그들의
이름으로 전 국민에게 행동을 촉구하고 있었다.

   <열여드레 전부터 미합중국의 영토는 전례 없는 침략의
대상이 되었고, 이제 우리의 독립성과 주권은 물론 시민의
자유와 존엄성마저 위협받고 있다.
   환상팔이 해적단이 우리의 지도자들에게 파렴치한 협박
을 가하는데도 그들은 이에 맞설 용기를 내지 못한 채, 우리
의 군대에 해적단의 요구를 순순히 따르라는 명령만 내리고
있다.
   우리는 지구상 가장 뛰어난 군대의 무장 해제를 방임할
수 없다!
   우리는 신이 창조한 가장 강하고 가장 번영된 국가가 모욕
당하는 것을 방임할 수 없다!
   우리는 우리가 선조들이 물려준 자유를 누릴 자격이 있다
는 것을 증명하기 위해 어떤 희생을 치르더라도 모든 수단을
동원하여 힘껏 투쟁할 것을 다짐한다.
   미합중국에 신의 가호가 있기를!>

   전단엔 테러를 명백하게 자인하는 내용은 없었고, 서명마

---

* 미국독립전쟁과 연관이 있는 미국 역사 초기의 대통령 5인과 미국독립선언에 참여한
  정치인들을 일컫는 말인 '건국의 아버지들 The founding fathers'을 참조했다.

저 이 결함을 교묘하다 못해 낯선 방식으로 얼버무리고 있었다. 이런 식이었다.

<새로운 건국의 아버지들
워싱턴 해협
목요일 PM 5 : 40>

또한 엠페도클레스 사람들을 향한 적의를 노골적으로 드러내며 예의도 없이, 그들을 '국가'나 '개입 세력'으로서가 아니라, 협박을 일삼고 환상을 조장하는 '해적단'으로 묘사하고 있었다. 전단에서는 대통령을 비롯해서 미국의 지도자들에게도 가차 없었다. 비록 대통령의 이름은 직접적으로 언급되지 않았지만 테러가 이 장소에서 일어난 사실 하나만으로도, 그가 치료받은 이 장소가 표적이 된 것만으로도 메시지는 명확했다.

내가 아는 한 밀턴은 아직까지 아무 대응도 하지 않았다. 공식적인 유일한 대응은 인간성 상실을 한탄하고 폭력적인 무기의 사용을 규탄하는 성명이었고, 이마저도 국가원수를 언급하지 않은 채 단순히 백악관 측에서 발표되었다. 이례적인 일이었다. 특히나 이런 규모의 비극에 대한 대응으로는. 사람들은 이렇게 묻고 싶었으리라. "백악관의 누구? 정식 대통령, 아니면 임시 대통령?" 왜냐하면 이 문제가 모호한 채로 남았기 때문이다. 언론에서는 볼더를 계속해서 '대통령 직무대행(acting president)'이라 불렀다. 밀턴이 여전히 특권을 되찾지 않은 것이 분명했다. 그렇다고 사임한 것도 아니었다. 그쯤이면 아마 부속실에서 바쁘게 음모가 획책되고 있지 않을까…… 내 궁금증을 해소시켜 줄 유일한 사람은 물론 모로다. 하지만 그와 통화가 되지 않았다. 궁금하고, 불안했다. 그의 응답기에 이미 두 차례나 메시지를 남겼고 이메일도 한 통 보냈는데, 아무 답신이 없었다.

물론 그는 바쁠 것이다. 국가의 가장 높은 곳에서 미묘한 싸움이 벌어지고 있다면 더더욱. 하지만 이 침묵은 그답지 않았다. 평소의 그는 극도로 바쁘더라도, 잠깐의 틈을 내어 가까운 친구들에게 "나중에 전화할게" 유의 짧은 말이라도 남겼다.

제발 그가 불운한 시간에 선박 병원에 치료받으러 가겠다는 생각을 한 것이 아니기를!

아니, 이 또한 그답지 않았다, 정말이지 그답지 않은 행동이었다.

12월 2일 목요일

나의 친구에 대한 걱정은 기우가 아니었다. 그는 닷새 날 닷새 밤 동안 불법적으로 감금을 당했다가 오늘에서야 풀려났다.

그에게 일어난 일은 현재 워싱턴에서, 그리고 일부는 공공장소에서, 일부는 어둠 속에서 벌어지고 있는 극렬한 권력다툼의 단면이었다. 지금까지는 이 권력다툼의 쟁점이 오리무중이었었다.

모로의 시련은 지난 토요일 오전, 테러가 발생하기 몇 시간 전에 시작되었다. 그는 영부인 신시아의 걱정스런 전화를 받았다. 그의 남편이 그날로 사임하기로 마음먹었다는 것이었다. 신시아는 대통령의 참모이자 친구인 모로가 남편이 의견을 바꾸도록 영향을 끼치기를 바랐다.

모로는 이 수순에 당연히 놀라지 않았다. 그는 오늘 나와의 긴 통화에서 재차 말했다.

"하워드는 엠페도클레스 의사들한테 치료를 받는 데 동의한 그 순간부터 권력을 내려놓겠다는 생각이었던 거야. 우선은 너도 알다시피 헌법상 의무가 아니었음에도 임시 권한정지를 자처했어. 그 다음은 권한 인계를 생략했지. 참모 중 하나가 이를 지적하자 생각할 시간이 필요하다고 대답했고. 혹여 자신이 받은 치료에 정신적, 육체적 후유증이 있는 건 아닌지 확인해야 한다면서.

물론 그 모든 건 죄책감에서 비롯된 거야. 그를 치료해주겠다는 약속을 들은 뒤로 '점령자들에게 협력했다'는 죄책감. 하지만 그의 머릿속엔 도덕적인 문제 외에도 늘 고도의 정치적 계산이 깔려 있거든. 이번 경우엔 '그 사람들'이 선정한 특권자로서가 아니라, 어느 정도 무모한 정신과 희생이 요구되는 위험한 시도를 하는 일반인으로서 선박 병원에 가고 싶었던 거지. 그런 인식이 국민들한테도 전달된다면, 그의 정당성과 도덕적 신뢰가 지켜질 거라고 내다본 거야. 그는 주변에 몸이 안 좋다, 어지럽다, 시야가 흐리다는 말을 끊임없이 흘렸어. 나는 그가 왜 그러는지 알았지. 물론 그에게 임시 권한정지 신청을 말렸고, 이후엔 하루속히 권한을 되찾기를 간청했어. 그러면서도 속으로는 그가 그렇게 해서 양심의 가책에서 벗어나고 사임하는 걸 말릴 수만 있다면, 이 작은 연극도 불필요하지 않으리라고 생각했어.

그런데 아벨 박사의 성명으로 상황이 급격히 악화돼버렸지. 대통령 주치의가 대통령이 회복되었다는 사실을 극적인 방식으로 공표함으로써 대통령을 진퇴양난에 빠뜨린 거야. 물론 의도치 않은 거였어. 만일 아벨 박사가 자기의 행위가 정치적으로 심각한 결과를 초래할 거라고 생각했다면, 발표 전에 환자와 의논했겠지. 그런데 그는 대통령의 회복에 너무 놀라 혼이 나갔던 거야. 나도 학문적 측면으로는 그를 이해해. 평생을 바친 학문이 한순간에 더는 아무 가치 없는 것이 돼버렸으니 말이야. 그 밖의 것들은 생각할 겨를이 없었겠지……

아무튼 하워드는 자신의 회복이 공식화되자 행동해야 할 부담을 느꼈어. 이제 전 국민이 멀리서 온 의사들한테 가서 치료받겠다고 할 판인데, 과연 자신이 그런 요구에 맞설 자격이 있을지 회의에 빠졌겠지. 본인이 직접 누린 구원적인 의료 혜택을 어떻게 국민들한테는 받지 말라고 하겠느냐고? 그야말로 국가원수로서 용서받을 수 없는 최악의 과오가 될 거야. 알렉산더 대왕은 병사가 마시라고 가져다준 물을 땅바닥에 쏟아버렸잖아. 전 군대가 갈증을 느끼는 판에 자기 혼자 목을 축이고 싶지 않다는 것이 이유였지. 그렇다고 해서 엠페도클레스 의사들의 체류를 무한정 연장한다면, 배신자나 매국노라는 비난을 면할 수 없었을 거야. 이 딜레마가 그에겐 함정이었어. 결국 권력을 내려놓는 것만이 명예로운 유일한 해결책이라고 결론 내린 거지. 그의 이 생각은 지금도 변함이 없고.

지난 토요일에 신시아가 내게 전화를 걸어 하워드를 바꿔 줬고, 나는 사임 발표를 한 시간만 늦춰달라고 애원했어. 그전에 만나서 얼굴 보고 얘기하게 해달라고. 그는 우리의 삼십 년 우정을 봐서 수락했지. 차를 타려고 아래층으로 내려가니 웬 남자 셋이서 기다리고 있더라고. 그들이 배지를 꺼내 보이며, 자기들이랑 같이 좀 가야겠다고 뻣뻣하게 말했어. 그리고는 내 손에 있던 휴대폰을 가로챘지. 나는 지하실로 끌려갔어. 심문을 하겠다는 핑계였지만 실은 나를 붙들어두고 싶었던 거야. 아마 대통령이 나를 기다리다가 안 오면 그냥 사임장에 서명을 하리라 생각했던 것 같아. 하지만 하워드는 그렇게 하지 않았지. 내가 오지도 않고 전화도 받지 않으니까, 의심스러워졌던 거야. 사임장을 서랍에 넣어두고 사정이 확실해질 때까지 기다리기로 했지."

"대체 어떤 자들이었어?"

"애국자들."

"잘났네! 그런 말이 나와? 너그럽기도 하지."

"내가 당한 험한 일로 상황 전체를 보지 못할 정도로 맹목적이 되고 싶지는 않아. 많은 미국인들이 지난 석 주 동안 벌어진 일을 국가에 대한 위협, 국가의 주권과 강대국으로서의 위상에 대한 위협으로 느끼고 있어. 하워드가 국익 수호에 너무 무른 태도를 보이고 있고, 물러나야 한다고 평가하고. 그런데 내가 대통령한테 자리를 유지하도록 설득하러 간다니까, 나를 장애물로 간주하고서 아예 통행을 막아버린 거야."

"너무 좋은 쪽으로만 생각하는 거 아냐?"

"그래, 내가 다시 자유의 몸이 됐으니까. 당연히 지하에 붙들려 있을 땐 좋게 생각할 수 없었지. 한바탕 욕을 퍼부어줬어."

"테러도 그자들이 벌인 짓 같아?"

"같은 조직원들인지는 몰라도, 다들 신념이나 이상은 똑같을 거야. 엠페도클레스 사람들이 떠날 결심을 하도록 그들을 호되게 공격하고 그들 중 몇 명이 시범적으로 죽어야 한다고 생각하는 거지. 생을 무한정 연장할 수 있다고 으스대는 문명이라면 폭탄으로 몸이 산산이 찢겨 죽는 걸 못 견뎌할 거라고 생각한 거야. 결과적으로 무섭도록 효과적인 방법이라는 게 증명됐고. 사망자들이 발생하자마자 사라져버렸으니까."

"당연히 미국인 희생자들도 나왔어. 안타깝지만 우리에겐 익숙한 일이지, 이득을 위해 손실을 감수하는 것. 그런데 저들은 그럴 수 없는 거지. 그게 저들의 약점이고 적들도 그걸 잘 아는 거야."

친구가 이야기하는 동안 나는 손실을 '감수'하는 이 능력의 차이에 대해 곰곰 생각했다. 보통 손실을 감수하지 못하는 것은 서구에선 그들보다 덜 발전된 사회와의 관계 속에서 나약함이나 취약함으로 치부된다. 엠페도클레스 사람들과 맞서서는 어느 면으로는 '거울이 뒤바뀌었다'고 할 수 있었다. 모로도 이 점을 분명히 인식하고 있었다. 우리는 언젠가 이 문제에 관해 함께 이야기한 적이 있었으나, 나는 그에게 따로 상기시키지 않았다. 오늘은 무엇보다 그가 겪은 시련에 관한 이야기를 듣고 싶었다.

"네가 왜 갇혔던 건지는 설명했고, 그건 이해가 돼. 그런데 왜 하필 닷새 동안이었어?"

"여러 이유가 가능해. 첫째, 납치범들이 추적당할까봐 겁이 났던 거지. 놈들은 기민하게 움직였어. 누군가 나와 신시아와 하워드의 통화를 엿듣고서 부하들한테 내가 백악관에 가는 걸 막도록 지시한 거야. 놈들은 복면을 쓰지 않았고, 날 내려놓았던 빌딩도 내가 위치를 훤히 알아. 그러고는 몇 시간 뒤 테러가 발생하자, 나를 놔줘야 하는 게 아닌지 고민했을 거야. 수사관들이 자기들을 쉽사리 찾아내리라 생각한 거지. 날 제거할 생각은 아니었으니까 다시 명령이 떨어지기를 기다렸을 거야."

"그런데 왜 하필 오늘 풀어준 거냐고?"

"테러 관련 수사는 없을 테니까. 물론 시늉은 할 거야. 책임자를 잡아 처벌하겠노라고 발표하겠지. 하지만 사건은 그렇게 얼렁뚱땅 잊히게 될 거야."

나는 그가 그토록 심각한 사안을 순진하게 이야기하는 것에 놀랐다. 더구나 이제는 통화가 도청되는 것도 알고 있지 않은가. 다음 순간 내 친구가 자신이 무슨 짓을 하고 있는건지 정확히 알고 있다는 생각이 들었다. 그의 표현대로 '애국자들'이 그의 말을 엿듣고 있다면 그들은 정확히 그가 그들에게 전달하고 싶은 메시지를 들었을 터였다. 그들은 아무 걱정할 것이 없으리라는 것, 밀턴이 대통령직을 유지하더라도 그들이 크게 두려워할 일은 일어나지 않으리라는 것.

비록 분명하게 표현하진 않았으나 모로의 말에 따르면, 떠 있는 병원에 대한 테러는 극소수의 극단주의자들 짓이 아니라, 국가를 수호하는 임무를 맡은 이들—군대, 국가안보국, 여러 조직의 연합—의 작전일 수도 있었다. 최근 연방정부의 모든 조직에서 불거지는 의견은, '침략자들'—내 친구는 앞선 우리의 대화에서 그들을 완곡하게 '초대받지 않은 자들(the uninvited)'이라고 불렀다—을 쫓아버리기 위해 모든 수단을 동원하여 행동에 나서야만 한다는 것이었다.

지난 토요일의 치명적 폭발사고로 이 목적이 실현된 것일까? 그 가능성을 배제할 수 없지만, 단언하기에는 너무 이르다. 현 상황에서는 저들이 패배를 받아들이고서, 자존심을 삼키고 모든 계획을 포기한 채 지구상에서 일어나는 모든 일에 영원히 관심을 거두리라고 확신할 수 있는 것이 아무것도 없다.

우리가 우리의 지도자를 더는 볼 수 없고 우리의 지도자도 우리를 더는 볼 수 없다고 상상하기 위해서는 타조정책*

을 쓰는 수밖에. 가까이에서 우리를 지켜보면서, 필요하다고 판단될 때 다시 개입하기 위해 어둠 속에서 준비하고 있는 누군가가 아무도 없다고 생각하면 그만인 것이다.

---

* 위험이나 위기의 본질을 직시하지 않은 채 임시로 얼버무리려는 정책.

12월 4일 토요일

어제는 일기를 단 한 줄도 쓰지 않았다. 그저 이제껏 쓴 것들을 정리하면서 몇몇 철자의 오류를 수정하거나 첫머리에 인용된 문구의 출처를 확인하고 나서, 첫 세 권을 '증언'이라는 임시 제목을 붙인 회색 서류철에 정돈했을 뿐이다. 지금 쓰는 중인 네 권째 책은 3분의 1 분량을 채웠을 뿐인데 앞으로 며칠간 몇 문단의 에필로그만 덧붙인 뒤, 역시 회색 서류철에 정돈하고서 더는 건드리지 않을 생각이었다.

이 이야기가 끝이라서가 아니라—내 생각에 이 이야기는 다양한 형태로 지속될 것이고 결코 완전하게 끝나지 않을 듯하다—지난 몇 주간 내가 자임했던 목격자로서의 증인 역할이 '초대받지 않은 자들'이 서둘러 떠나버림으로써, 더는 내 소관이 아닌 듯한 기분이 들었기 때문이다.

그랬는데 이리 신속하게 의견을 바꾼 이유는 이 토요일 하루 동안의 소요를 지켜보며, 내가 이 일기에 기록했던 사건들이 단지 지나간 역사가 아니라 여전히 뜨거운 당대의 관심사이고, 그렇다면 내가 기록으로 남겨둔 이 매일의 증언도 아직은 존재 이유가 있으리라는 생각이 들었기 때문이다.

무슨 이야기를 하려고? 다름 아닌 워싱턴의 권력 암투에 대한 이야기이다. 워싱턴의 권력 다툼이 현재 진행형이다. 아마도 인류 전체에 영향을 끼칠 듯한데, 그리스 비극의 양상을 띠어가고 있다.

오늘 아침, 잠에서 깨어나니 지구촌의 전 언론이 엊저녁에 미국의 임시 대통령인 개리 볼더가 했던 말들을 발췌 중계하고 있었다. 나는 시차 때문에 생방송으로 듣지 못했다.

백악관 사무실에서 발표한 연설이 아니라, 장시간에 걸친 텔레비전 인터뷰였다. 벌써부터 노골적인 대통령의 자세를 취하는 건 너무 서툰 처사이리라. 그렇더라도 인터뷰를 통한 담화에서도 권력의 기미는 엿보였다.

기자인 케이트 스톰필드가 개리 볼더에게 밀턴 대통령이 엠페도클레스 의사들의 치료에 동의한 것에 대해 어떻게 생각하느냐고 물었다. 볼더는 가장한 고통으로 얼굴을 일그러뜨리며 미리 준비한 것이 역력해 보이는 악의적인 답변을 내놓았다.

"늘 정직하고 존경스런 인물이었던 하워드 대통령이 약해지고 길을 잃었다고 생각했습니다. 아시다시피 대통령께선 가족의 압박에 못 이겨 그런 결정을 내리신 겁니다. 곧바로 후회하며 고뇌하셨으리라 확신합니다. 대통령에 대한 저의 존경과 애정에는 변함이 없지만 저는 이 일에서만큼은 그분의 판단력이 부족했다고 생각합니다. 개인적 사정을 국익보다 우위에 두었으니까요."

기자가 질문했다.

"하지만 말기 암을 고치기 위해 할 수 있는 모든 방법을 강구하는 건 당연한 일이 아닐까요?"

"물론입니다. 병을 고치겠다는 건 당연한 일이에요. 반면에 당연하지 않은 건 인간이 죽음을 이겨낼 수 있다고 믿는 것이죠. 지난 몇 주간, 이런 표현이 양해된다면 그야말로 환상이 전국적으로 확산됐습니다. 이 환상은 정신착란적이고 불경해요. 삶과 죽음을 관장하는 건 오직 신뿐입니다. 창조주를 제치고서 이 엄중한 결정을 스스로 내릴 수 있다는 오만한 생각을 하는 자가 있다면, 재산 유무와 지위 고하를 막론하고 엄벌을 피할 수 없는 불경을 저지르게 되는 걸 겁니다."

"말씀을 들어보니 부통령님은 엠페도클레스의 떠 있는 병원들이 전 세계 해안에서 사라졌을 때 슬프지 않으셨으리라고 짐작됩니다……"

"짐작하시는 대롭니다. 제겐 처음부터 그 사람들과의 모든 타협이 악마와의 계약으로 보였어요. 우리 미합중국은 천만다행으로 매우 빠르게 정상을 회복했습니다. 복종과 체념과 기만적인 약속을 선택할 수 있었는데, 저항을 선택했죠. 불경한 선택을 물리쳤어요. 충분히 자랑스럽습니다."

지난 토요일의 폭발 사건에 대한 질문이 이어지자 개리 볼더는 주범자들에 대한 비난을 은근슬쩍 회피하고서, '수많은 무고한 미국인들이 희생'된 것을 비통해하고 '그들의 죽음이 헛되지 않으리라'는 희망을 표하는 것에 그쳤다.

모로의 반응이 궁금했다. 내가 전화를 걸자 그는 노발대발했다. "비열한 얘기들이야! 테러를 규탄하지 않는 지도자라니, 테러의 목적에 동의하고 결과에 만족해하는 지도자라니, 이게 말이 돼? 최고위급 지도자라면 아무리 권력욕이나 야망에 안달이 나고 정치적 입장이 다르다 해도, 최소한의 품위는 지켜야지!"

하지만 내 친구가 격노하는 대상은 볼더뿐이 아니었다.

"애초에 하워드가 바보짓만 하지 않았던들 이 모든 일은 일어나지도 않았어. 절대 통치 불능 상태를 선언하는 게 아니었고, 무엇보다 개리를 미국 대통령 방에서 잠들고 깨어나게 하는 게 아니었다고!"

"이상하네, 내가 잘 이해한 거라면 밀턴이 두 의회의장한테 대통령직을 다시 인수하겠다고만 하면 이 모든 파행이 끝나잖아, 안 그래?"

"원칙적으로는 그렇지, 맞아. 그래서 하워드가 엊저녁에 그 망할 공문을 전달했다고. 문제는 개리도 그 즉시 두 똑같은 수신인한테 대통령의 결정을 반박하는 공문을 보냈다는 거야."

"무슨 명분으로?"

"하워드를 '통치 불능' 상태로 만든 이유가 아직 유효하다고 주장한 거야. 그래서 그의 대통령직 복권을 방치할 수 없다고."

"그게 가능해? 그 모든 게 합법이야?"

"잠깐, 아직 최악이 남았어. 대통령의 결정이 반박당한 순간부터 부통령이 권력을 유지하게 돼 있다는 거."

"어떻게 그럴 수 있지?"

"그래, 상식적이지 않아. 하지만 헌법 제25차 개정안을 읽고 또 읽어도, 문장이 좀 모호해서 그렇지, 분명 대통령의 결정이 부통령에 의해 반박당하면, 부통령이 통치를 이어간다고 돼 있어."

"언제까지?"

"의회가 판결을 내릴 때까지. 판결이 나기까지는 석 주가
걸려. 입법부에서 이 개정안을 만들면서 대체 무슨 생각이었
던 건지 모르겠어. 그들의 주된 관심사는 대통령 자리가 공
석이 되지 않게 하는 거였던 것 같아. 하여간 오늘날 우리에
게 당면한 이런 상황을 예상하지는 못했겠지."

"그럼 이제 어떡해?"

모로가 대답을 회피했다. 그가 고려하는 여러 가능성을
전화로 나열하고 싶어 하지 않는 것이 느껴졌다. 적에게 전
략이 노출될까봐 두려웠을 것이다. 아직 법률적인 여러 가지
방법이 있는 듯했고, 초접전의 체스게임이 예상되었다.

권력의 암투는 언론들 속에서도 벌어졌다. 밀턴의 충실한
지지자들이 선택하는 채널에서는 부통령의 텔레비전 인터
뷰에 다른 텔레비전 인터뷰로 대응했다. 바로 오늘날 이론의
여지없이 미국에서 가장 인기 높은 인물인 영부인의 인터뷰
였다.

한 시간가량 이어지며 모든 시청률 기록을 깬 이 방송에
서 신시아 밀턴은 개리 볼더의 이름이나 직위를 단 한 차례
도 언급하지 않은 채, 처음부터 끝까지 그를 무너뜨리고 깎
아내리는 데 집중했다.

"어제 우리나라와 같은 대국의 격에 맞지 않는 몰상식하고 불쾌하기 짝이 없는 이야기를 들었습니다. 그 이야기에 따르면, 우리의 가족 중 한 명이 암이나 알츠하이머를 앓고 있을 때, 그가 낫기를 바라는 것은 불경죄를 저지르는 것이더군요. 우리의 부모님이나 배우자나 자녀들이 중병에 걸리거나 불행한 사고를 당했을 때, 그들이 죽음을 모면하도록 노력하는 것이 신에게 도전하는 것이더군요.

그 무책임한 말들은 상식에도 어긋나고, 인간의 존엄성에도 위배됩니다. 또한 신의 법칙에도 어긋나고요. 제가 여러분을 전적으로 신뢰하는 가운데 자신 있게 말씀드린다면, 최악의 불경은 신을 한낱 질병 전파자나 죽음의 수호자로 간주하는 것일 겁니다. 삶을 선택함으로써 신에게 대적하고 신을 거스르는 것이라고 말이죠.

최악의 불경은 신이 우리의 육체적, 정신적 고통에 기뻐하리라 간주하는 겁니다. 우리가 사랑하는 이들이 죽음을 모면한 것을 우롱당했다고 여기리라 간주하는 겁니다.

예전엔 절반의 어머니들이 출산하며 목숨을 잃었고, 절반의 아기들이 어린 나이에 사망했어요. 그들의 죽음은 누구의 책임일까요? 신일까요, 아니면 인간의 무지일까요? 저라면 무지가 인간을 죽이고, 발전이 인간을 살린다고 말씀드리겠어요. 제 눈엔 신을 발전의 적이자 무지의 동맹자로 만드는 이들이야말로 불경해 보입니다. 그들은 신과도, 종교와도, 우리 대국의 개척정신과도 아무 상관없는 이들입니다.

또한 저는 오만한 비난의 소리를 들었습니다. 우리가 우리에게 소중한 이들의 병과 죽음에 두 손 놓고 있어야 한다고 주장하면서 우리 가족의 일을 자기가 대신 결정하려들다니, 이보다 더한 오만이 있을 수 있을까요? 그런 주장을 하는 이들은 우리나라와 같은 자유롭고 발달된 나라의 지도자는 절대 되지 못할 구시대적인 사람들일 것입니다.

우리가 사랑하는 이들을 치료할지 말지를 결정할 사람은 바로 우리들이에요. 그리고 제 대답은 치료하겠다,이고요. 우리는 온 힘을 다해 치료하고, 그 바람을 소리 높여 이야기해야 합니다. 텔레비전, 라디오, 사회관계망, 공공장소 등 모든 수단을 동원해서 이야기해야 해요. 누구도 우리가 우리의 배우자나 자녀나 부모님을 치료하고 목숨을 구하는 걸 막을 수 없어요. 우리는 그들의 육체적, 정신적 건강을 가능한 한 오래도록 지키기 위해 할 수 있는 모든 걸 할 겁니다. 우리의 눈에 그보다 더 중요하고 숭고한 목표는 없어요. 그런데 신의 섭리로 우리가 빼어난 의학기술을 획득한 사람들을 만났다면 주저 없이, 부끄러움 없이, 그들의 의학에 의지해야 할 것입니다. 우리는 그들을 두 팔 벌려 환영합니다!

오늘날 우리의 조국이 필요로 하는 것은 권력 다툼이나

이념 논쟁이 아니에요. 지금은 그보다는 우리에게 소중한 존재들을 구하기 위한 도약이 필요한 때죠. 저는 사랑하는 남자를 치료하기 위해 투쟁했어요. 그리고 여러분 덕분에 그가 치료받고 회복하게 하는데 성공했습니다. 그런 제가 자랑스러워요. 심지어 제가 세상에 태어나서 한 일 중에 가장 아름다운 일이라고 생각합니다. 여러분은 제가 이 투쟁에서 이길 수 있도록 너그러이 저를 도와주셨고, 저는 승리했습니다. 죽어가던 하워드가 이제 다시 건강해졌어요. 이제는 여러분이 여러분 자신의 투쟁에서 승리할 차례예요! 네, 남녀노소할 것 없이 여러분 모두가 여러분과 여러분 가족 모두의 건강을 지키기 위해서, 질병을 박멸하고 죽음을 후퇴시키기 위해서, 여러분 자신의 투쟁에서 승리할 차례예요.

그건 세상에서 가장 아름답고, 가장 숭고하며, 그 자체로 가장 정당한 투쟁이고, 저는 온 힘을 다해 이 투쟁을 이어갈 것입니다. 제게 동의하시는 모든 분들, 소중한 존재들을 지키고 싶으신 모든 분들은 저를 믿고 따라주세요. 우리의 기도가 이루어지리라 확신합니다."

영부인의 발언에 선동적인 측면이 없지 않았다는 것은 인정해야 한다. 하지만 시청자들에게 깊은 감동을 주려는 것이 목적이었다면 그의 인터뷰는 대성공이었다.

나는 열흘 전, 그의 이전 발언이 열렬한 반응을 이끌어냈다는 걸 상기하면서 미국인들, 특히 미국 여성들이 그의 새로운 호소에 민감하게 반응할 것이고 그를 지지하리라고 확신했다.

12월 5일 일요일

엊저녁, 내가 통찰이 부족했다.

물론 감동적이고 투쟁적인 신시아 밀턴의 말들이 반향을 일으키리라는 생각은 했다. 하지만 핵심을 보지 못했다. 지구촌에서 은근히 타오르던 거대한 분노가 오늘 폭발했다.

이 폭발은 누구를 향한 것일까? 비열한 말을 쏟아낸 미국의 찬탈자 정치인? 떠 있는 병원을 산산이 조각내어 엠페도클레스 의사들이 우리를 버리게 만든 치명적인 테러? 우리에게서 이 생과 그 너머의 운명을 결정할 권리를 가로챈 모든 이들? 에브는 내게 그뿐이 아니라고 말했다. 그의 말에는 혼란스럽고, 다소 언짢은 기분이 들기도 한다. 하지만 깊이 생각할수록, 그가 옳다고 인정하게 된다.

이 하루의 시작에, 영부인의 호소 직후 사람들이 공공장소로 몰려들었다. 지난주에 있었던 영부인 지지 의사 표명 시위의 시나리오가 재연되는 것을 참관하는 기분이었다. 이번에도 항의하는 군중이 형성되었다. 우선 뉴욕에서. 타임스퀘어 같은 몇몇 상징적인 장소들에 이미 수많은 사람들이 모여 대형 스크린으로 인터뷰를 시청하고 있었다. 이어서 미국의 다른 도시들, 보스턴, 워싱턴, 시카고, 마이애미, 샌프란시스코, 볼티모어 등으로 확대되었다. 언뜻 열흘 간격으로 역사가 반복되는 것처럼 보였다.

하지만 그것은 겉모습일 뿐이었다. 이 열흘 동안, 무언가 근본적인 것이 변했다. 그것은 사건들로 드러나지 않은 만큼 알아차리기 쉽지 않았다. 아무튼 나는 오늘밤이 되어서야 비로소 깨달았다. 그 모든 인과관계를 가늠하려면 아직 많은 시간이 필요하리라.

내가 그토록 뒤늦게 깨달은 것은 바로 '엠페도클레스의 친구들'의 출현이 그들의 월등히 앞선 의술과 떠 있는 병원과 함께, 세계 도처에서 우선순위와 가치 등급의 전복을 이끌었다는 것이었다. 왜냐하면 이제 우리는 질병을 이겨내고 노화를 물리치고 죽음을 후퇴시킬 수 있는 바—이 모든 것에 단 한 푼도 들이지 않고서 말이다. 하늘 혹은 바다!의 선물이라고 불러야 하는 것 덕분이었다—인간의 삶에서 돈이든 시간이든 일이든 사회계급이든 더는 아무것도 이전과 똑같이 중요하지 않게 되었기 때문이다. 요컨대 이제껏 인간 사회를 지배해왔던 모든 것이 부차적이고, 시대착오적이며, 불필요한 것이 되어가는 중이었다.

간밤 이후로 수많은 운하와 명소들의 공공장소 영상들이 실시간으로 중계되고 있다. 나는 간간이 메모를 하며 영상들을 몇 시간이고 지켜보았다.

내가 처음으로 확인한 사실은, 표현의 자유가 늘 보장되었던 국가들만큼이나 지금까지는 감히 거리로 나가 행렬하는 것이 무모하고 나아가 자살행위에 가까웠던 국가들에서도 사람들이 시위를 벌인다는 것이었다. 병을 고치고 싶은 욕구가 너무도 긴급한 나머지 '경찰에 대한 공포'가 더는 작용하지 않았기 때문이다. 또한 지도자 자신들도 복잡 미묘한 감정이었기에 굳이 더는 권위를 바로잡으려 들지 않은 것도 있었다. 세상의 최고 권력자들—왕, 대통령, 총리, 장군, 군사령관—도 수호할 특권과 특전이 있음에도 불구하고, 다른 이들처럼 병들었거나 그렇지 않으면 조만간 병들 것이고, 그 경우 떠 있는 병원에서 치료받거나 가족들이 치료받게 할 수 있는 혜택이 그들의 지위와 권력으로 얻을 수 있는 모든 이

점보다 더 확실하고 결정적일 터였다. 그런 연유로 이제는 시위자들과 늘 그들의 적이었던 자들이 어느 면으로는 동맹관계가 되었다. 바로 이것이 우리의 눈앞에서 실시간으로 벌어지고 있는 광대한 결집이 세계 어느 곳에서도 진압되지 않는 것에 대한 설명이 되리라.

군중의 조합 또한 전형적이지 않았다. 나이 든 사람들과 젊은 사람들이 골고루 섞였고, 남자보다 여자들이 월등히 많았다. 부모의 손을 잡고 있거나 품에 안긴 어린이들, 건강한 사람들 틈에서 링거를 꽂고 어슬렁거리는 중환자들도 보였다. 다양한 출신과 다양한 조건의 사람들이 공공장소에 모여들었다. 가장 최근의 결산으로는 총 140개국 3천여 곳의 도시에서 3천만의 시위자들이 결집했다. 그들은 침구나 나무 상자, 또는 접이식 의자에 자리 잡았고, 밤이나 낮이나, 비가 오나 눈이 오나 광장을 지켰다. 플래카드를 들고 있거나, 휴대폰을 머리 위로 치켜들어 촬영을 하는가 하면, 이따금 구호를 외쳤다. "병원을 돌아오게 하라!", "의사들을 돌아오게 하라!" 아니면 단순히 "돌아오게 하라!"도 있었다.

지구촌 전체가 이 군중들을 주시했다. 어디서도, 더는 어떤 일도 일어나지 않았다. 아무도 여행하지 않았고, 일하지 않았다. 모든 것이 중단됐다. 아무도 다른 것에 대해서는 이야기하지 않았다. 언론도, 사회관계망도, 집에서도, 권력의

중심부에서도. 기이한 혁명이 일어나고 있었다. 보다 광범위
하고, 보다 조용하고, 무엇으로도 꺾이지 않는 혁명이.

에브의 말을 빌자면, 우리의 눈앞에서 벌어지고 있는 현상
은 구세상, 요컨대 이제껏 우리가 지내오던 세상의 단말마에
다름 아니었다. 그에게 이 세상의 소멸은 전적으로 불가피한
것이어서 그는 벌써 이를 기정사실인 양 이야기하고 있었다.
"미래에 우리의 문명에 관심을 기울일 역사학자들은 우
리의 문명이 하도 케케묵은 나머지 한 손가락으로 튕기기
만 해도 붕괴될 판이었다고 평가할 거야. 구원의 손길은 뜻
하지 않았던 곳에서 왔어. 하지만 어떤 식으로든 훨씬 오래
전에 왔어야 했지. 우리는 결국 우리 자신을 겨누게 될 치
명적인 무기들을 발명했어. 당장 오늘밤이라도 끔찍한 무언
가―원자력, 세균, 화학가스―가 대도시에서 폭발해서 수만
명의 사람들을 죽이고 전 세계를 공황에 빠뜨릴 수도 있다
고. 요행으로 그 재앙을 늦추길 바랄 수는 있겠지, 1년, 2년,
5년…… 하지만 무한정 피하는 것이 가능할까? 그렇지 않
을 거야. 증오는 점점 커져가고, 기술은―목적을 알았든 전
혀 몰랐든―그 증오를 폭발시키고 모든 것을 절멸하게 할 무
기를 제공했어. 우리가 이 재앙을 피할 어떤 방법이 있을까?
전혀. 바로 그렇기 때문에 우리 동시대인들이 저런 식으로

이 뜻밖의 구세주들한테 매달리는 거야."

내가 물었다.

"지금 시위하는 저 모든 사람들이 정말로 당신과 똑같은 분석을 내리고 있다고 생각하는 거야?"

"나와 똑같은 단어를 사용하지 않을진 몰라도, 똑같이 재앙인 현실과 똑같은 공포로 인한 똑같은 정신상태 아닐까?"

나는 대답으로 무슨 뜻인지 모를, 입을 비죽거리는 시늉으로 만족했다. 내겐 내 소설가 이웃이 정확히 보았는지, 아니면 틀렸는지를 판가름할 능력이 없는 기분이었다. 에브가 더러 흥분하는 경향이 있는 것은 사실이었으나, 나는 절대 그의 '계시'를 가벼이 여기지 말아야한다는 것을 배운 터였다.

*

열흘 전의 시위자들과 오늘 거리를 행렬하는 시위자들 간의 또 다른 의미심장한 차이점은, 전자는 남편의 고집을 꺾으려는 아내의 투쟁을 지지하는 것이 주목적이었다는 것이다. 당시의 시위자들도 응당 그들 가정의 환자를 염두에 두었을 것이고, 만일 신시아 밀턴의 요구가 관철되어 선례가 설정된다면 자연히 그들에게도 보장될 혜택을 간과하지는 않았을 것이다. 하지만 그들이 거리로 나선 건 우선적으로 신시아를 위해서였다. 영부인에게 감동했기 때문이다. 이번엔 주로 그들 자신과 그들의 가족을 위해 거리로 나섰다. 그들이 어디에 있건, 누구건, 모두에게 주장은 오직 하나였다. 떠 있는 병원의 귀환.

영부인은 이를 이해했다. 오늘 저녁, 그는 또 다른 텔레비전 인터뷰를 통해—이번엔 전 세계의 대중이 볼 수 있도록 천안문이나 타임스퀘어 등에 설치된 대형 스크린을 통해 중계되었다—정확히 시위자들이 원하는 방향으로 호소했다.

"오늘 저는 제가 이 주 전에 만났고 깊은 존경을 느끼는 분께 개인적인 메시지를 전달하고자 합니다. 데모스테네스 선생님."

영부인은 재차 소리 높여 외쳤다. "데모스테네스 선생님!" 그리고는 침묵한 채 기다렸다. 마치 정말로 그를 부른 것이고 대답을 듣기를 바란다는 듯이. 시위자들은 영부인의 연극적인 행동을 거슬려하지 않으며, 이 고요의 순간을 명상으로 존중했다. 이윽고 영부인이 문제의 인물을 상대로 말을 이었다.

"당신이 당신 나라에서 어떤 위치인지는 몰라도, 제가 아는 사람은 오직 당신뿐이고, 당신이 사절로서 미국정부와 협상하러왔을 때 저와 관련이 있던 사람도 오직 당신뿐이에요.

그때 당신은 백악관에 묵었고, 우리의 환대에 제게 감사를 표하러 오셨었죠.

당신은 감사 인사 겸, 제게 폐암 말기였던 하워드를 낫게 해주겠다고 약속했어요. 그리고 약속을 지켰습니다. 오늘날 당신 덕분에 제 남편은 완치됐어요. 그의 주치의인 아벨 박사가 이를 확인했죠. 그 이후로 당신을 만나지도 못하고 주소도 몰라서, 아직 감사 인사를 드리지도 못했네요. 이 기회를 빌려 당신께 공개적으로 감사를 표하고, 아울러 남편을 치료했던 선박병원의 모든 의료진께도 감사드립니다. 당신은 하워드에게 새 생명을 줬고, 그를 덮치려던 죽음을 물리쳐줬어요. 당신 친구들은 우리에게 생을 주었는데, 우리는 그 대가로 죽음을 주었군요. 아무 가책도 없는 방황하는 영혼의 광신자들이 대통령을 치료한 이들을 표적으로 삼아 죽여버렸죠. 그분들 각각에게 하워드를 낫게 해준 데 대한 감사를 드리려 했는데, 오늘 이렇게 유족들께 애도를 표하고 있네요.

당신네 시민들과 우리네 시민들을 한 번에 죽게 만든 범죄자의 손이 병을 치료하는 데 헌신하던 이들과 병이 낫기를 바라던 이들까지 한순간에 죽여버렸죠. 아무튼 저들은 의도치 않게, 당신들의 피와 우리의 피를 섞었고, 우리의 운명에 당신들의 운명을 끌어들였어요. 이제 우리는 하나이고, 앞으로도 좋을 때나 싫을 때나 영원히 하나일 거예요. 모쪼록 좋을 때만 있기를, 생과 진보를 위해 우리 모두가 하나이기를, 나이와 출신에 상관없이 모두가 형제자매이기를.

친애하는 데모스테네스 선생님, 당신은 우리 집에서 언제든 환영이라는 걸 기억하세요. 저와 하워드, 우리는 영원히 당신께 감사할 것이고, 당신이 우리 집에 오는 걸 영원히 행복해할 거예요. 돌아오세요! 당신 친구들과 당신 나라의 경이로운 의사들과 함께 돌아오세요!

지금 이 순간 저는 제 얘기를 듣고 있는 모든 이들의 이름으로, 광장에 모인 모두의 이름으로 당신께 이야기하고 있는 겁니다. 그들이 이렇게 말하고 있어요. 오세요! 돌아오세요! 당신들을 환영합니다!"

12월 6일 월요일

워싱턴의 권력 암투가 돌연 밀턴 대통령에게 유리한 국면으로 끝이 났다.

그의 배우자의 발언이 영향을 끼쳤는지는 몰라도, 대규모의 시위가 역할을 한 것임에는 틀림없었다. 밤이 되자 부통령은 상관의 '통치불능 상태'를 유지하려 한 것에 거의 사과까지 하면서 대립을 포기했다.

오늘 아침 잠에서 깨어나며 들은 한 정치평론가의 분석에 의하면, 임시 대통령은 더 한층 모욕적인 패배를 피하기 위해 미리 몸을 움츠린 것뿐이었다. 아닌 게 아니라 오늘 의회에서 거의 만장일치로 하워드 밀턴의 복권을 결정했다. 개리 볼더에게는 부통령직 유지도 어려워질 듯한 처참한 결과였다. 그래서 체면을 지키기 위해 선수를 쳤던 것이다.

이제 여론이 대통령에게 압도적으로 우호적인 바, 정치적 반대세력은 엠페도클레스 사람들이 테러의 충격으로 더는 다시 나타나지 않기를 하늘에 기도하며 낮은 자세로 입을 다물고 있을 수밖에 없었다.

'그 사람들'의 의중을 속히 알게 되는 것이 가능해졌다. 백악관 대변인이 수요일 정오에 알링턴 국립묘지에서 희생자들을 기리기 위한 추모식을 열겠다는 성명을 발표했다. 마지막 결산에 따르면 총 123명의 사망자가 발생했다. 그중에 92명이 미국인들이고, 나머지 31명은 떠 있는 선박에서 일하던 9명이 포함된 거류민들이다.

대변인은 혹여 희생자들이 속한 국가의 지도자들이 추모식에 참석하기를 원한다면 환영이라고 밝혔다. 그리고는 읽던 문서를 제쳐둔 뒤, 대통령은 '엠페도클레스 국'의 대표단이 그의 초대에 긍정적인 답변을 보내기를 열렬히 희망한다는 내용을 덧붙였다. "미국 정부와 국민은 그들을 따뜻하게 환영할 것이고, 그들의 대표단장이 추모식에서 발언할 기회를 만들 것입니다."

이처럼 우리는 정확한 일시와 장소를 정해서 '그들'에게 만남을 청했다. 전 세계의 모든 카메라가 이 공공장소로 집중될 터였다.

우리의 동시대인들은 내가 속하는 행운을 얻은 극소수를 제외하고는, '그 사람들'을 전혀 본 적이 없었다. '그 사람들'이 불러일으킨 궁금증이 더할 수 없이 불타올랐다.

과연 그들은 올 것인가? 몇 명이 올 것인가? 그들의 지도자는 어떻게 생겼을까? 연단에선 어떤 연설을 할 것인가?

이 의문들과 다른 수많은 의문들이 약속이 정해진 그날까지 세계 도처에서 솟구쳤다.

*

오후에 나는 조바심을 억누르고자 아가멤논의 번호로 전화를 걸었다. 문자 그대로 칼로 물 베기, 공연한 헛짓이었다.

알림음 소리에 이어 내가 이미 알고 있는 자동응답메시지가 흘러나왔다. 결과는 마찬가지였겠지만 혹여 이 번호는 더 이상 수신되지 않는 번호라는 것을 알리는 기계적인 음성이 나왔더라면 더욱 실망스러웠을 것 같았다. 나는 다음의 문장으로 서두를 뗀 메시지를 남겼다. "그냥 우리가 언제 또 볼 수 있는지 해서 걸었어……"

무언가 다른 말을 덧붙여야할지 망설이는데, 함께 바람 쐬러 나갔던 내 이웃과 대녀가 불쑥 방으로 들어왔다. 나는 엉겁결에 부재중인 수신인에게 내뱉었다. "에브와 아드리엔이 안부 전해달래." 그리고는 전화를 끊었다.

"누구였어요?" "누구였어?"

두 여자가 합창으로 물었다.

"사공."

내가 대답하자 두 여자가 소스라쳤다. 그들이 두 눈을 휘둥그렇게 떴다.

"어디 있대?"

나는 에브의 질문에 잠시 뜸을 들인 뒤, 응답기에 메시지를 남겼노라고 대답했다.

"그냥 우리가 기다리고 있다는 말을 전하고 싶었어."

두 여자는 충분히 나를 놀릴 수 있었다. 하지만 전혀 아니었다. 그들은 차례로 내게 다가와 내 양 볼에 감사의 키스를 했다.

12월 7일 화요일

알링턴 국립묘지에서 열릴 추모식 전날인 오늘은 내게 기다림과 명상의 시간이 될 줄 알았다. 하지만 이날은 내게 다른 방식으로 영원히 기억에 남을 날이 되었다. 아직도 충격이 가라앉지 않는다. 이 상태가 오래도록, 굉장히 오래도록 지속될 것 같다.

어제부터 각종 언론에서는 밀턴 대통령에게 합류할 각국의 정상들 숫자를 열거하기에 바쁘다. 몇몇은 테러에 희생당한 동포를 기리러 오는 것이지만, 대부분은 엠페도클레스 사절단을 가까이에서 보고 그들과 악수하겠다는 순전한 호기심에서 이동을 마다하지 않았다.

에브와 나, 우리는 오늘 시사에 대해 많은 걸 이야기하지 않았다. 나는 에브와 함께 하루 온종일을 보냈다. 우리는 함께 산책을 했다. 나는 그에게 내가 이따금 앉아서 독서하는 평평한 돌을 보여주었고, 그는 나를 자기 집 근처의 작은 만에 데려갔다. 여름이면 이곳에서 알몸으로 수영을 한다고 한다. 이토록 자그마한 섬에 그토록 오랜 세월을 살았는데도 우리 둘 다 아직 모르는 장소가 있다니, 재미있는 일이다.

이어서 우리는 순례자들처럼 로슈오프라 해변으로 갔다. 이전처럼 다시 휑뎅그렁해진 것을 확인하기 위해서. 더욱이 바닷물이 높아져 르 구웨까지 잠기는 바람에, 이곳을 찾을 사람이라고는 변변치 않은 인원의 '지역민들' 외에는 아무도 없었다.

에브와 대화 중에 나는 문득 그와 내가 그토록 오랜 세월 동안 다른 주민도 전혀 없이 단둘인데도 불과 몇 미터 거리에 살면서 아무 관계도 맺지 않고, 심지어 단순히 좋은 이웃 관계조차 맺지 않고 살 수 있었다는 것에 놀라워했다. 우리가 가까워지기 위해서 이 기이한 사건들이 필요했다니……

에브가 이 사건들은 단지 우리 관계를 위한 유리한 조건이나 촉매제에만 그치지 않는다고 해맑게 말했다. "사실 지난 몇 년 동안 난 도저히 봐줄 수 없는 인간혐오자가 돼 있었어. 이 사건들이 날 세상 전체와 화해하게 만들어준 거야. 특히 아주 가까이에 사는 사람이랑."

나는 에브의 놀림에 대한 대답으로, 그의 손을 꼭 쥐고서 놓아주지 않았다. 그가 말을 이었다.

"지난 몇 년 동안 세상은 탐욕과 증오의 전장이 돼버렸어. 모든 게 변질되고 타락해버렸지. 예술, 사상, 문학, 미래, 섹스, 이웃관계…… 그랬는데 돌연 어디선가 나타난 지우개가 힘차게 획, 칠판을 지워버렸어. 역사가 제로에서 다시 시작되고, 우리의 행성이 순수를 되찾았어. 당신은 뭐라고 부르고 싶어?"

나는 심상하게 물었다.

"우리 행성?"

"아니, 우리 아기 말이야."

이 단어, 이 단어가 발음된 어조, 그 모든 것이 오래도록 내 머릿속에 맴돌 것이다.

'우리 아기'라고 했던가, 에브가?

에브는 길가의 돌 위에 앉았다. 나는 그를 뚫어지게 바라보며 곁으로 가서 바짝 다가앉았다. 에브가 웃었던가, 아니었던가? 에브는 장난스럽게 다른 곳을 바라보았지만 입가

한구석엔 미소가 걸려 있었다. 이번엔 내가 그 두 단어를 발음해보았다.

"우리 아기?"

에브가 대답으로 내 손을 꼭 잡고는 내 가슴에 자신의 머리를 얹었다.

내 눈에 눈물이 그렁그렁했다.

12월 8일 수요일

그들이 이번에도 바다를 통해 들어와—상징적으로—떠 있
는 병원에 대한 테러가 발생했던 곳에서 멀지 않은 곳에 정
박하리라 예상했다. 아니면 헬리콥터를 타고서 공중에서 내
려와 알링턴 국립묘지의 눈 덮인 잔디에 착륙하거나. 하지만
그들은 이런 표현이 가능하다면 비밀의 문으로 들어왔다. 대
통령 행렬의 검은 리무진들에 섞여 마지막 순간에 나타났다.
사람들이 본 것은 단지 차에서 내려 연단으로 향하는 그들
이었다. 사람들은 그제야 그들이 왔다는 것을 깨달았다.

대표단은 단 두 명이었다. 데모스테네스가 앞서 걸었다. 그
를 알아본 경호원들이 엠페도클레스 대표단에게 신분을 밝

히라는 요구를 하지 않았다. 협상가 뒤에서 그의 상관임이 역력한 한 여성이 걷고 있었다.

엘렉트라 여왕.

어제만 해도 아무도 그에 대해 몰랐다. 이름도, 얼굴도, 심지어 존재조차. 오늘 그는 지구상에서 가장 유명하고, 카메라의 플래시 세례를 가장 많이 받고, 아마도 가장 막강한 인물이다.

엘렉트라 여왕.

사람들이 그를 본 즉시 이런 별명을 붙였다. 사실 그의 지위도 알지 못하고, '엠페도클레스 국'의 정치시스템조차 알지 못한다. 국가원수가 군주인지, 대통령인지, 총리인지, 총독인지, 집정관인지도 모른다. 결국 알게 될 일이지만, 중요하지 않다. 오늘 우리는 얼굴을 보아야 했고, 그들 중 한 명을 보았다.

엘렉트라 여왕.

카메라가 좀처럼 여왕에게서 움직일 줄을 몰랐다. 그는 화면의 중앙에 있든 한쪽 구석에 있든, 아니면 클로즈업되든 한순간도 화면 밖으로 나간 적이 없었다. 마치 우리 가운데 있는 그의 존재를 한순간도 놓쳐서는 안 된다는 듯이. 그의 시선, 고갯짓, 미소, 비죽거림, 속눈썹의 떨림 등 미세한 움직임 하나까지 놓쳐서는 안 된다는 듯이.

그의 나이나 출신을 섣불리 예측하는 우를 범하지는 않겠다. 마흔 살일 수도 있고 그 두 배일 수도 있으며, 그의 얼굴은 모든 대륙과 모든 인종을 끌어다 붙일 만했다. 머리칼은 금발이고, 피부는 구릿빛에 두 광대가 돌출되었으며 양눈은 가늘게 찢어졌다. 내가 아가멤논을 두고 시팅 불과 발키리의 사랑에서 탄생한 것 같다고 했던가? 엘렉트라한테도 같은 비유가 가능했다. 그리스 신화에서처럼 아가멤논의 딸이거나, 아니면 친족이라고 해도 될 법했다. 또한 나는 아가멤논에게 시선이 가면 다른 데로 눈을 돌리기 어렵다는 말도 이미 했었다. 이 역시 그의 '군주'한테도 더 마침맞게 적용되는 말이었다.

오직 엘렉트라 같은 초대 손님만이 하워드 밀턴과 스타 자리를 다툴 수 있었다. 엘렉트라의 존재가 기적이라면, 미국 대통령의 존재도 못지않았기 때문이다. 그가 마지막으로 공식석상에 모습을 드러냈을 때, 그는 송장의 낯빛이었고 목소리는 얼굴에 걸맞게 무덤에서 울려나오는 듯했다. 그 모든 것이 흔적도 없이 자취를 감추었다. 모로의 친구는 젊어졌다. 충격적으로 젊어졌다. 피부, 시선, 거동. 일어나고 앉는 방식. 오른쪽의 엘렉트라나 왼쪽의 신시아에게 귓속말을 하기 위해 몸을 기울이는 방식. 그는 3인조의 중앙을 차지한 것이 행복해 보였다. 환하게 빛나고, 온화하고, 근사하고, 자신감 넘쳤다.

엠페도클레스의 의사에게 치료받으면 단순히 병을 고치는 것이 아니라, 노화를 포함하여 보이거나 보이지 않는 모든 신체적 결함을 치료받는 거라는 생각에 익숙해져야 했다. "새사람"이 된다고 할까. 지난 세월이 전부 삭감된 듯 생을 다시 시작하는 거였다. 나도 문제의 '터널'을 통과한 이후로 직접 느꼈고, 에브의 변화도 감탄하며 지켜보았던 터였다. 이제 전 인류가 설득력 있는 사례를 목도하고 있었다. 어떻게 이전 시대로 되돌아갈 수 있단 말인가? 젠장, 어떻게 질병과 죽음이 편재했던 시대로 되돌아갈 수 있단 말인가?

밀턴이 연단에 올랐을 때 나는 다시 한번 그의 안색이며 거동이며 목소리에 넋을 잃었다. 그의 연설에 집중하기 위해서는 노력이 필요했다. 평범한 연설이 아니었는데도 말이다.

"오늘은 슬픈 동시에 천운의 날입니다. 슬픈 것은 여기 나란히 배열된 관들의 주인 123명이 이렇게 눈을 감아선 안 되었기 때문입니다. 이들은 절대 표적이 되어선 안 되었습니다. 이들은 살기를 바랐고, 살 권리가 있었으며, 이들에게서 이 권리를 앗아간 잔인무도한 행위는 무엇으로도 용납될 수 없습니다.

하지만 오늘은 천운의 날이기도 합니다. 우리 인류의 소중한 한 분파와의 뜻밖의 만남을 확인하는 날이기 때문입니다. 우리는 형제자매를 잃었었고, 우리 자신을 잃었었습니다. 오늘 이 하루는 우리가 누구든, 어느 국적이든 상관없이 우리 모두를 숙고하게 하고 우리 모두에게 근원적인 질문을 하게 합니다. 우리는 누구인가? 어디로 가는가? 무엇이 되려 하는가? 어떤 세계를 건설하고 싶어 하는가? 어떤 가치에 기대면서?

이와 같은 질문은 흔히 떠올리는 것들이 아닙니다. 평소 우리는 일상적인 걱정에 짓눌려 있거나, 저 같은 책임자의 경우 일상적인 공적 업무에 짓눌려 있습니다. 하지만 초대받지 않은 형제들과의 이 만남은 우리에게 현재를 돌아보고, 잘못된 길을 살피며, 이 잘못된 길을 어떻게 바로 잡을지 생각할 기회가 될 것입니다."

이어서 대통령은 테러의 희생자 몇몇을 떠올렸다. 그는 특별히 모친을 치료받게 하기 위해 함께 떠 있는 병원에 갔다가 참변을 당한 젊은 백악관 직원 중 한 명을 추모한 뒤, 엠페도클레스 사람들을 직접적으로 향하며 말했다.

"지금까지 우리는 각자의 길을 걸어왔습니다. 이제부터는 서로를 존중하고, 서로에게 배우고, 서로를 영원히 가깝고 든든하게 느끼며, 나란히 걸어나가야 할 것입니다.

여러분은 우리의 세상에서 언제나 환영이고, 우리가 함께 아름다운 많은 일들을 해나갈 수 있다는 사실을 아시기 바랍니다."

이어서 엘렉트라의 차례였다. 그는 연단에 올라 양손을 가슴위에 평평하게 포개 얹었다. 거의 목과 가슴이 이어지는 곳에. 범상치 않은 동작이었고, 내게는 희생자들과 좌중에 대한 경의의 표시로 읽혔다. 하지만 짐작일 뿐이다…… 아무튼 그렇게 만들어진 그의 실루엣은 조각 같았고 우아했다. 그러니 그의 동작은 미학적 효과가 우선이었을 가능성도 배제할 수 없다.

이윽고 엘렉트라가 영어로 말하기 시작했다. 지리적 출신을 규정할 수 없는 옅은 악센트가 섞여 있었다. 아마 스웨덴이나 네덜란드 쪽이 아닐까…… 준비된 문서를 읽은 것은 아니었으나, 그렇다고 즉흥적이지도 않았다. 외워서 말하는 것이거나, 보이지 않는 프롬프터를 읽고 있는 듯한 인상을 풍겼다.

그는 관례와 달리 서두에 미국 대통령이나 장내의 다른 어떤 인물도 언급하지 않고서 곧바로 본론부터 시작했다.

"고대 그리스의 엠페도클레스가 에트나 산에 갔을 때, 땅의 내장이 열리고 유황 연기와 용암과 화산재가 뿜어져 나오는 것을 느꼈습니다. 그는 현자의 지시대로 안전한 곳으로 피신할 수 있었으나 계속해서 앞으로 나아갔고, 분화구에 위험하리만치 바짝 다가갔습니다.

그는 그렇게 죽음에 노출되었다는 것을 알았습니다. 그의 먼 후예인 우리 또한 타오르는 불에 다가가면서, 맨손으로 불꽃을 견디면서, 죽음을 만날 수도 있다는 걸 알았지요. 죽음은 우리의 오랜 적입니다. 우리는 죽음과 맞서 싸웠어요. 우리 이전엔 누구도 우리처럼 죽음과 싸우지 않았죠. 때론 우리가 죽음을 쓰러뜨리고, 때론 죽음이 우리를 쓰러뜨렸습니다.

제가 죽음이 우리의 적이라고 했던가요? 보다 상세히 밝혀야겠군요. 죽음은 우리의 유일한 적입니다. 우리가 죽음을 후퇴시킬 지식과 기술을 획득했을 때, 우리에겐 이제 죽음 이외의 적은 남아 있지 않았으니까요. 우리에겐 세상이 끝나는 날까지 죽음 이외의 다른 적은 없을 거예요. 죽음과의 투쟁이 아닌 다른 어떤 투쟁도 의미 없어요.

우리 엠페도클레스의 친구들에게, 이 결론은 종결됐습니다. 되찾은 형제들, 당신들은요? 당신들은 죽음을 당신들의 유일한 적으로 간주할 준비가 되었나요? 네, 죽음, 죽음만이 유일한 적이에요. 라이벌 강대국도, 다른 민족도, 다른 인종도 아닌. 우리도 마찬가지고요. 오직 죽음만이 맞서 싸우고,

물리치고, 굴복시킬 가치가 있는 유일한 적이에요. 당신들은 우선순위를 재고하고, 당신들 속의 우리와 함께 역사의 새로운 장을 펼칠 준비가 되었나요?"

이 말과 함께 엘렉트라는 마치 대답을 기다리기라도 하듯 침묵했다. 그의 침묵이 길어졌다. 밀턴 대통령이 일어나서 다가가 대답을 해야 할지 고민하는 것이 보일 정도였다. 그가 주위를 두리번거리며 난처하고 당황스러운 표정이 되었다. 엘렉트라가 살짝 짓궂은 미소를 지으며 말을 이었다.

"오늘 당장 대답을 기다리는 것은 아닙니다. 지난 몇 주를 가장 위험한 폭발물들과 무기들을 무력화하는 데 보낸 덕에, 우리는 급하지 않게 차분히 생각할 수 있습니다. 그러니 결정을 내리기까지 시간을 가지세요. 단 당신들의 친구들이 여기 있고, 당신들을 지켜보며 기다리고 있다는 걸 잊지 마세요."

이 말과 함께 엘렉트라는 연단을 떠나 대통령 오른쪽의 자기 자리로 돌아갔다.

나는 수십억 명의 내 동시대인들처럼 추모식을 처음부터 끝까지 지켜보았다. 에브와 아드리엔도 옆에서 나만큼이나 몰입했다. 우리 모두 비길 데 없는 전무후무한 사건을 겪고 있는 기분이었고, 이 엄숙한 순간을 망칠 수도 있을 어떤 말도 하고 싶어 하지 않았다.

내 대녀는 오직 '여왕'이 침묵할 때만 스스로에게 대화를 허용했다. "전 우리가 그들을 기다렸다고 생각했는데, 그들이 우리를 기다린 거였나 봐요." 그가 정확히 판단 내리고는 덧붙였다. "그런데 우리가 뭘 해야 하는 건지는 잘 이해하지 못했어요."

"어른이 돼야겠지. 이게 그들이 돌아오는 조건이야."

에브가 마치 '그들'의 이름으로 대답하도록 위임이라도 받은 듯이 대답했다. 이번엔 내가 의견을 보탰다.

"아니면 그들이 돌아오지 않겠다는 걸 예의 있게 말한 방식이거나."

나는 두 젊은 여인들의 격렬한 반응을 기다렸으나, 둘 다 반박하지 않았다. 최근 며칠간 그들이 말한 것들로 미루어 두 사람은 '그들'을 결코 다시 만나지 못하리라는 생각을 받아들인 듯했다. 내 이웃은 다만 이런 말로라도 허세를 부렸다.

"바다가 가까이 있으니 그들도 우리 가까이 있을 거야."

그는 한동안 바다 쪽을 바라보며 생각에 잠겼다.

아드리엔이 일어나서 침실로 가자, 내 연인이 전날의 대화를 이어가려는 듯 내게 말했다.

"만일 딸이면 엘렉트라라고 하자."

아이가 생긴다는 사실에 아직 익숙해지지 않는다. 나는 진심인지 장난인지 확인하기 위해 에브를 슬쩍 곁눈질하며 물었다.

"진심이야?"

그가 어깨를 풀썩 추어올렸다.

"당신한테 일일이 모든 걸 보고하진 않을 거지만, 내 대답은 그렇다,야. 완전 진심이야. 우리 아이는 내년 여름에 태어날 거고, 엠페도클레스의 친구들이 이미 우리들 가운데로 돌아와 있을 거야."

12월 9일 목요일

사건이 시작되고 나서 정확히 한 달이 흘렀다. 이 일기가 시작된 것도 정확히 한 달 전이다. 한 번 이상은 이 일기를 포기할 생각을 했다. 그리고 일기를 계속 쓰도록 나를 북돋는 무언가가 있었다.

오늘 나는 일기를 계속 쓸 이유가 없기에 영원히 덮는다. 내 안식처가 얼마간 관측소가 되었고, 이제 더는 아니다. 반전이 있든 없든 그들이 돌아오든 아니든 이 장은 종료되었고, 내 역할도 끝났다. 나는 당장 오늘부터 붓과 먹물로 되돌아왔다.

그럼에도 개인적 에필로그를 덧보태야겠다. 지난 30일간의 사건들은 광활한 세상을 변모시키고 역사의 미터기를 제로로 되돌려놓은 것뿐만 아니라, 이 섬도 뒤흔들어 놓았다. 이제까지는 고독의 요새였던 이 섬이 이제는 에브나 나에게 전혀 다른 곳이 되었다.

우리는 이제 곧 우리만의 엘렉트라 여왕님을 품에 안게 될 것이다. 내 나이에, 내 생활방식으로, 아빠가 될 수 있으리라고는 꿈에도 생각지 못했다. 나의 소중한 여인에게는 더욱 있을 수 없는 일이었다. 그런 우리가 여기까지 왔다. 어느 면으로는 '엠페도클레스 국'이 우리에게 아이를 선물한 셈이다. 아울러 아이가 커가는 것을 볼 수 있는 수 해의 세월까지도.

이 이유만으로도 나는 우리의 초대받지 않은 형제들을 그토록 수시로 저주했건만 축복 또한 해야 할 것 같다.

초대받지 않은 **형제들**

2022년 10월 13일 1판 1쇄 발행
2022년 10월 31일 1판 2쇄 발행

저   자 아민 말루프
옮 긴 이 장소미
발 행 인 유재옥

본 부 장 조병권
편 집 1 팀 김준균 김혜연 박소연
편 집 2 팀 정영길 조찬희 박치우 정지원
편 집 3 팀 오준영 곽혜민 이해빈
디 자 인 김보라 박민솔
라 이 츠 김정미 맹미영 이승희 이윤서
디 지 털 박상섭 김지연
발 행 처 (주)소미미디어
발행등록 제2015-000008호
주   소 서울시 마포구 토정로 222, 403호(신수동, 한국출판콘텐츠센터)
제 작 처 코리아피앤피
영   업 박종욱
마 케 팅 한민지 최원석 최정연
물   류 허석용 백철기
전   화 편집부 (070)4164-3960, (070)4253-9250 기획실 (02)567-3388
          판매 및 마케팅 (070)4165-6888, Fax (02)322-7665

ISBN 979-11-384-3404-1 (03860)